新 潮 文 庫

捨て童子・松平忠輝

上　　巻

隆　慶一郎 著

新 潮 社 版

11956

目次

捨て童子・松平忠輝

上巻

序　章

〈捨て童子〉という言葉の呼び起すイメージは、いつの世にもある単純な『捨て子』のそれではない。

貧困の故《ゆえ》に、或《あるい》は片親しかいないために、産みの親が窮して捨てた『捨て子』と〈捨て童子〉とは、画然と異った別物である。〈捨て童子〉には、この世のものならぬ異形《いぎょう》の者、つまりは怪物・化け物のたぐいが持つ途方もないエネルギーが感じられ、その力が聞き手の胸の中に、一種の畏《おそ》れと戦慄《せんりつ》を産みだすように思われる。

事実、この言葉が使われるのは、伊吹童子、役行者《えんのぎょうじゃ》、武蔵坊弁慶などの生い立ちを語る中世口承文芸においてであり、また大江山の酒呑《しゅてん》童子の場合である。

酒呑童子の名は、後世になって、酒を愛し、酒に明け暮れる大酒飲みだから、名づけられたものだと解説されるようになってしまったが、元々は〈捨て童子〉のステがシュテと訛《なま》って『シュテン童子』となったと思われる。このことはお伽草子《とぎぞうし》の〈伊吹童子〉が酒呑童子の前身は〈捨て童子〉だと書いていることで明かである。

では伊吹童子（後の酒呑童子）、役行者、武蔵坊弁慶に共通するものは何か。

それはまず不思議な誕生の仕方である。伊吹童子は母の胎内に宿ること三十三ヵ月にして生れたという。既に歯がはえ揃《そろ》っていて、生れ落ちるとすぐ人語を話した。武蔵坊弁慶も三年三ヵ月、母の胎内にあり、歯ははえ揃い、生れ落ちるなりかっぱと起き上がり、

『あらあかや（やァ明るいな）』

といい、からからと笑ったという。

後に修験道《しゅげんどう》の開祖と仰がれた役行者、またの名、役小角《えんのおづぬ》は、一枚の花片《はなびら》を握って生れて来た、と伝説にある。

こうして異常な誕生をした者は、〈鬼の子〉と見られて、親、特に父親に恐れられ、狼《おおかみ》や熊といった猛獣の棲《す》む深山幽谷に捨てられることになる。これが第二の共通点なのである。この時、子供は大方は全裸のようだ。

そして第三の共通点は、こうして捨てられた〈鬼の子〉たちは、死ぬどころか平然

として生き続け、彼を傷つけ喰う筈《はず》だった狼や熊が、逆に彼を養ってくれるという点にある。かくて逞《たくま》しくも生き延びた〈鬼の子〉たちは、例外なく、人間とは思えぬ異様な力を身につけることになる……。

これを一介の伝説であり、夢物語にすぎないと見ることは誤りであろう。諸国に様々な形で語り継がれたこの種の説話には、少くとも、語り手の心の裡《うち》なる異形の者への畏れという真実を含んでいる。そして異形の者は、明かにこの人間の世にいるのである。

松平忠輝《ただてる》は文禄元年（一五九二）正月四日、江戸で生れた。幼名辰千代。徳川家康の第六子である。

新井白石の『藩翰譜《はんかんふ》』に忠輝の赤ん坊の時の描写がある。

『世に伝ふるは介殿（忠輝のこと。上総介《かずさのすけ》だったため）生れ給《たま》ひし時、徳川殿（家康のこと）御覧じけるに色きはめて黒く、眥《まなじり》さかさまに裂けて恐しげなれば憎ませ給ひて捨てよと仰《おほせ》あり』

『眥さかさまに裂けて』とは異様な表現だが、実際に赤子の忠輝を見た人物の証言によれば、その眼は『長く大きくさかさつりて』というから、つり上がって、見るからに恐ろしげだったようだ。

　この描写は、明かに『鬼の子』の誕生を物語っていると思われる。

『憎ませ給ひて捨てよと仰あり』

　これも父親の言葉としては尋常でない。家康は確かに我が子にとってかなり非情な父親だったと思われるふしが多々あるが、まさか生れたばかりの赤子を捨てろとはいうまい。そうだとすると、新井白石は何故《なぜ》このような言葉を敢《あえ》て使ったか。

　私はこれを先のお伽草子その他諸国の説話をふまえた苦心の表現だったのではないかと思う。白石は忠輝が恐るべき異能異形の人物であり、しかもそのために自分の犯してもいない罪業を一身に負わされて流罪《るざい》に処せられた、不幸な人物であることを、充分に知っていたのではないか。

　白石が『藩翰譜』を書いた時期は、忠輝の死後十九年目の元禄十五年（一七〇二）である。十九年は決して遠い昔ではない。白石は忠輝という人物のもつ意味を完全に理解していた。だがその通り書くことは、はばかりが大きくて到底出来なかった。だからこそこのような奇妙な表現によって、ことの真実を伝えようとしたのではないか。

『鬼の子』忠輝は下野《しもつけ》長沼城主皆川山城守《やましろのかみ》広照に拾われ、その養子として育てられた。家康が忠輝を再び見たのは、忠輝七歳の時だという。

家康は一見して次のようにいったと伝えられている。
『龍鐘《りゅうしょう》（龍種の誤りであろう）ツラダマシヒ、ソノママ三郎ガ幼稚立《をさなだち》ニ少モ違《たがは》ザリケリ』

龍種とは名馬・俊才・天子の子孫をいう言葉だ。三郎とは家康の嫡男《ちゃくなん》岡崎次郎三郎信康である。豪気英邁《えいまい》、天才的な武将だったために織田信長に恐れられ、二十一歳をもって自害させられた人物である。家康が最も愛し、頼りにしていたにも拘《かかわ》らず、徳川家存続のために、我が手で殺さざるをえなかった伜《せがれ》である。七歳の忠輝はその信康の子供の頃の面魂《つらだましい》にそっくりだと感嘆しているのである。これは一体どういう意味であろうか。

徳川家康は生涯に十一人の男子を産ませたが、うち二人は早世している。残った九人の男の子を見ると、長男の信康、次男の結城秀康、六男の松平忠輝、十男の頼宣《よりのぶ》（後の紀州藩主南竜公）の四人と、三男秀忠以下五人とは完全に別の型に属していることが分る。

前者を英邁型、後者を恪勤《かっきん》型と名付けたのは、家康研究の大家中村孝也氏だが、これを英雄型と役人型、破滅型と堅実型などと呼ぶことも出来る。そして、この英邁型に属する四人は、いずれも無事平穏の生涯を送ってはいない。信康は根も葉もない武田家密通の咎《とが》を受けて自殺させられた。秀康は十一歳で太閤《たいこう》秀吉の養子にされ（養子といえば聞こえはいいが、実は人質である）、その秀吉にさえ恐れはばかられて小藩結城家の養子にたらい回しにされている。三十四歳の死も果たして自然死だったのかどうか疑問がある。頼宣は将軍家光に恐れはばかられて生涯不遇のうちに過した。由比正雪事件の黒幕視されたことも、理由のないことではなかった。

そして忠輝は弱冠二十五歳にして流罪となり、以後なんと六十七年間、秀忠・家光・家綱・綱吉、四代の将軍にわたる永の年月を配所で過したのである。

『玉輿記《ぎょくよき》』という書に、忠輝の人物について異様な記述がある。

『此人《このひと》素生、行跡実に相強く、騎射人に勝《すぐ》れ、両腕自然に三鱗《みつうろこ》あり、水練の妙、神に通ず。故に淵川に入って蛇竜、山谷に入って鬼魅《ばけもの》を求め、剣術絶倫、化現《けげん》（神仏が形を変えて現れること）の人也《なり》』

これほどの人物を何故流罪に、それも永代流罪に処さなければならなかったのか。

或は、これほどの人物だからこそ流罪に処するしか方法がなかった、徳川家の事情とはなんであったか。我々がこれから追おうとしている問題はまさにそこにある。

忠輝の生みの親はお茶阿《ちゃあ》の局《つぼね》と呼ばれているが、この女性もまた尋常の生を送っていない。当時の女性にしては波瀾《はらん》万丈、目を瞠《みは》らせるような過激な生である。忠輝の人生に、この母の人生は大きく投影をしていると思われるので、まずこの女性の生きざまから筆を起したいと思う。

お茶阿の局の氏素姓は明かでない。様々な記録に共通している一事は、彼女の人生が東海道金谷の宿で始るということである。

初めて歴史に登場して来た時、お茶阿はこの遠州金谷宿の鋳物師《いもじ》の妻だった。既に三歳になる女の子がいた。お茶阿の亭主は山田姓の鋳物師ということしか分っていない。この亭主が代官に殺されたことから彼女の人生が始る。

所伝によって、お茶阿を山田四郎八之氏《ゆきうじ》の娘と書いたものもあるが、河村氏と書いたものもある。実家は河村姓で亭主が山田姓というのが正しいようだ。徳川時代後期、俗に首《くび》斬り浅《あさ》右衛《え》門《もん》と呼ばれた据物《すえもの》斬りの達人、山田浅右衛門は、この家系に属するといわれている。

それよりも重要なのは、亭主が鋳物師だったということである。鋳物師は遠い昔わが国に渡って来た帰化人の裔《すえ》であり、本来は一所に定住することなく、全国を旅して歩いた漂泊の民である。鋳物師は、文字通り鋳物《いもの》を造ると同時に鉱山師でもあった。

金・銀・鉄などの鉱脈を発見採掘し、山間の村に思いもかけぬ富をもたらす奇蹟《きせき》の人々だった。折口信夫氏のいわゆる常民に対する『まれびと』である。彼等は上に天皇をいただき、他のいかなる権威にも隷属《れいぞく》することを欲しない自由の民であった。

わが国の中世期には、実に多種多様な職業を持ち、一所に定住することなく全国を流れ歩く、この種の自由の民が数多くいた。全国の自由な通行を保証され、税金は天皇にしか収めず、『上ナシ』と称して天皇以外のいかなる権威をも認めないこうした誇り高き人々こそ、天下人たらんことを望む戦国期の武将たちにとって、目の上のこぶのような存在だった。

戦国大名たちが城下町の建設に当って、いかに彼等の定住化・隷属化に腐心したかは、歴史に明かである。彼等がいかに果敢にこの隷属化に反抗して戦ったかも同様に明かに歴史に記録されている。伊勢長島・紀州・越前など、織田・豊臣政権に対して執拗《しつよう》な抵抗を続けた一向一揆《いっこういっき》衆の中に、彼等の姿が見られ、時として戦いの主導権を握っていたことは、今日では常識となっている。

お茶阿とその亭主の血の中には、この反権力の誇りが脈々と流れていたように思われる。以下の事件がそれを証明している。

幸か不幸かお茶阿は絶世の美女だった。痩《や》せ細った今風の美女ではなく、豊満な感じの美女だったと思われる。

所の代官がこのお茶阿にぞっこん惚《ほ》れこんでしまった。この代官の名は明かにされていないが、徳川家譜代の臣だったことは間違いがない。どんな形でかしらないが、代官は足繁く通ってお茶阿を口説いたようだ。お茶阿ははねつけた。代官は亭主へも交渉してここでも手強《てごわ》くはねつけられたらしい。こんな形での権力の介入こそ、かつての鋳物師たち、誇り高き自由人の最も嫌忌・反撥《はんぱつ》するところだったから、これは当然である。

代官は激昂《げっこう》し暴挙に出た。お茶阿の亭主を捕え、無実の罪を着せて殺害してしまったのである。杖死《じょうし》（杖《つえ》で殴って殺した）とも鉄砲で射ち殺したともいう。

お茶阿の身がどうなったか、正確には分らない。代官が一応は手に入れたと書いたものもあり、いきなり逃げたと書くものもある。

とにかくお茶阿は三歳の娘の手をひいて、代官の手もとから脱出した。それもただ逃げ出したのではなかった。

当時浜松城にいた徳川家康の鷹《たか》狩りの帰途をうかがい、直訴したのである。

後世直訴は重罪となっているが、この当時でも簡単に出来ることではない。庶民の、しかも女性に、領主に直訴する勇気はまずなかったと思っていい。それを敢てしたのは、亭主への愛情というより、やはり自由の民の血のなせるわざだったのではあるまいか。

この直訴した年代は不明だが、天正十四年（一五八六）以前だと思われる。

家康はこの母娘《おやこ》を浜松城につれ帰り、くわしく問いただした末、問題の代官とその配下の手代、金谷の庄屋たちを浜松に呼び寄せ裁判を開いた。代官は色々に申し開こうとしたが、理非曲直は自ら明かである。代官は死罪に処せられた。

家康はお茶阿の身を憐《あわ》れに思い、浜松城で使うことにした。いきなり側室にしたわけではない。なんといってもお茶阿の身分が低すぎた。家康は側室に関する限り、豊臣秀吉と違って格別高貴の女を望んだことはない。特に初期の側室のほとんどは未亡人や家臣の妻だった。手近かで間に合わせたという感じである。それにしてもそれらの側室たちは一応は士分の者の出だった。或は庶民の出かと思われるのは次男秀康を生んだお万の方《かた》だけである。お万の方は正室築山《つきやま》御前の侍女だった女性である。

とにかくお茶阿はとりあえず湯番を職としたようだ。『玉滴隠見』に、

『御行水役ヲ勤メラレシガ……』

とある。恐らくそこで家康の手がついたのであろう。なにしろお茶阿は美人だった。

しかも家康の好む豊満型の美女である。手がつかなかったらおかしいようなものだった。

『ソレヨリ御側女《おそばめ》ニナリ侍二枕席《ちんせき》一（枕席ニ侍ス）』

と『将軍御《ご》外戚《がいせき》伝』にある。

お茶阿が忠輝を生んだのは文禄元年（一五九二）のことである。家康は五十一歳だった。

家康は天正十四年十二月に城を駿府《すんぷ》に移し、天正十八年（一五九〇）八月には更に江戸に移している。この二年後に忠輝が江戸で生れたということには意味がある。

この当時、家康は豊臣家の五家老の一人である。しかも文禄元年は秀吉の朝鮮侵寇《しんこう》のはじめられた年であり、家康は秀吉のそばにいる必要があった。家康が江戸城にいたのは正月から二月二日までで、以後は京都に行き、更に朝鮮攻略の前進基地である肥前名護屋《なごや》に行っている。

文禄元年三月十七日京をたった家康は、肥前名護屋に着き、翌年八月後半までここに滞在している。

側室たちはすべて連れていった。この三月中に同じ側室のお牟須《むす》の方は到着したばかりの名護屋の地で、難産のため母子ともに死んでいる。長い道中の無理がたたったのではなかろうか。

たった一人、お茶阿の方だけが、生れたばかりの辰千代(忠輝)と共に江戸城に残った。

江戸城の留守は、十四歳になった秀忠を中心に、榊原康政《さかきばらやすまさ》・井伊直政がこれを補佐した。この留守居役の最も重要な仕事は、江戸城の修築だったようだ。

天正十八年八月一日に家康が入城した時の江戸城は、荒れ果てて惨澹《さんたん》たるものだった。

城の外回りは石垣で築いたところなどなく、すべて芝土居で竹木が茂っていた。建物も屋根は腐って雨漏りし、畳や敷物も腐っていた。玄関も板敷ではなく土間で、上り段には舟板を二段に並べてあったという。

本多正信があまりのことに呆《あき》れ果て、せめて玄関回りだけでも新しく普請《ふしん》してはどうかとすすめたが、家康は歯牙《しが》にもかけなかったという。理由はひとつには天下の政情が定まらず、太閤秀吉の疑惑の目が常に徳川氏にそそがれていたためだ。名目さえあれば徳川家を滅ぼしたいと虎視《こし》眈々《たんたん》と狙《ねら》っていたからである。更にひとつには、家康はこの城にいることが少かったためもある。

この文禄元年になって本腰を入れて城の整備にとりかかったのは、秀吉の関心が全く朝鮮に向いていたためだ。今のうちに必要な仕事をしてしまおうという気が、家康にはあったようだ。

工事は三月から始められた。とりあえずは西の丸建設が目標だった。

江戸城の曲輪《くるわ》の外で、田畑もあり、春には桃・桜・つつじなどが咲き、江戸庶民の行楽地だった場所を、新たに城内にとりこみ、そこに西の丸を建設したのである。

工事に駆り出されたのは三河以来の譜代大名たちで、指揮をとったのは本多正信だ。正信は雨の日も風の日も毎朝七ツ（午前四時）から現場に現れたので、大名たちも提《ちょう》灯《ちん》をつけて暗いうちに現場に出た。朝食は昼近くになり、夕食は暗くなってからだったという。侍も中間《ちゅうげん》たちも等しく、もっこをかつぎ、鍬《くわ》をとって働いた。まさに強引ともいえる突貫工事だった。

工事は八月には大部分完成した。この間、江戸留守居の関心は専《もっぱ》らこの工事に向けられていたのは当然である。

お茶阿の方はこのお陰で、悠々と娘お八と辰千代と共に暮すことが出来た。小姑《こじゅうと》的存在である側室たちはいない。監視の武士もいない。お茶阿にとっては自由の天地だったといっていい。

家康が肥前名護屋から大坂に帰ったのは、翌文禄二年（一五九三）の八月二十九日。

更に江戸に帰ったのは十月二十六日である。実に一年九ヵ月の間、江戸城を留守にしたわけだ。

この間、お茶阿はお八、辰千代と共に数人の侍女に守られて、荒れ果てた江戸城内でひっそりと日を過していた。侍女たちの中には、この城の荒廃ぶりと、新しい西の丸建設工事の騒々しさを耐え難いと感じる者が多かった。よるとさわると愚痴だった。

侍女たちはどうしてお茶阿が家康を追って肥前名護屋に出かけて行こうとしないのか、理解出来なかった。他の側妾《そばめ》たちはすべて名護屋に同行している。一人だけ江戸に残っていては、家康の寵《ちょう》が衰えることは目に見えていた。

そして寵の衰えた側妾ほどみじめなものはない。自分の気ままで側妾の地位を捨て、市井《しせい》の人間に戻ることは出来ない。運がよければ家臣の誰かにまるで物品のようにさげ渡され、運が悪ければ生涯飼い殺しとなり、他の側妾たちのさげすみの目の下で、息を殺すようにして生き続けなければならぬ。そうなることを、お茶阿の方さまは御存知なのだろうか。

勿論《もちろん》、お茶阿は知っている。それと同時に卑しい庶民の出でありながら家康の子を生んだ女として嫉妬《しっと》と羨望《せんぼう》の冷たい目で見られていることを、はっきりと肌で感じている。

あのおなごはよりによって鬼子を生んだそうな。殿はその子を捨てよ、と命じられたそうな。湯番のはしための分際で、あの白い身体《からだ》で殿をたぶらかした罰であろう。よい気味じゃ。

そんな声がどこからともなく聞こえて来る。そんな声を聞きに、誰がわざわざ肥前などという遠国《おんごく》まで出掛けてゆこうか。いやなことである。お茶阿はこの時点で、まさか一年を越す別離になるとは思ってもいなかったが、家康の寵が去るなどという心配は全くしていない。

先に書いた通り、お茶阿は鋳物師の女房だった。生家も似たようななりわいである。つまりは天下を放浪した『道々《みちみち》の者』の末裔《まつえい》である。『道々の者』の間に強固な連帯意識のあったことは当然であり、それぞれが身体一つの自由人である以上、固い連帯によってお互いに助け合わねば、乱世の中で到底生きてはゆけなかった。情報の交換も積極的に行われたし、そのためか生きてゆく上での知恵は一個所に定住している常民より遥《はる》かに発達していた。

その知恵の一つに閨房術《けいぼう》がある。閨房術は中国で異常に発達した術であり、わが国には遠く平安時代に伝えられ、平安貴族によって探究された。同時に帰化人の男女がその枠を持ちこんで、代々子孫に伝えている。

お茶阿は嫁入り前に、母からこの秘術を伝えられている。

お茶阿の亭主も同じ『道々の者』の一族である。幼時から父或は兄、友人たちの口づたえで、常民とは異るすぐれた閨房術を伝えられていた。お茶阿は亭主との閨《ねや》の中でそちらの術も充分に仕込まれたことになる。

正直にいって、お茶阿は初めて家康に犯された時その性技のあまりの稚拙さに呆れ返ってしまった。ただただ突進するばかりで、急速に果てる。女の悦《よろこ》びなど意識になく、従って女の悦びによって引き起される男の充足した快感についても、全く無知なのである。今まで関係した女性がすべて士分の者の出であることを思えば、これも納得ゆかないこともない。士分の娘は閨の中でただただ自分を殺して男に仕えることしか勉《まな》ばないからである。

お茶阿は初めのうちこそ耐えていたが、家康になじむにつれて、徐々に自分が閨の舵《かじ》をとるようにしていった。いわば男と女の地位を逆転させたのである。家康は齢《よわい》五十歳になんなんとして、生まれて初めてともいえる爆発的な性の喜悦を身をもって知った。家康がお茶阿一辺倒に傾いたのは当然の帰結だった。お茶阿の性技を知ってからは、他の側妾のそれが子供だましのように思えるのだった。なによりも悦びの深さが格段に違う。

実は名護屋に赴いてからも、家康は欲求不満に悩まされ、人づてに何度もお茶阿に名護屋へ来るように促していた。それをお茶阿は悉《ことごと》く拒否して来たのである。拒否の理由は辰千代である。家康は『鬼子』と呼び、二度と見たくもないといったが、お茶阿から見れば可愛《かわい》いわが子なのである。多少ほかの赤ン坊とは違った顔立ちをしているのは確かだが、そのために可愛さが減ずることはない。

お茶阿としては家康の『捨てよ』という命令を撤回して欲しかった。正式にわが子として認めて欲しかったのである。

だがこの点では家康も頑固だった。また一国の城主として、一旦《いったん》口に出したことを取り消すことは容易には出来ない。家康はお茶阿が欲しい。だがお茶阿が辰千代のことですねているのもよく分る。現実問題としても、当歳の赤子を乳母に託して、肥前くんだりまで赴くことは、一人の母親として死ぬほど辛《つら》かろう。それも分らないではない。家康を他の戦国武将とは一味違った人物にしているのは、この相手の気持を理解する能力に長じている点にある。幼時の長い人質生活が、その力を養ったのである。

家康は窮した。『捨てよ』といった以上、忠輝は捨てられねばならぬ。捨てられた子は拾われても、それは一向に構わない。問題は誰が拾うか、だった。

我が国には、赤子を無事息災に育てるために、わざと一度路傍に棄て、通りかかった者に拾わせるという風習があった。太閤秀吉がその最初の子鶴松を棄てさせ、名も『棄丸』と名づけ、更に次子秀頼も同様にして『お拾い』と呼ばせたことは有名である。徳川家でも三代将軍家光が三つ辻《つじ》に棄てられ、通りかかった山田長門守正世（奇《く》しくも後に忠輝の城代となった）に拾われたという。

だが辰千代の場合はこの風習と関係ない。『鬼子』だから「捨てよ」と家康は命じたのである。こんな子を喜んで拾う（引き取る）男がいるわけがなかった。『鬼子』に対する恐怖心は、この時代になっても尚《なお》、潜在意識となって厳として存在した。こんな子を敢て拾う者があるとしたら、何が何でも家康との縁を強めたいと願う、ある意味で強欲な男に限る。だから三河譜代の中にはいるわけがない。彼等の多くは父祖の代から徳川家と共に生きて来た家柄であり、家康との結縁《けちえん》は既に充分に深かったからだ。そうかといって外様の大大名に頼むわけにはゆかない。『鬼子』は不吉な存在であり、その家を滅ぼす力を持つ。よほどの見返りがない以上、この養子縁組は無理である。それに家康の力はまだそれほど強大ではなかった。

家康はとつおいつ思案した揚句、一人の小大名を選び出した。

この男の名は皆川山城守広照。当時四十五歳。下野長沼三万五千石の城主である。

皆川広照は、鬼怒川の東岸に蟠踞《ばんきょ》した長沼族党の支流で、皆川を名乗り、広照の代になって長沼城主となった。地方豪族の常として、常に強力な者にはぬからず尾を振っておくという処世方針に徹し、早くから織田信長、豊臣秀吉によしみを通じ、家康ともつきあいがあった。天正九年十一月、織田信長に名馬を贈った、というのが、広照の歴史に登場した第一歩だったというところに、この男の生きざまが象徴されているようで面白い。

関東が北条氏のものになると、勿論ただちに北条氏政の被官となった。ところが天正十八年太閤秀吉の小田原攻めにあうと、北条氏照の手に属して出陣しながら、四月のはじめ単身家康の陣に身を投じ、秀吉へのとりなしを頼んで来た。このため皆川領一万三千石は安堵《あんど》されたが、この裏切りの代償として居城は激しく攻め立てられ、留守部隊は全滅している。恐らく妻子もこの時に死んだのではないか。

広照が徳川家の麾下《きか》に入ったのは、家康の江戸城入城後である。従って僅《わず》か二年間の縁にすぎない。三河譜代の家臣たちと較《くら》べれば、二年の歳月などなきにひとしい。この時期の広照がなんとしてでも家康との縁を濃くしたいと願っていたのは当然だったといえよう。

家康は腹心の本多弥八郎正信を使って、この皆川山城守広照と交渉させたらしい。

本多正信は策士の名が高いが、その理由の半分は彼がはっきりものをいわないことに起因しているのではないかと思われる。家康自身との対話も、まるで禅問答のようだったと録《しる》されている。いわゆる腹芸の大家だった。こんな交渉ごとには、最適の人物である。

皆川広照とて並の男ではない。強欲だし、頭脳の回転も早い。年齢も四十五歳といえば当時では古狸《ふるだぬき》に属する。だが本多正信にかかっては子供と大人である。広照の方は才覚があるといっても、自分の保全以外に頭を働かしたことがない。これに対して正信は、一向宗に対する深い信心から、三河一向一揆の時には主君家康に逆《さか》って闘い、敗戦と共に京に逃げ、以後恐らく越前一向一揆、石山本願寺戦と織田軍団との熾烈《しれつ》な戦闘を戦い抜いて来た筋金入りの男である。しかも全戦闘を通じて、前線に立って闘う武人ではなく、帷幕《いばく》にあって作戦を練る軍師であり、必要な人間と連絡を絶やさない外交官でもあった。

常に天下を相手に戦い続けて来た男と、自分の安全という目先の欲のために地方でこそこそと戦って来た男の格差は大きい。

広照は散々ねばった揚句、いつの間にかなんの見返りもなんの保証もなく、辰千代の身柄を引きうけることを承知させられてしまった。しかも広照の方からおがみこんでそうなったというような形である。あまりのことに広照は茫然《ぼうぜん》として口もきけなかった。徳川家臣団の凄《すさ》まじいまでの敏腕さに、どぎもを抜かれる思いだった。

しかし今更話を元に戻すことは出来ない。正信の陶器のような無機質な眼を思い浮かべると、そんなことをしたら何をされるか分らないという恐怖に包まれてしまう。

広照はやむなく、しかるべき手続きを踏んで、辰千代君との養子縁組を申し出て、即日、許された。

お茶阿がこの処置を喜んだ筈がない。辰千代を手もとから放すのは、断腸の思いだった。だがお茶阿は賢明な女性だった。ここで一波乱起せば、今度こそ自分は家康に捨てられることを悟っていた。本心はどうあれ、家康も主《あるじ》としての体面上、そうせざるをえなくなる筈だった。母子ともに捨てられては、この戦乱の世に生き続けてゆくすべがなかった。自分が家康の寵を失わぬことは、そのまま辰千代の身の安全にもつながるのである。

「ほんの少しの間だからね。辛抱おし」

明日は皆川家に渡すという前の晩、お茶阿は辰千代を抱いてゆすりながら、まるで物心ついた子にいうように話しかけた。

「いつかきっとお前を立派な大名にしてみせるからね。お父さまを震え上らせるような強い大名にね」

家康が肥前名護屋を引き揚げ、大坂に戻ったのは翌文禄二年八月二十九日のことだ。お茶阿は今度は江戸から大坂まで出かけていった。それは家康にとって旱天《かんてん》に慈雨を恵まれたようなものだったろう。或は熟れ切った汁気のたっぷりある白桃に、がぶっと食いついたような感じ、とでもいおうか。

なにしろ、一年七ヵ月ぶりの対面であり、房事だった。しかも今のお茶阿には野心がある。それも自分のためではない。『鬼子』の不吉な烙印《らくいん》を押されたわが子辰千代を、なんとかして世に出し、立派な武将に育て上げて家康を見返してやらなければならない。それには陰に陽に絶えざる援助の手をさしのべてやらなければならない。

お茶阿は皆川広照を全く信用していなかった。一目見た時から、強欲でいやな男だと思っている。こんな男にかかっては辰千代がどんな育てられ方をするか、分ったものではない。金をかけ、人手を集め、師を選んで、教育するなどということをするわけがなかった。

とにかく死なせなければいいのである。食わせてあとは放っておけばいい。それ以上のことを家康も望んではいない。そう確信している筈だった。それでも成長すれば、なにがしかの役には立つかもしれない。なんといっても家康の子であることに間違いはないのだから。それだけを頼みに、おざなりの養育を続けてゆく筈である。

これでは深山幽谷に捨てられたのと全く変りないではないか。誰一人としてこの赤子に愛情を持ち、育ててやろうと思う者はいないのである。この子を利用することしか考えていない皆川広照は、熊や狼と変りはない。利用出来ると思っている間は生かしておくが、利用価値がないと思えば、或は家康がその死を望んでいると思えば、即座に殺すだろう。そこになんの躊躇《ちゅうちょ》もありはすまい。

〈なんとか一人で強く生きておくれ〉

お茶阿としてはそう祈るしかなかった。同時に一日も早く皆川広照の手から辰千代をとり戻し、もっと暖かな手にゆだねる工作をしなければならないと決心していた。工作をするには、力がいる。力は家康の寵愛によってしか生れない。お茶阿は『道々の者』のもつ秘術をつくして、閨の中で完全に家康をとりこにした。

だが、皮肉なことに、お茶阿の努力の結果は、新しい妊娠という形で酬《むく》いられることになる。翌文禄三年、お茶阿は又しても江戸城で、男の子を出産した。家康にとっては七男に当る。松千代と名付けられた。

松千代は幸いにもお茶阿によく似た、肌の抜けるほど白い、美しい赤子だった。今度は家康は大変な満足だったという。

世に十八松平といわれる一族がいる。いずれも徳川家の縁戚に当るわけだが、実際は十四家しか残らなかったので、十四松平ともいう。その一つである長沢松平家の第九代、武蔵深谷一万石の城主松平康直がこの年の十月二十九日、二十五歳で死んだ。康直には嗣子《しし》がなかったので、この頃の慣習で絶家となるところを、家康が哀れんで、同じ年に生まれたこの松千代に継がせることにしたという。

だがこの記録は些《いささ》か怪しい。康直には確かに嗣子はいなかったが、全く相続人がいなかったわけではないのである。弟が四人もいた。本来ならすぐ下の直信が継ぐ筈だったが、中村孝也先生によれば、この直信は『多病で勤めが出来ない身』だったので、特に松千代に継がせた、というのだ。直信が多病だったか否《いな》か、今日では実証することは不可能だが、替って後を継ぐというのは当歳、当時の数え方でいえば一歳の赤ん坊である。こちらが多病か健康か全く分るわけがない。つまりはこの処置は、松千代にしかるべき名跡《みょうせき》を与えるための、かなり強引な政策だったということになる。

ちなみにこれは、家康の四男で、秀忠と同じ母をもつ松平忠吉の場合と同じである。忠吉はやはり十四松平のうち東条松平家を二歳で継ぎ、一万石の所領を貰《もら》っている。

松千代の長沢松平相続は無論、お茶阿の工作だった。奇妙なことにというべきか、当然のことにというべきか、お茶阿の母親としての愛情は、あげて辰千代一人に注がれている。出来の悪い子の方が不憫《ふびん》がかって可愛いのは今も昔も変らぬ親の情であろう。お茶阿としては将来辰千代の力になり、かばってくれる者を一人でも多く作りたいのである。長沢松平の件は松千代自身のためというより、辰千代の将来のための布石の一つだった。

誰が見ても可愛いという松千代が、生みの母でありながら、お茶阿はあまり好きになれなかった。松千代の顔を見るたび、お茶阿の思いは鬼怒川の彼方《かなた》の草深い城につれてゆかれた、辰千代にとぶのだった。

お茶阿は辰千代のために、更にもう一つの布石を打とうとした。それは連れ子であるお八の結婚だった。お八はこの年十三歳になる。当時としては十三歳は決して早婚ではない。だがさすがに家康は、この件に関しては仲々うんといわなかった。適当な男がいない、というのである。お茶阿がしつこく迫ると、ならば自分で相手を探せ、といわれてしまった。

当時、後世の大奥ほど厳重な男禁制ではなかったものの、江戸城の妻妾《さいしょう》の住む一郭《いっかく》はやはり男の家臣にとっては近づきがたい場所である。ここであらぬ噂《うわさ》をたてられては、立身のさまたげになることを、武士たちは充分承知していたからだ。その中でお八の婿《むこ》を探し出すことは至難のわざだった。

　だがそんなことぐらいで、辰千代を思うお茶阿の母心がくじける筈がない。どういう手段を使ったのか不明だが、お茶阿は近臣の中から一人の武士を見つけ出し、お八の婿として白羽の矢をたてた。武士の名は花井三九郎（後に遠江守《とおとうみのかみ》）吉成という。

　花井三九郎については、長い間『柳営婦女伝系』しか史料がなかった。そこには、

『花井遠江守は唐人八官の子にて、謡《うたひ》、鼓《つづみ》に達し猿楽の列なり。はじめ三九郎といふ。東照宮（家康のこと）御小姓に召出され、五百石を下され、後々出世し上総介忠輝（辰千代のこと）に附され、長臣の列に入る』

　とある。

　文中問題なのは『唐人八官の子』という言葉だが、後に三九郎の子息花井主水正《もんどのしょう》が幕府の罪を受けているための誹謗《ひぼう》の言ではないかと思われる。この点は、三九郎と同様忠輝づきになり、死後に罪を得た大久保石見守《いわみのかみ》長安が、唐人の子といわれているのと同じ事情であろう。

　忠輝の家臣団について詳細な研究を遺《のこ》された中嶋次太郎氏によれば、花井姓は東海

道西部に見られる名字で、特に尾張の知多、愛知両郡に多いが、その東隣りの三河にも若干ある。更に『花井系譜』には『本姓松下』とあることから、花井三九郎は東三河出身で、もとは松下姓だったが、三九郎の時、花井姓に改めたのではないかという。又、慶長十五年には松平姓を賜っているようだ。『三九郎』は勿論幼名であるが、成長した後も近親者の間では使われていたことが遺された手紙等で分る。

この花井三九郎吉成のどこにお茶阿が目をつけたのか、史料の上では不明である。新井白石の『藩翰譜』では、三九郎は忠輝の威を借りた倨傲《きょごう》な人物で、専横の振舞いが多かったと書かれているから尚更《なおさら》である。だがこの点も中嶋次太郎氏の研究によって大きく修正された。

花井三九郎は行政家としても卓抜した才能の持主で、千曲川の西側を通る街道を開き、裾花《すそばな》川の水路を変更し、更級《さらしな》郡内の治水と新田開発を行い、現在の長野市にとっては恩人ともいうべき人物だったということが明らかになっている。

もっともお茶阿が目をつけたのは、そんな才能のためではあるまい。またこの時点でそこまで見抜けるわけがなかった。たった五百石どりの御小姓にすぎなかったのだから。

お茶阿が惚れこんだのは、一つには三九郎が当時に珍しい知識人だったということ、いま一つには猿楽の者だったというためではないだろうか。猿楽の者とは本来漂泊の徒である。前にも書いたように『道々の者』の一人である。今風にいえば己れの才能一つで全国を流浪して生きる自由人だった。全国を流浪すればいやでも知識はふえてゆく。又それを武器にしなければ『道々の者』は生きてゆけないのである。

花井三九郎は仕舞《しまい》の名手でもあった。舞いは謡《うたい》や鼓よりも端的に、その舞い手の人柄を現すものだ。

お茶阿は家康の側にはべって、何度か三九郎の舞いを見た。見事に折目正しい所作の一つ一つに、三九郎の高雅な心がのぞいていた。高雅でしかも優しく、その上、自由人らしく気概が匂《にお》っている。この最後の点が別して重要だった。どんなに兵法にすぐれた勇猛の士であっても、それだけではお八の婿としてふさわしいとはいえない。またどれほど頭が切れ、将来の出世が約束された人物でも、ことは同じである。お茶阿は女として、そんな男が決して妻を幸せにしてくれないことを知っていた。それに辰千代の問題がある。

お八の婿は、何よりも『鬼の子』をうけ容《い》れてくれる人物でなければならない。認めるのでは足りない。普通の人間としてうけ容れることが必要だった。それには家康の判断とは別個の、自分なりの判断を持っていなければならない。

家康は辰千代を『鬼の子』と判断した。この判断に逆うことは並の家臣にとっては至難のわざだ。何よりも家康は主君であり、年齢も五十三歳、敵からも味方からも『海道一の弓取り』とたたえられた英雄である。そんな人物の判断に逆ってまで、自分固有の判断を持つほどの男が、特に若者の間にみつかるわけがなかった。万一いるとしたら、それは『道々の者』の出身であり、何世代も、何ものにもとらわれない自由の血を脈々とうけ継いで来た者をおいてほかにはなかった。

お茶阿は三九郎の舞い姿の中に、この精神の自由を感じとったのである。観客を恐れて見事な舞いを舞えるわけがない。たとえその観客が主君であり、天下の英雄だとしても、それを飲みこんでしまう器の大きさを備えていなかったら、猿楽の徒と呼ぶことは出来まい。お茶阿は家康を飲むような気概を、若い三九郎に認めたのである。

花井三九郎とお八の婚儀が、いつ、どこで行われたかを録す史料はない。だがこの結婚によって辰千代が有力なうしろ楯《だて》を得たことは確かである。それはこれから先の歴史に明かだ。お茶阿は正に望んだものを手に入れたといっていい。

お茶阿の働きはこれだけではとどまらなかった。彼女には更に二人の男の子がいた。山田姓の亭主が、前妻との間に儲《もう》けたものだ。お茶阿はこの二人を引きとって木全刑《きまたぎょう》部《ぶ》という男の養子とし、木全善八郎、木全又八郎という御家人にしてしまった。母親というものの凄まじさといえようか。

こうしてお茶阿の望み通り、辰千代を守る一応の態勢は出来上った。だが肝心の辰千代はまだ三歳であり、鬼怒川の栃木城にいた。

鬼子

文禄の年号は四年しか続かず、慶長に変った。その慶長三年の九月、鬼怒川沿いの道をゆく主従の武士があった。

主人らしい武士は二十七、八。髭《ひげ》の剃《そ》りあとの濃い男っぽい顔立ち。長身で瘦《や》せ型だが、筋骨は逞《たくま》しく、といって武辺一筋の荒武者には見えない。広い額と穏やかな眼が、この若者の高い知性を示していた。若者の名は雨宮次郎右衛門忠長。当時関東十八代官の一人として漸《ようや》く頭角を現して来た大久保十兵衛長安の直系の手代《てだい》衆《しゅう》である。

従者の方は年齢不詳である。異常なほどの小男で、顔が猿のようにくしゃくしゃなためだ。本人は三十三歳と称しているが、とてもそうは見えない。だが足腰のバネは恐ろしく強い。それも道理でこの男、武田忍者の裔なのである。名は才兵衛。忍びは本来きまった主人を持たず、その時々に金で雇われて働くものだが、才兵衛は嘗て雨宮次郎右衛門の父に生命を助けられたことがある。それ以来ずっと雨宮家に居ついて、家僕のように仕えている。忍びにしては律義で変った男だった。

雨宮次郎右衛門は元々武田の家臣である。武田家滅亡後、浪人したが、ほどなく徳川家康に雇われ、同じ甲州出身の大久保十兵衛長安に付けられた。名目は手代だが、時に隠密《おんみつ》のような調査役をやらされていた。次郎右衛門自身はそんな仕事が好きではなかったが、才兵衛がいるお陰で大方は首尾よくつとめを果たして来た。次郎右衛門の鋭い観察力と分析力が、才兵衛の調査を生かしているのだが、本人はそのことに気づいていない。ひたすら才兵衛の才覚だと思いこんで、なんとなく憂鬱《ゆううつ》なのである。

「ばかに暑いな」

次郎右衛門は才兵衛に声をかけた。残暑ともいえないほどの日の強さで、しかも風がほとんどない。既にびっしょりの汗だった。いまいましいことに、才兵衛の方は汗ばみもせず、涼しい顔をしている。

「川べりで休みましょ」

さっさと流れの方に下りてゆく。

川べりに立つとさすがに涼しかった。

「汗をお拭《ふ》きなされ」

「そうだな」

次郎右衛門は素直に応《こた》えると、肩にかけた荷物をはずし、大小をとり、着衣をはねて、上半身裸になった。幸い木立のお陰で、街道からは眼につかない。

淵《ふち》になっているあたりに下りてゆくと、まず顔を水につけた。水はひやりとするほど冷く、なんともいい気持だった。淵の深いところからじっと見つめている眼である。それが人眼の下に眼があった。水中で眼を開けた瞬間、ぎょっとなった。

次郎右衛門は慌《あわ》てて顔を水からひきあげた。

見たものが信じられなかった。

淵の底から、自分の顔を見つめていた眼。恐ろしく大きく、裂けたような眼。そんなことがありうるわけがなかった。次郎右衛門は、荷物を置き、大小をとり、着物をはねて上半身裸になる間、ずっと川面を見ていた。その間、誰も、いや何物も、水面には見えなかった。そうだとすれば、あの眼はそれ以前からこの淵の底に沈んでいたことになる。不可能だった。人間はそんなに長い間、潜水していることは出来ない。

河童《かっぱ》だろうか？

次郎右衛門の理性がそれを否定した。あれは人間だった。それも子供の顔だった。もう一度、水に顔をつっこんだ。今度は初手から眼を開けている。いた！　その裂けたような眼は、さっきと同じ場所にあった。だがそれだけではなかった。笑ったのである。その恐ろしげな裂けた眼が、明らかににっこり笑ったのである。

同時に急速に浮上して来た。

次郎右衛門は慌てて顔を水から出した。その上、置いてあった大刀を握った。襲われるような錯覚があった。

才兵衛がその動作に気づいた。

「どうなされた、若？」

才兵衛は今でも次郎右衛門を『若』と呼ぶ。勿論《もちろん》、『若様』の若である。次郎右衛門がどんなに抗議しても変えようとしなかった。だが、今は、そんなことは気にもならなかった。むしろ才兵衛がそばにいてくれたことに感謝していた。それほど、次郎右衛門はおびえていたのである。

次郎右衛門が才兵衛に返事をする前に、水面が割れ、男の子の裸身が臍《へそ》のあたりま

で、勢よく飛び上った。同時に、

「ひゅーっ」

という笛のような鋭い音がその咽喉《のど》から洩《も》れた。山国育ちの次郎右衛門は知らなかったが、これは房総や伊勢などで、長時間海に潜っていた海女たちが急激に息を吸いこむために発する音なのである。

男の子の身体《からだ》はすぐまた首まで沈んだ。

そう。確かにそれは人間の男の子だった。身体の大きさから見て齢《とし》は十二、三かと思われる。全身筋肉が発達し、日焼けで赤銅色《しゃくどういろ》だった。水中で見たように眼が異様に大きく、裂けたように釣り上っている。だが別して恐ろしげではなかった。面白そうに微笑していたためかもしれない。

「こいつ、どこから出て来た⁉」

才兵衛がさっと腰に手をやった。素早く、棒手裏剣を握った。才兵衛ほどの男が一瞬恐怖に駆られたのだと知って、次郎右衛門は満足だった。

「わたしは見た。淵の底にもぐっていたんだ」

「そんな馬鹿な！」

才兵衛が喚《わめ》いた。

「人間がそんなに長く息をとめていられるわけがない」

もう棒手裏剣を抜いていた。次郎右衛門はその手を抑えた。

「よせ。子供だ」

その子供は、相変らず首を水面に出して、じっと二人の方を見ている。さっきまでの微笑は消えている。短かく切った童子髪が眉《まゆ》を蔽《おお》い、白目の多い眼がまばたきもしない様は、どこかしら人を戦慄《せんりつ》させるような不気味さがあった。

才兵衛は棒手裏剣を左手に移すと、かがみこんで石を拾った。次郎右衛門がとめる暇もなく、印地《いんじ》打ち（石投げ）の要領で投げた。才兵衛の印地打ちは芸の域に達している。高い木の上の鳥の巣を叩《たた》き落すことも出来たし、走っている兎《うさぎ》を殺すことくらいのことはする。子供を傷つけることは確実だった。

〈無益なことを……〉

と次郎右衛門は思い、打たれた子供を哀れんだ。

驚くべきことが起った。

子供はすいと横に動くと、才兵衛の打った石を見事に摑《つか》んだのである。それだけではなかった。摑むと同時に投げ返した。石は唸《うな》りを発して飛来すると、才兵衛の右脚に当った。才兵衛ががくりと片膝《かたひざ》をついた。それほどの打撃だった。

才兵衛は無意識に、左手に握った棒手裏剣を投げていた。強力な敵に襲われた時の反射作用である。相手が子供だということなど、才兵衛の脳裡《のうり》からけしとんでいた。棒手裏剣は先端を尖《とが》らせた重い鉄製である。刺されば死は確実だし、当っただけでも相手を昏倒《こんとう》させる力があった。

だが今度もこの恐るべき子供は、楽々と棒手裏剣を摑みとっていた。おまけににたりと笑うと、

「ばーか」

からかうように喚くと、ずぶっと沈んだ。

才兵衛は素早く更に二本の棒手裏剣を両手に握って水面を見渡した。頭が浮かんだら投げるつもりでいる。

だが頭は一向に浮かんで来ない。

〈人間じゃない〉

次郎右衛門は確信した。確かに人の子が、こんな永い間潜水していることは不可能である。

「水の中に抜け穴があるんですな、これは」

才兵衛が構えを弛《ゆる》めながら、そういった。理屈ではそうとしか解釈出来なかったの

だ。

だがその瞬間、才兵衛の小ざかしい理屈を嘲笑《あざわら》うかのように、まさかと思うほどの遠い水面に、ぽかりと子供の顔が浮いた。呆《あき》れたことにそこは上流だった。子供は流れにさからって泳いだのである。こちらを向いて又怒鳴った。

「ばーか」

それきりだった。

この奇怪な生き物は再び水に沈み、二度と現れなかった。

「何者かな、あの子供?」

次郎右衛門が面白そうに訊《き》いた。才兵衛が珍らしいことに真赧《まっか》な顔をしている。この男は今の出来事を恥じているのである。怒ったように断乎《だんこ》としていい切った。

「子供ではありません。あれは侏儒《こびと》です。歳も三十はいっています」

「しかし……」

「それでなくては、わしの棒手裏剣を受けられるわけがない。あれはかなりの鍛練を積んだ侏儒の忍びに違いありませぬ」

次郎右衛門の反論を許さぬ強い口調だった。才兵衛にしてみれば、武田忍びの名誉のかかった一大事なのである。

確かに諸国の忍びの中には、多くの侏儒がいた。子供に化けられるというのが、彼等の特技だった。完璧《かんぺき》に近い目くらましである。

次郎右衛門は才兵衛の無念を思いやって、それ以上追及することをやめた。

「それにしても、こんな田舎には惜しい逸物ではないか」

「左様。出来るものなら、連れ帰って仕込んでみたいもので……」

どうやらこれは本気だったらしい。それから栃木城に着くまで、才兵衛は絶えず周囲に目を配っていた。例の侏儒を探していることは明白だった。

次郎右衛門の今度の旅は、徳川家の地がためとでもいうべき重要な任務によるものである。先月、即《すなわ》ち慶長三年八月十八日、太閤《たいこう》秀吉が死んだ。遺子秀頼は僅《わず》かに六歳。秀吉はその将来を危惧《きぐ》し、老醜と思えるほど卑屈な態度で重臣たちにその擁立と守護を頼みこんで死んでいったのだが、そんなものが屁《へ》の役にも立たぬことは誰にも分っている。

次に天下をとるのは徳川家康にきまっていた。だがこの政権交替は無血で行われる筈《はず》がなかった。いずれ天下分け目の決戦が行われる。その場所は西にきまっていた。大坂に近いどこかだ。家康はその地点に己れの全兵力を結集しなければならない。関束はがら空きになる惧《おそ》れがあった。万一関東の諸大名が結束して兵を起し、徳川軍団の背後を衝《つ》くようなことになると、合戦は無残な敗北に終る。先《ま》ず関東の諸大名の意向を周到な家康がそんなことを放っておくわけがなかった。先ず関東の諸大名の意向を明確に摑んでおく必要がある。そのため太閤の死後一月もたたぬうちに、心きいた手付・手代を探索のため関東各地に一斉に放った。次郎右衛門はその一人だったのである。またそんな用でもなければ、こんな草深い田舎城にわざわざやって来るわけがなかった。

その日の午後、皆川広照の栃木城に着いた次郎右衛門主従は、ここで例の化け物と再会することになった。

雨宮次郎右衛門は徳川家の一介の手代にすぎない。栃木城に着いたといっても、領主は疎《おろ》か重職の面々にさえ会える身分ではない。会えるのはせいぜい郡《こおり》奉行どまり。いわば下《した》っ端《ぱ》である。だが隠密の探索行には、その方が都合がよかった。

年貢《ねんぐ》収納の役目はいつの時代でも裏方である。いわば縁の下の力持ちだ。彼等は合戦があっても決して表に出ることはない。戦場の遥《はる》か後方にあって兵站《へいたん》と輸送に専念する。華々しい手柄話には無縁である。だが合戦の帰趨《きすう》をきめるのは、この兵站と輸送にあるといっても過言ではない。裏方をつとめる彼等にはそういう自負がある。だが現実に華々しく戦って莫大《ばくだい》な恩賞を受けるのは常に表の『いくさ人《にん》』だけだ。同じ武士に生れて、これは不公平すぎる。そういう怨《うら》みつらみが、彼等の心の中に積み重ねられている。

だから各藩の手付・手代は共通の被害者意識によって、一種の連帯を結んでいた。同藩の武士より遥かに気心が通じるのだ。明らかな敵方は格別としても、手代同士なら藩の秘密でもなんでも平気で洩らしてしまうのである。それに兵站を受け持った人間ほど藩の動向に敏感な者はいない。

雨宮次郎右衛門の名は、表方の武士は誰一人知るまいが、裏方では地方巧者《じかたこうしゃ》としてかなり高名だった。これは地方行政のベテランという意味である。

だから栃木城の郡奉行の下役たちは喜んで次郎右衛門主従を迎えてくれ、歓迎の宴まで張ってくれた。水を浴びて旅の埃《ほこり》を落とし、髪を結い直した次郎右衛門がこの宴席につらなったのは、夕刻といってもまだ陽のある頃だ。すすめられるままに盃を重ね、いい加減に酔った。実はこれが手である。酔うことによって相手を安心させ、口を軽くさせる。きわどい質問を発しても酔った上でのことだからということになる。

ようやく一座の気分がほぐれ、肝心の話題に入れそうになった時、それが起った。

突然なにかが唸りを発して次郎右衛門の頬を掠《かす》めた。反射的に身体を倒すようにして避け、床柱に刺さった物を視《み》た。それは棒手裏剣だった。明かに才兵衛の持物である。さっき才兵衛が異形の者に投げたそれに違いなかった。

次郎右衛門は庭を見た。

その異形の者は縁近くに立っていた。相変らず額を蔽った童子髪の下で、大きく裂けた眼がまたたきもせずに、次郎右衛門を見ていた。

今度は裸ではない。かなり値の張りそうな衣服をまとい、短い袴《はかま》をつけている。おまけに脇差《わきざし》までたばさんでいた。だが足は裸足《はだし》である。それがなんともちぐはぐな感じだった。

「ばーか」

化け物がまた嘲《あざ》けるようにいった。

「才兵衛！」

次郎右衛門は半ば無意識に叫んでいた。

才兵衛はこの宴席に連っていない。どこか近くの部屋で、恐らく更に下働きの者たちの饗応《きょうおう》を受けている筈だった。その才兵衛の名を呼んだのは、次郎右衛門が身の危険を感じたからである。棒手裏剣の飛来の仕方はそれほどの凄《すさ》まじさだった。よけるにはよけたが、半顔にまだしびれるような感覚が残っている。当っていたら即死した筈だった。

　さすがは才兵衛だった。列席した長沼藩の手代たちが、仰天し狼狽《ろうばい》して庭に走り出すよりも早く、どこからか疾走して来てこの化け物の前に立った。右手に棒手裏剣を握り、左手は腰に差した忍び独特の短い直刀の鯉口《こいぐち》を切っている。全身に吹きあげるような殺気がみなぎっていた。

　化け物はまったく動揺の様子を見せない。けろりとした顔で才兵衛を見ている。両手を自然に垂らし、脇差には手もかけなかった。

　才兵衛は右手の棒手裏剣を投げると見せかけて、左手で直刀を抜くなり跳躍した。これが才兵衛得意の攻撃法である。相手の頭上高く跳びながら、左手の直刀を唐竹割りに斬《き》りおろし、相手がかわせば間髪をいれず棒手裏剣を投げおろす。更に着地すると同時に、二本目の棒手裏剣が今度は水平に相手を襲うのである。この三段攻撃は今までに多くの敵を斃《たお》して来た実証ずみの術である。見ていた次郎右衛門は化け物の死を確信した。

　奇蹟《きせき》が再び起った。

　化け物はこの必殺の三段攻撃を苦もなくはずしたのである。はずし方は極めて簡単だった。才兵衛が跳躍した瞬間に、化け物も跳躍したのだ。それも才兵衛より高く跳んだ。当然、才兵衛の唐竹割りは不発に終り、棒手裏剣を投げようとした時は既に眉間《みけん》に蹴《け》りを放たれて、地べたに叩き落とされていた。さすがに才兵衛はこの蹴りを右腕でブロックしている。だがそのために右腕が痺《しび》れ、棒手裏剣をとり落とした。それほど強烈な蹴りだった。

「おのれ！」

才兵衛は左手の直刀を脇構えにとった。歯がみしている。顔色が蒼白《そうはく》に変っていた。武田忍びの誇りが二度にわたって踏みにじられたのである。才兵衛が必死の形相《ぎょうそう》になるのは当然だった。

才兵衛が疾走を始めようとした時、ようやく長沼藩の手代たちが間に割って入った。一人が才兵衛に手を合わせるようにして、

「抑えて、抑えて」

と頼み、一人が化け物に叫んだ。

「若、おいたが過ぎまするぞ！」

次郎右衛門はわが耳を疑った。

長沼藩の手代は『若』といった。若とは若様のことである。長沼藩主皆川広照には

子供がいない。北条家を裏切って太閤秀吉に降伏した時、怒った北条軍に長沼城を攻められて、妻も子供も皆殺しにされたためだ（この栃木城はその後の造営になる）。長沼藩で『若』と呼ばれるのは一人しかいない筈だった。即ち父家康に捨てられた鬼子、辰千代君である。

これだけのことを次郎右衛門は一瞬のうちに悟った。

みると才兵衛は長沼藩士の制止をふり切って、尚《なお》も化け物に肉迫しようとしている。

「やめろ、才兵衛！　そのお方は御主君家康公の若君だ！　辰千代君だぞ！　無礼はならぬ！」

次郎右衛門の大声は才兵衛を仰天させたらしい。足がとまり、口がぽかっと開いた。

「そんな馬鹿な！」

確かにそんな馬鹿なことはなかった。辰千代君はまだ十にもならぬ齢の筈だった。庭にいる化け物はどう見ても十三より下には見えない。しかも才兵衛をして、三十以下ではない、といわせたほどの手練《てだれ》の持主である。今の勝負も明かに才兵衛の負けである。

「若様はおいくつになられますか？」

次郎右衛門は、隣りにいた男に尋ねた。

「おん齢七歳におなりで……」

この答えは才兵衛の耳にも届いたらしい。唖然《あぜん》とした表情になった。

化け物、いや辰千代は突然走って座敷に跳ね上った。ずかずかと進むと次郎右衛門の前に出された料理を、手づかみで食った。

「おれのめしよりうまいな」

にこっと笑った。笑顔はまさに七歳の子のものだった。次郎右衛門にいった。

「お前の家来は強いな。剣術指南より、槍《やり》の指南より強い」

またひとつかみ料理を口に押しこむと、汁をがぶりと飲み、疾風《はやて》のように去った。

床柱の手裏剣が消えていた。

座が落着いてから、次郎右衛門はこの辰千代君の言葉の意味を問いただした。

長沼藩の手代たちは、苦々しげに答えた。藩の剣術指南役は下城の途中、不意に辰千代君に襲われ、木刀で左肩を砕かれて城を去ったという。槍術《そうじゅつ》指南役は道場で立合い、顎《あご》を蹴り砕かれて、翌日腹を切って死んだ。この時、辰千代君は突きかかる槍の上にとび乗り、そのまま進んで相手の顎を蹴り上げたという。

「なにも切腹することはないと思いますが……弟子が自分を超えたことを師は誇るべきではないでしょうか」

次郎右衛門は本気でそういった。七歳の子供という点に問題はあったのだろうが、それにしても心が狭まますぎるのではないか。

「若は槍も剣も勉《まな》んだことがないんですよ」

と手代が溜息《ためいき》をつきながらいった。

これには次郎右衛門も二の句が継げなかった。一般の槍術指南役が、生れてから一度も刀槍の術を勉んだことのない七歳の子に敗れたとあっては、これは確かに切腹ものである。或は剣術指南役のように夜逃げするしかあるまい。

「あのお方は正真正銘の鬼っ子でござる。七歳にして体力抜群、習いもせぬに刀槍の術にすぐれ、強弓をひき、荒れ馬に乗り、水に入っては魚同然。なんと腕に鱗《うろこ》まであると申します」

「見たことがおありですか？　いえ、その鱗ですが……」

次郎右衛門は訊いた。驚くべき水練の達者ぶりは、先刻承知している。確かに人間わざとは思えぬほどだった。水の中で自在に呼吸が出来るのではないかとさえ思われた。

「見ましたとも。はい、いつもほとんど裸で走り回っていられるのですから」

手代は真顔でそう答えた。ほかの者たちも一様に頷《うなず》いてみせた。どの顔にも例外なない途轍《とてつ》もない畏《おそ》れの色がある。

「面白いですなァ」

次郎右衛門は思わずそういってしまった。本音である。手代たちは一斉に咎《とが》めるように次郎右衛門を見たが、やがて苦笑した。無責任な他所者《よそもの》にとっては、これは『面白い』ことに違いないことを、彼等も認めたのである。

「いやあ、実に面白い。鬼っ子というのは、真実いるものなんですなァ」

次郎右衛門は強調するようにいう。長沼藩の者たちの実感を、出来るだけ引き出したいと思ったからだ。

「わしらも半信半疑だったが……」

年かさの手代が溜息まじりにいった。

「今では鬼っ子の存在を疑う者など、当長沼藩には一人もおりますまい。いや、藩士ばかりではない。町の者共も一人残らず承知しております」

「町でも暴れるのですか?」

「暴れるというのとは、ちと違います」

これは若い手代である。どうやら辰千代の肩をもつ方らしい。

「まったく邪気のない、おいたをなさるだけで……ただ、それがその……途轍《とてつ》もないことが多いので……」

語尾が弱くなった。結果として暴れるのと同じことになるに違いなかった。

「途轍もないこと、と申しますと？」

次郎右衛門が訊く。

「つまり、その……馬のかわりに牛に乗ってつっ走ってみたり、そのまま川の中にとびこんでみたり……」

「ははあ、水馬でなく水牛ですか……」

次郎右衛門は面白くて仕方がない。牛にまたがって町中の道を疾走させたら、騒ぎが起きない方がどうかしている。

「牛を差し上げて運んだこともあったな」

老人がいう。まるで若者を責めているようだった。

「仔牛《こうし》です。しかも病気でした」

若者の応答は弁解じみていた。

「牛方を殴ったではないか」

老人は益々居丈高になる。

「病気の仔牛に車をひかせていたからで……」

「牛方は顎の骨を折り、一月も働けなかった。お陰で藩は一月分の日当を払ったのだぞ」

「申しわけありません」

次郎右衛門は辛うじて吹き出すのを抑えた。藩士の中には鬼っ子の熱烈な味方もいるのだ。申しわけありません、という言葉がそれを証明している。鬼っ子の所業をこの若者が謝ることはないのだ。それを謝るのは、この若者が鬼っ子の所業になにがしかの共感を抱いており、まるで自分のしでかしたことのように感じているからに相違ない。

次郎右衛門はさりげなく一座を見回して、概して若者は鬼っ子の味方であり、老人ほど敵であるらしいのに気づいた。

いずれにしてもこの当年たった七歳の鬼っ子は、既に充分に長沼藩三万五千石の厄介ものになっていた。鬼っ子はその家にたたるからこそ、直ちに捨てられるのである。少くとも伝説の上ではそういわれている。

辰千代は早くも長沼城主皆川広照にたたりを及ぼしかけていたといえよう。藩内を老若二派に分けて対立させていることが、その証拠である。藩の結束にとっては、あってはならないことであり、いずれは藩政の上に影響を及ぼしかねない重大事なのだ。

いずれ誰かがその点に気がつき愕然《がくぜん》とするだろう。その時の結論は、目に見えていた。

〈鬼っ子さまはまた捨てられる〉

次郎右衛門はそう確信した。

〈その時、誰が拾ってくれるのだろうか〉

既に実の父家康に捨てられている身である。それがまた養い親の皆川広照にまで捨てられる。これは不吉なことだった。そして戦国の武将ほど不吉を嫌う者はいない。

次郎右衛門の胸が痛んだ。自分がどうやらこの鬼っ子を好きになりかけていることに、次郎右衛門は気づいた。

雨宮次郎右衛門と才兵衛は、長沼城で一夜を過ごし、翌朝出発した。二人の旅はまだ長い。常陸《ひたち》の国一帯が彼等の調査範囲なのである。

次郎右衛門が川沿いの道を選んだのは、無意識のうちに、鬼っ子にもう一度会えることを期待していたためかもしれない。才兵衛の方は恐ろしく不機嫌で、碌《ろく》に口もきかなかった。七歳の童子にいいようにあしらわれた屈辱が、まだ尾をひいているのは明瞭《めいりょう》だった。

川べりの木の下に、大きな牛が立っていた。当然木につながれているのだろうと思っていたが、近づいて見ると、なんとつながれている様子はない。のんきな百姓もいるものだと思った瞬間、木の上から声が降って来た。

「おい」

見上げると辰千代だった。着物と袴をつけているが、袴はたくし上げ、両肌《もろはだ》脱ぎになっているから、実際は裸に近い。

才兵衛は咄嗟《とっさ》に腰の棒手裏剣に手をやったが、思い返したように放した。辰千代の身分を思い出したのである。それにまた棒手裏剣を失うのはご免だった。旅先のことで補充がきかないのである。昨日、城内の庭で放った棒手裏剣も、ちゃっかりこの鬼っ子にもっていかれてしまっている。

「もう帰るのか」

辰千代の語調がひどくなれなれしい。遊び友達にでも話しかけているようだ。もっとも辰千代にしてみれば、才兵衛はいい遊び相手なのかもしれない、と次郎右衛門は思った。

「帰るのではなく、出かけるのです」

次郎右衛門は丁寧に答えた。仮りにも相手は徳川家の御曹子《おんぞうし》である。

〈御曹子ってがらか〉

腹の底でそう思い、おかしさがこみあげて来た。確かにこんな型破りの御曹子があっていいわけがない。木の下の牛は、恐らくこの鬼っ子の乗り物なのだろうと思った。果して辰千代は身軽に牛の背にとび降りた。牛はゆっくりと歩き出した。次郎右衛門たちも、牛と並んで歩く形になった。

「出かけるって、何処《どこ》へだい？」

訊き方が無邪気で、どことなく可愛《かわい》かった。こんなところが、若侍たちの気持を惹《ひ》きつけるのかもしれない。

「この常陸の国一帯を歩き回るのが我等の仕事で……」

どうして自分が正直に答えているのか、次郎右衛門にも分らない。相手はたかが七つの子供ではないか。

「面白そうだなァ」

辰千代が真実そう思っているような嘆声をあげた。

「わしも行ってみたいなァ。いかんか？」

まさにこれは本気だった。次郎右衛門が一言、いいよ、といえば、このままついて来るのは確実だった。

〈ほんとにそうしたら……〉

ちらりと次郎右衛門は思った。

〈長沼藩の老人たちにはさぞ感謝されるだろうな〉

もっとも若侍たちは血相を変えて次郎右衛門を追うだろう。下手をしたら斬られることになる。

「遠い国へ行ってみたいよ」

辰千代がいった。どこかはかなげな風情《ふぜい》が漂った。

不意に次郎右衛門の胸にこみあげてくるものがあった。鬼っ子の哀れさが心に沁《し》みたのである。

「もっと大きくなられましたら……」

次郎右衛門は湿った声でいった。

「どこへでもお出かけになれますよ」

才兵衛が驚いたように次郎右衛門を見た。主人の気持を見抜く点では、この男は天才だった。

「今では駄目なの？」

急に子供らしいものいいになった。

「ええ。今はまだ駄目です」

唐突に牛が走り出した。それが鬼っ子らしい悲しみの表現だと気づくのに、少し暇がかかった。それほど牛の疾駆するさまは凄まじかった。

「ばーか」

遠くで辰千代の声がした。それが別れの挨拶《あいさつ》だった。牛は川の中にとびこみ、対岸に向って見事に泳いでいった。

次郎右衛門と才兵衛は、呆《ほう》けたように立ちつくして、その姿を見送っていた。

雨宮次郎右衛門が常陸一国の隠密視察を終え、武蔵国八王子に戻ったのは、慶長三年十一月の初頭である。八王子に戻ったのは、次郎右衛門の直接の上司である大久保十兵衛長安がここの陣屋にいたためだ。現在も八王子市小門《おかど》町にこの陣屋跡がある。当時は横山村の内の小門宿だった。

八王子は北条氏照の居城のあった土地で、江戸―甲州間の軍事的要衝であり、後年には江戸城の退《の》き口といわれた場所だった。つまり江戸城が危険におちいった時は、将軍は半蔵門を出て新宿からまっすぐ甲州街道を走り、八王子を経て甲府城に入るという構想である。四谷に鉄砲同心の屋敷群を置き、八王子にいわゆる八王子千人同心を置いたのは、追尾する敵を迎撃するためだったという。その八王子千人同心と、関東支配の代官を統轄《とうかつ》していたのが、大久保長安だった。

近世史上、大久保十兵衛長安（後石見守）ほど謎《なぞ》に包まれ、しかも燦然《さんぜん》たる光芒《こうぼう》を残して消え去った人物は珍らしい。

現在、佐渡の大安寺に残された大久保石見守の木像の異様な印象が、はっきりとこの人物に対する世人の戸まどいと恐れを示しているように思われる。

この木像を一見して感じられるのは、何よりもその顔の大きさである。身体に比例して異様なほど大きい。実際にこんなにアンバランスなほど顔が大きかったのか、それともそれほど大きな印象を与える顔だったのか、どちらかである。大きいのは顔の面積だけではない。まず眼と眉が大きい。しかも切れ長の、いわゆる裂けたような眼だ。鼻も高く、大きい。尋常なのは口だけである。

この木像の作者がどんな思いでこれを彫ったのか、大久保長安の出自と履歴を見ればある程度分るような気がする。

長安は天文十四年（一五四五）猿楽師大蔵太夫《おおくらだゆう》の次男として生れた。幼名を藤十郎、後に十兵衛と改めた。

父の金春座《こんぱるざ》猿楽の大蔵太夫、俗に金春七郎喜然は、武田家全盛の時代に大和を去って甲斐《かい》へ下り、武田信玄の猿楽衆として勤めた。だから長安は生え抜きの甲州武士ではない。

奇妙な説がある。松本市立図書館所蔵の『中川市郎兵衛書留』という史料には、韃靼《だったん》人八官《はっかん》が切支丹《キリシタン》を広めるため日本人の女を娶《めと》って生んだのが長安である、と書かれているのだ。異常な才能を持ち、しかも終りをまっとうしなかった怪物的存在に、異人の子であるとか、切支丹だとかいう一種のいいわけをつけるのは、日本人の奇妙な習癖だったのだろうか。

大蔵太夫金春七郎喜然には二人の男子があった。七郎はこの二人を武士にしたかったらしい。武田家譜代家老土屋右衛門尉《じょう》直村から土屋の姓を貰《もら》い（寄子になったということである）、兄の新之丞、弟藤十郎ともに武田武士の一員となった。兄は小姓衆に加えられ、信玄が死んだ時は殉死をはかりとめられている。そして天正三年（一五七五）、長篠《ながしの》の戦いで花々しく戦って討死した。まるで絵に描いたような若武者の短かい一生を生き抜いたわけである。

長安はこの兄とは全く気質的に違っている。まず御小姓衆などという花々しい地位についたことがない。蔵前衆《くらまえしゅう》という地味な役についた。蔵前衆は貢税《こうぜい》・裁判・鉱山採掘といったことが主たる仕事である。戦《いく》さがあっても絶対に前線に出ない役である。

だから武田家が滅亡したところで討死などするわけがなかった。単に失職したというだけのことである。

長安がどうやって家康に召抱えられるようになったかについては、様々の説がある。そのこと自体が、長安の特異性を告げていることになるわけだ。

家康が甲斐に滞陣した時、仮館を建造したのが長安だった、という説（『大三川志』・『朝野旧聞褒藁《ほうこう》』）。その見事な建造ぶりが家康に認められた、という。家康が甲斐の国奉行日下部兵右衛門の屋敷に滞留した時、長安が桑木の風呂を造ったのが目に留った、という説。この風呂の設計は武田信玄が秘密にしていた足利家御所営作の図と細川物の数奇《すき》な風呂の絵図をもとにして造ったというおまけがつく（『武徳編年集成』・『慶長年録』）。

この二説は共に、長安が建築技術の素晴しさで認められたという点で共通している。

他にも説がある。

これは武田家滅亡後、長安は再び猿楽師に戻ったという説だ。

『佐渡風土記』によれば、長安は武田信玄の死後、勝頼に恨みを含み、甲州を逐電して参州（三河）に住んだ。徳川家康の重臣大久保相模守忠隣《ただちか》（当時は新十郎忠泰といった）は舞曲を好んだので、長安は縁を求めてこの忠隣にとり入り、やがて忠隣の伯父大久保次右衛門忠佐《ただすけ》から名字を貰い、大蔵太夫大久保十兵衛と改め、甲州の案内をしたという。

家康に知られたいきさつについては、同じ史料によれば、家康が駿河の岩淵にいた時、長安が側役人《そば》青山藤蔵を通じて、『金銀山御稼方《かせぎかた》の次第』、つまり今までの金銀山からもっと多くの収益をあげる方法があると上聞に達し、認められたのだという。

この当時の鉱山の採掘法はすべて露天、縦穴式だった。これでは水が出るとそこでおしまいである。長安の方式は今日と同じ横穴式だった。つまり山腹に坑道を掘り進めながら採鉱するのである。この方法だと、山内の湧《わ》き水を外に排出することが出来るわけで、当然採鉱の量は増大することになる。

もっともこの説は少々うがちすぎのところがある。後に生野《いくの》銀山、佐渡金山の採鉱量をそれまでの数倍という莫大な額にしてみせ、伊豆の大仁《おおひと》金山を開き、精錬法としては南蛮渡来の水銀流し方式（アマルガム法である）を使用し、『日本一の山師』と謳《うた》われた長安の業績をふまえて、後世に捏造《ねつぞう》されたものであろう。

『大久保家記別集』によれば、長安は大蔵八郎右衛門と名乗り、府中（現在の静岡市）で町家の子供や大人に謡《うたい》・小鼓《こつづみ》・仕舞を教えて生計を立てていたという。

家康が召しよせて仕舞を舞わせたところ仲々の名人なので、その後、能楽の催しのたびに呼ばれるようになり、遂《つい》には扶持《ふち》を受けるようになった。話してみると弁舌爽《さわや》かで利発者でもあるので、やがて御家人の列に加えられ、朝夕御伽《おとぎ》として伺候《しこう》するようになる……。

どうもこの説が一番自然な感じがする。無理がない。実態はこの通りか、これに近いものだったのだろうと思う。

とにかく、何よりも先ず、長安は利口で便利な男だったのだろうと思う。年貢のとりたてにも詳しいし、検地の法に熟達し、金銀鉱山については独自の方式を持つほどの腕だ。甲州の領民の気心も知っているし、役人として顔も売れていたのだろう。家康はいい買物をしたとでもいうような気軽さで、長安を使いまくったのではなかろうか。

ところが長安は利口なだけの男ではなかった。彼自身一個の野心家だった。家康より三歳の年少。この慶長三年、五十四歳だった。

この当時の五十四歳は既に老人である。本来なら青年客気《かっき》の野望ありといえども、ようやく鎮静に向い、諦念《ていねん》に達していい歳頃である。

だが長安は違った。

長年、下積みとして身内につみ重ねられて来た鬱々たる思いを、一気に晴らしたいという凄絶《せいぜつ》な野望が、今尚烈々として燃えさかっていたのである。その野望が長安に以後、尋常の生を送ることを許さなかった。

長安のこの野望は、多分に新らしい主人である家康から来ている。この主君は、なんと五十七歳という老齢に達した今、ようやく天下の覇権に手をかけようとしていた。長安とはスケールが違うが、同じように心の中に積み重ねて来た怨恨《えんこん》に似た思いを、一気に晴らさんとしていたのである。この主君を見て、長安の心が波立つように騒ぎ、その大波の中から積年の野望が巨大な怪物のようにその姿を現したとしても、決して無理とはいえまい。

家康の胸の火が、長安の胸にも火を点じたのである。やがてこの二人は、相たずさえて、それぞれの野望の達成に驀進《ばくしん》することになる。そしてこの両者が激突する悲劇のカタストロフに到達するのである。

慶長三年十一月初旬、雨宮次郎右衛門を八王子の代官屋敷に迎えた大久保十兵衛長安は、この野望に向って着々と牙《きば》をといでいる一匹の銀狼《ぎんろう》に等しかった。

受けもちの各地の詳細な報告が長時間にわたって行われた後で、ねぎらいのための酒宴になった時、次郎右衛門は初めて鬼っ子の話を長安に伝えた。

『怪力乱神を語らず』

という言葉がある。人を驚かすような世の不思議については、他人に語ってはいけない、という意味である。この言葉には先人の深い洞察と知恵が隠されているように思えてならない。

これは倫理ではない。禁忌《タブー》なのである。悪いことだからするな、というのではなく、話すと非道《ひど》い目にあうよ、といっているのである。怪力乱神、つまりはこの世の不思議を司《つかさ》どっている神々は、我がまま勝手で嫉妬《しっと》深いといわれる。だから思わぬ災害を蒙《こうむ》りたくなかったら、その神々を刺戟《しげき》するようなことを話してはいけないというのだ。夜、口笛を吹くな、という言葉と同様である。魔を呼びよせてはならぬ……。

次郎右衛門の話は、正にこの怪力乱神についてであった。鬼っ子の信じ難い力についてであり、人の心をとろかす不思議な可愛らしさについてであった。思えばこの時、次郎右衛門は既に魔にとりつかれていたのかもしれない。

長安はこの話に異常なまでの関心を持った。なん度も繰り返させ微細にわたって問いを発した。

この時の長安の心の中に、どのような思惑がひそんでいたものか、次郎右衛門には遂に分らなかった。

越えて慶長四年正月十二日、長沢松平家を継いでいた松千代が突然死んだ。六歳である。この年八歳になった辰千代は、弟のあとを継いで長沢松平を名乗り、武州深谷一万石を領することになった。

鬼子はようやく陽の当る場所に顔を出すことが出来たのである。お茶阿の方の悦《よろこ》びはいう方もなかった。

但《ただ》し、この松千代死亡の日付については、若干の疑問がある。もっと早く、或いは前年の十一月末乃至《ないし》十二月初旬のことではなかったかと思われる。

理由は慶長四年正月十九日の、四大老、即ち前田利家《としいえ》・宇喜多秀家・毛利輝元・小早川隆景《たかかげ》の四人が家康につきつけた詰問《きつもん》状にある。

四大老はこの中で、家康が文禄四年八月、太閤秀吉が定めた『御掟《ごじょう》』を無視し、第六子辰千代の妻に伊達《だて》政宗の娘五郎八《いろは》姫を貰いうけ、久松康元の娘を養女としてこれを福島正則の子正之の妻とし、また小笠原秀正の娘を養女として蜂須賀《はちすか》家政の子至鎮《よししげ》の妻とするなど、勝手に諸大名との間に婚姻関係を結んだことを責めている。これは一時、家康側も四大老側も兵備をかためるほどの緊張関係をつくり出したのだから、正しく当時の大事件である。この大事件の日付にまさか誤りがあるとは思われない。

だがそうなると、辰千代は正月十二日以降に長沢松平家を継ぐことになり、次いで正月十九日以前に伊達政宗の息女五郎八姫と婚約をかわしたことになる。名跡もきまっていなかった栃木城当時の辰千代と、仙台の雄藩伊達家との婚姻は考えられないからだ。近々一週間。いくらなんでも、ばたばたと話が進みすぎる感じがある。中村孝也博士も同様の疑問を抱かれたらしく、その『徳川家康公詳細年譜』の中で、この日付に、理由を書かれることなく、疑問符を一つつけていられる。

さもあらばあれ、辰千代は今や、長沢松平という名跡を得、その家臣団を引き継いだ。その上、奥州の大藩伊達家の息女と婚約することによって、伊達政宗という大きな後楯《うしろだて》を持つことになった。皆川広照などと較べたらスケールの違う、強力なバックである。

辰千代のためにこうした絵図を引いたのは、勿論《もちろん》お茶阿の方にきまっている。花井三九郎も一枚かんでいるに相違ないが、当時の三九郎にはまだまだ力量が不足していた。やはりこれはほとんどお茶阿の方の力によるものであろう。母親の一念が、女という武器を使って、天下の武将徳川家康を走らせたのである。女の、母のこわさというものを、つくづくと思いしらされるような事実である。

慶長四年という年は、徳川家康にとって誠に多事多難な年だった。まるで旋風の中にいるようだった。そして旋風の目は家康自身である。

太閤秀吉亡《な》きあと、最高の実力者が家康であることは衆目の認めるところだ。なにしろ家康は、その勇猛さと結束の堅さで戦国史上最強の軍団といわれた三河軍団を手つかずで保有している。家康は巧みに動いて、その軍団を一兵といえども朝鮮に送らなかったからだ。

石田三成を筆頭とする秀吉の中央官僚たちも、結局家康の老獪《ろうかい》さに太刀打ち出来なかったことになる。官僚たちは切歯した。このまま事態が推移すれば、水の低きにつくがごとく、政権は豊臣から徳川へ移ってしまうことは確実である。秀吉の死の直後から始まる、石田三成の執拗《しつよう》な家康暗殺計画は、中央官僚の焦燥ぶりを如実《にょじつ》に示すものだ。

天正十年の伊賀越えの大難以来、伊賀・甲賀の忍び衆をほとんど一手に握った家康の先見性が、この時見事な成果をおさめた。家康はこの執拗巧妙な暗殺計画のことごとくを事前に察知し、あっさりと肩すかしをくわせてみせたのである。

この年の閏《うるう》三月三日、六十二歳の長老前田利家が死ぬまで、家康と中央官僚の戦いは互角だったといえる。むしろ家康の方が押され気味だったかもしれない。だが前田利家の死で、天下の秤《はかり》は大きく家康に傾いた。

　前田利家は声望と実力を兼ね備えた豊臣方の長老だった。家康でさえ利家には遠慮せざるをえない面があった。その長老が死んだ。それは色々な意味で抑えがなくなったことであり、安全装置がはずされたことだった。

　その最初の現れは、皮肉にも、石田三成に対する加藤清正、黒田長政、浅野幸長、福島正則、池田輝政、細川忠興、加藤嘉明という、いわゆる七将の疾風迅雷のような攻撃だった。いずれも朝鮮の戦いで三成にひどい目にあった武将たちである。

　三成はいくさ目付として依怙《えこ》の沙汰《さた》があったともいわれ、故国でもこれらの武将たちの未納の年貢（戦争に莫大な人手をとられ、働き手の減った領国で、年貢がとどこおるのは当然であろう）を立替えたのはいいが、これに莫大な利子をかけたともいわれ、深刻な恨みを買っていたのだ。

　窮した三成はいかにも才子らしい頭の働きを見せた。これらの七将の棟梁《とうりょう》ともいうべき家康の屋敷に逃げ込み、庇護《ひご》を求めたのである。家康は七将をなだめ、次男秀康に三成を居城佐和山まで送らせるという見事な処置をとったが、内心、わがこと成れり、と喜んでいただろうと思う。これで前田利家亡きあとの家康の権威が確立したからである。

事実、この事件のあと、家康は諸将に懇願されるという形で、嘗《かつ》て秀吉のいた伏見城に入っている。興福寺の僧多聞院英俊《えいしゅん》は、その日記に、この日をもって家康が『天下殿に成られ候《さうらふ》』と書いている。

この同じ慶長四年、家康の世子（後継ぎ）秀忠は江戸にいた。妻の於江《おごう》の方《かた》（他にも於江与、小督、達子、徳子などといわれている）はこの年の六月十一日、次女の子々《ねね》を生んだ。後に珠姫ともいう。

於江の方は故小谷城主浅井長政の第三女である。母は織田信長の妹で美女の誉れ高いお市の方だ。長姉は秀吉の側室茶々（淀君）、次姉は京極高次の妻初である。

秀忠と於江の方は秀吉の命令によって結婚させられたようなものだ。典型的な政略結婚といえる。結婚当時、秀忠は十七歳、於江の方は六つ年上の二十三歳で、しかも結婚歴があった。それも二度である。最初の夫は尾張大野五万石の城主佐治与九郎一成。これは秀吉が強引に離婚させた。二番目の夫は関白秀次の弟で岐阜の城主、丹波少将豊臣秀勝。この夫は朝鮮の役の時、朝鮮の唐島で病死している。於江の方はこの秀勝との間に完子《さだこ》という娘を生んでいる。後に淀君の養女となり、九条関白忠栄《ただひで》の妻になったのは、この完子である。

とにかく二度の結婚歴があり、しかもこぶつきの六歳上の女性と結婚させられたのだから、普通の男なら面白くない筈だが、秀忠は少々違った種類の男である。彼はこの年上の、経験豊かな女性にぞっこんいかれてしまった。少くとも表面上からはそうとしか判断出来ない。

この女性に二男五女を生ませ、当時としては極めて珍しいことに、側室も二人しか持ったことがない。それも極めて短期間だったようだ。正式の側室というのではなく、何かこっそり手をつけてしまった、という感じなのである。史家が秀忠に恐妻家というレッテルを貼《は》る理由は、その辺にある。

於江の方もかなり凄まじい女性だったようだ。秀忠が第一回目の浮気で作った長丸という男の子を、於江の方はどうやら灸《きゅう》で殺させたようだ。たった二歳の子を、である。秀忠が二回目の浮気の相手お静の方が懐妊したと知った時、すぐ親元へ帰してしまったのはこの理由による。しかも生れた男の子幸松が三歳になると、武田見《けん》性院《しょういん》にあずけた。見性院は武田信玄の娘で、穴山梅雪の妻になった女性である。程なくどこでどう知ったか於江の方の侍女が見性院の屋敷を突然訪れ、御台所《みだいどころ》の御不快を告げ、由《よし》なき預り人をなされたといった。脅迫なことは明かである。だがさすがに見性院である。いずまいを正して、この子は預ったのではなく、子にするために貰っ

たのだと強弁し、更に、

『縦《たと》ひ御台様より如何様《いかやう》の御難事候とても、一たび見性院が子にいたしたる人の事にて候へば、はなし申事《まうすこと》とては、おもひも寄不申《よりまうさず》』

きっぱりといってのけたという。この幸松が後に三代将軍家光を扶《たす》けて功のあった保科正之である。

その於江の方が、或晩、閨《ねや》の中で秀忠に何とかしてくれと泣くように頼んだことがある。

気の強い於江にしては珍しいことだった。奥のことで於江の意のままにならぬことなど、何一つない筈だった。父家康の側室など於江は何とも思ってはいない。気にいらないとなったら、忽《たちま》ち女房をさしむけて手厳しく文句をいわせる。

家康の側室たちも、相手が於江の方では逆うことも出来ない。何しろ名門中の名門である。お市の方の娘といえば、天下の覇者・織田信長の姪《めい》ということになる。正に雲の上の人である。家康は妻築山殿（今川義元の姪）で懲《こ》りたのか、名家の女を好まなかった。側室にしたのはほとんどが身分の軽い者の娘ばかりだ。それも後家が多い。それでなくてもコンプレックスが強いのだから、雲上人於江の方の使者から切口上で高飛車にやられてはたまったものではなかった。忽ち参ってしまう。

その於江が、なんとかしていただかないと、気がふれそうですという。何をなんとかするのだと尋ねると、笛だという。秀忠は一瞬呆気《あっけ》にとられ、次いで笑いだしてしまった。於江の方ともあろう者が、たかが笛一つのことで気がふれるなどと……。

「ずっと奥にいらっしゃらないから笑ってなぞいられるのです」

怒りで身体《からだ》を慄《ふる》わせながら於江がいった。

とにかく朝から晩までのべつまくなし、全く絶え間がないのだという。しかも毎日である。法にも何もかなわぬ出鱈目《でたらめ》な吹き方で、出鱈目な曲を吹きまくるのである。初めのうちは、うるさいな、ぐらいのことですんでいたのだが、こうもひっきりなしに続けられると、神経がずたずたになったようで、もうその音にしか頭がゆかなくなる……。なんと於江の方は泣いていた。

秀忠は事態の容易ならざることにようやく気づいた。

「どれほどの間、続いているのだ？」

秀忠が尋ねると、もう一月になるという。

そういえば秀忠も思い出した。自分もその笛の音を何度か聞いたことがあるのだ。なんとも異様な音だった。ある時は、聞いているこちらまで踊り出したくなるほど明るく、陽気そのものである。又ある時は、陰々滅々、死にたくなるほど暗く沈んでいる。

「誰が吹いているのか分らないのか」

「分っています」

於江が即座にいった。声に怒りが籠《こも》っている。眼が憎しみで光った。

「あのお子です。鬼子です」

秀忠は息をのんだ。眼前に忽ち一人の異様な人間の姿が浮んだ。

まだ八歳だというのに、身体だけ見ると十四、五歳かと思われる大きさ。そのくせ童子髪を垂らした顔は対照的といえるほど稚《おさな》く、眼は裂けたように吊《つ》り上り……。

秀忠は無意識に身体を慄わせた。

「あなたもこわいのですか、あの鬼子が?」

於江が訊《き》いた。

「馬鹿なことを……」

といいかけて秀忠は口をつぐんだ。

こわくない、といえば嘘《うそ》になることに気づいたのである。本心をいえば秀忠はこの鬼子がこわかった。なんとかして、一日でも早く江戸城から出ていって貰いたくて仕方がなかった。

勿論、辰千代本人がこわいわけではない。いくら身体が大きいといっても、たかが八歳の子供である。秀忠がこわいのは、鬼子の持つ魔性だった。もっと正確にいえば、鬼子は魔性の者だと信じている多くの人々の不安感だった。秀忠は父が今どれほど危い立場にいるかをよく知っている。この大事の時に、城内の人々の心を不安に陥れるのは危険この上なかった。

不安な心は当然乗じられる隙《すき》を生むことになる。いつもに倍して堅固に城を守らねばならぬこの時に、そんな弱い部分をさらけ出すことの不利は明かであろう。そういう意味で秀忠はこの鬼子がこわかったのである。そして今、その懸念《けねん》が具体的な形をとって現われて来た。

「お茶阿の方に苦情はいったのだろうな」

秀忠は当然の質問をした。

「いいましたとも」

於江に仕えている者の中でも殊更《ことさら》弁舌すぐれ、なさけ容赦のない口をきくことで高名な女房を、とっくに派遣している。

お茶阿の方の答弁は、予想外のものだった。

「私どももほとほと手を焼いているのですが、どうにもとめることが出来ないのです。

叱《しか》ってもどこ吹く風、笛をとり上げても、すぐ又どこかから手に入れて来る始末。その上どこで笛を吹いているのか、その場所さえつきとめることが出来ませぬ」

もともとこの笛は、栃木城にいた時はあまり粗暴な振舞いが多かったと聞いたので、江戸へ引きとってから教えたものだそうだ。教えたのは笛だけではない。学問、礼儀作法、茶の湯など様々だったが、辰千代の気に入ったのはこの笛と茶の湯だけだったという。だからあまり叱りもならないという……。

「茶の湯？」

秀忠は思わず吹きだした。鬼っ子が茶の湯の席に坐っている情景など到底想像出来なかったからだ。

「濃い茶の味が気にいったというだけのようです。作法の方は無茶苦茶だといいます。当然のことですけれど」

於江の方はあくまでさげすみの姿勢を崩さない。

「それで？」

秀忠は話の先を促した。

お茶阿は以上のことを淡々と話した揚句、自分には到底あの笛をとめる力がない。申しわけなきことながら、於江の方さま御じきじきに、あの子を捉《とら》え、お仕置を下していただけないだろうか。いかようなご折檻《せっかん》なりと決して不服は申しません、という。つまりお茶阿の方は於江に下駄をあずけたわけである。

「それでどんな折檻をした？」

秀忠が訊いた。わが妻ながら、於江の折檻はさぞ凄まじかろうと想像はつく。背筋がぞくりとする思いに駆られたほどだった。

「どうして折檻など加えられましょう。捕えることもできない相手ですのに」

於江はお茶阿の返事を一種の挑戦と受けとった。やれるものならやってみろ、と聞いたのである。なんといっても辰千代は家康の子であり、秀忠の弟でもある。兄嫁の於江が手ひどい折檻の出来るわけがない。そうたかをくくっているのだ。一種の開き直りである。よし、それなら思い知らせてやろう。思い切った折檻を加えて、お茶阿の方を後悔させてくれる。まさか殺すことは出来ないが、五体満足では返さない。於江は一瞬の裡《うち》にそこまで決心を固めた。

奥には別式女《べっしきめ》という異様な女たちがいる。女ながらも男姿をし、袴《はかま》をはき脇差《わきざし》まで差している。御台所《みだいどころ》の護衛役であると同時に、腰元たちの武芸指南役でもある。事実、剣・薙刀《なぎなた》・鎖鎌《くさりがま》などの達者であり、男の武芸者と立合っても、一歩も後へ引かぬ剛の者だった。

於江はその別式女三人を選んで、辰千代を捕えてひきつれて来るように厳命した。捕えるためには多少手荒なことをしてもいいといい添えた。この鬼のような別式女たちに捕えられ、荷物のように運ばれる辰千代の姿を、お茶阿に見せてやりたい。於江はそう思った。

だがことは意外な結果に終った。

三人の別式女のうちの一人は即死、二人は重傷を負って濠端《ほりばた》に倒れているところを、番士によって発見されたのである。重態のうち一人は全身打撲、一人は溺《おぼ》れかけた上、右肩を完全に砕かれていた。二度と右腕は使えなかった。

於江はほとんど逆上した。全身打撲の者はやがて死亡し、残ったのは右肩を砕かれた女一人になった。その女の報告は信じ難いものだった。

辰千代は神出鬼没だった。普通に歩くということが全くない。常に走っているのである。それが獣《けだもの》めいた早さで、迫っても忽ち引離されてしまう。

三人の別式女はその段階で既にへとへとになってしまった。昼間のうちはその鬼ごっこで終始した。事実、辰千代はそれを鬼ごっこだと思っていた節がある。別式女たちがくたびれ果てて休んでいると、向うからわざわざ顔を見せるのだ。おまけに、ここまでおいで、とでもいうように手を振って見せたという。その間じゅう笛を吹いている。笛の音は面白くてたまらないというような、陽気なものだった。

夜に入って、また笛の音が起った。別式女たちは苦労してその場所をつきとめた。なんと西の丸の大屋根の上だった。


この当時の江戸城は七年前の文禄元年に行われた西の丸建設が完了しているだけで、それ以上はなんの進捗《しんちょく》も示していない。だから田舎城に毛の生えた程度である。とても天下の覇権を握ろうとしている者の居城とはいえなかった。

それにしても西の丸の大屋根といえば、かなりの高さである。しかも瓦《かわら》ぶきで滑りやすく、勾配《こうばい》も緩やかとはいえない。辰千代はその勾配の頂きに、ちょこなんと腰をおろし、無心に笛を吹いていた。怨《うら》み嘆くかのような暗い調べだった。

三人の別式女はなんとか屋根に出ることは出た。ここならよもや逃げられることはあるまい。だが具合の悪いことに、足場がひどく悪い。いずれも足袋を脱ぎ、裸足《はだし》になったが、それでも絶え間なく滑るのである。それに別式女の一人は高所が苦手だった。下を見ただけで目が回って来る。現代でいう高所恐怖症である。だが武芸で仕える身が、こんなことくらいで弱音を吐くわけにはゆかなかった。

三人は三方に別れて包囲の態勢をとり、じりじりと辰千代に迫った。辰千代は全く動かない。依然として笛を吹き続けている。三人の輪は縮まり、最早どんなにあがこうと取り逃がす筈《はず》のない距離に辰千代を置いた。

「一緒に来ていただきます」

一人が声をかけた。それが合図だった。他の二人が、つと手を伸ばして辰千代の両腕をとった。いや、とる筈だった。

驚くべきことが起こった。辰千代が跳んだのである。跳びながら一人の別式女の頭を蹴《け》った。普通なら倒れるだけですんだ程度の打撃だった。だがここは大屋根である。蹴られた別式女は倒れるなり屋根の勾配を滑り、あっという間に庇《ひさし》を越えて落下していった。これが即死した別式女である。辰千代の方は軽々と屋根の中ほどに着地している。足の裏に吸盤でもついているようだった。

「おのれ！」

朋輩《ほうばい》の転落に逆上した残りの二人が、辰千代を追った。一人が脇差を抜き、一人が鎖鎌を持ち、分銅のついた鎖をふり回しはじめた。脇差の別式女は峰を返した。いくらなんでも斬《き》るわけにはゆかない。

呆《あき》れたことに、辰千代はまだ笛を吹くことをやめていない。笛の音色は、先ほどまでの悲しみから激しい怒りに変っていた。口のかわりに笛で文句をいっているようだった。

鎖鎌の分銅がうなりを発して飛んだ。鎖は辰千代の首に巻きつく筈だった。それを確実にするために、脇差を抜いた別式女が鋭い一撃を送った。辰千代は脇差か分銅か、どちらかの打撃を受ける筈だった。今度は跳躍は効かない。別式女たちが充分計算に入れた上で攻撃しているからだ。跳べば足首に鎖が巻きつくことになる。

辰千代の応対は又しても別式女たちの意表をついた。獣のように低く四つん這《ば》いになったのである。しかもその姿勢のまま、恐しい早さで走り、脇差を振った別式女の足もとをさらった。

転倒して激しく叩《たた》きつけられた別式女は屋根瓦を砕きながら滑っていった。辛うじて庇にぶらさがったが、身体を引きあげるだけの手掛りがない。指は雨樋《あまどい》にかかっただけだ。雨樋が重みでたわみはじめた。下を見た。こちら側は濠である。濠に跳べば助かる。咄嗟《とっさ》にそう読んだ。身体を一振りして跳んだ。この別式女は目測を誤り、濠の手前に落ちた。全身打撲で重態。

最後の別式女は怒りに慄えながら、鎖を引きよせ、折畳み式の鎌を開いた。二人の仲間の転落が、彼女にこの鬼っ子殺害を決意させたのである。充分に腰を落し、足場を固めながら鎖を振った。分銅が鋭い音を発する。

辰千代は再び立っている。初めて笛をやめた。笛は大事そうに帯のうしろに差し、かわって短い棒状のものを抜いた。これは才兵衛から奪った棒手裏剣なのだが、別式女は知らない。ただの鉄の棒だと思った。

回っていた分銅鎖が突然引かれ、かわって鎌が飛んだ。まっすぐ辰千代に襲いかかる。辰千代は苦もなくこれをはずした。大きな動きはせず、僅《わず》かに身体をひねっただけである。これは一流の武芸者の受け方である。大きな動きは隙を作りやすい。ほとんど動かずによけられれば、反撃への転化がそれだけ早くなる。剣の道でいう『見切り』だった。

だが別式女は八歳の童子に『見切り』が出来るとは夢にも思っていない。偶然だろうと思った。すぐ第二段の攻撃にかかる。今度は分銅が飛んだ。鎌と分銅が交互に、つけ入る隙もない早さで飛び交うところに、鎖鎌の恐しさがある。

驚くべきことに、この八歳の童子はその攻撃をことごとく『見切り』の術ではずした。

〈これは⁉〉

別式女の心に一瞬動揺が生じた瞬間、辰千代の手にした棒手裏剣が分銅を叩き落した。すかさず足がそれを踏んだ。バランスを崩され、前のめりになった別式女に、逆に鎖をたぐるようにして辰千代が襲いかかった。棒手裏剣の重い一撃が、別式女の肩をこなごなに砕いた。別式女は気絶し、倒れかけた。その身体を辰千代が素早く支え、無造作に肩に担《かつ》いだ。走るなり高く跳んだ。辰千代の跳躍力は素晴しく、別式女を肩にかついだまま、水煙をあげて濠に落ちた……。

秀忠は目を瞠《みは》って於江の話を聞いていた。

「まさか。いくら鬼っ子とはいえ、まだ八歳だぞ」

「私もそう思いました」

於江も別式女が己の失敗をかばうために嘘をついていると信じ、第二段の手をうったのである。

於江の方は思案の揚句、お茶阿の方のもとへ女房を送り、辰千代を正式に茶席に招待した。辰千代が笛のほかに気に入ったのは茶の湯だけだったというお茶阿の言葉を逆用したのである。

於江の方の正式の招待とあっては、辰千代も逃げるわけにはゆかない。いや、お茶阿がどうしても、辰千代を出席させないわけにはゆかない。それが狙《ねら》いだった。

茶席に出て来れば茶を喫しなければならない。当然のことである。於江はその茶の中に痺《しび》れ薬を入れるつもりだった。痺れ薬で麻痺《まひ》している間に、高手小手に縛り上げて身の自由を奪う。その上でじっくりと気のすむまで折檻してやる。
於江はその責め手に、生き残った別式女を使うつもりだった。当然折檻は凄惨なものになるだろう。女の、特に復讐《ふくしゅう》の一念に凝り固まった女の拷問《ごうもん》ほど恐ろしいものはない。さすがの鬼っ子も、これで廃人同様になるであろう。好きなように折檻してくれといった以上、お茶阿の方はこの結果に文句をいうことは出来ない筈である。そして城の中は静かになる。人々の鬼っ子への恐怖も去る。いうことはなかった。すべて万々歳である。

珍らしく於江の方の胸が躍った。考えてみればこんな気持になるなんて久しぶりのことだ。その意味で鬼っ子はいい刺戟剤《しげきざい》になってくれた。城内での日々の退屈さを思えば、むしろ鬼っ子に感謝したいほどだった。

於江の方が鬼っ子をなめていたことは明かである。所詮《しょせん》はこわいもの知らずのお姫さまだった。於江の方はやがて思いもかけない形で、その代償を支払うことになる。

茶会の日が来た。茶会といっても、他の客を呼んだわけではない。客は辰千代一人である。形をつけるために、於江の方づきの女房たちが数人、出席している。その中に例の別式女も加えられていた。

定刻になると、辰千代が現れた。

於江は必ずお茶阿が同席するといって一緒に来るものと思っていた。来たら来たでいい。お茶阿にも辰千代と同じ痺れ薬をのませてやる。お茶阿が薬で眠っている間に、事はすべてすむ。

目が覚めたお茶阿は、廃人と化したわが子と対面することになる。さぞかし派手に悲鳴をあげ、騒ぎたてることだろうが、知ったことではない。言質《げんち》はきちんととってあるし、起ったことは起ったことである。いくら騒いだところで、とり返しのつくことではない。

だが奇妙なことにお茶阿は一緒に来なかった。自分が来ないばかりではなく、配下の女房衆も誰一人同行していない。辰千代はたった一人で、まるで隣りの家に遊びに来た子供のように、気楽に入って来た。さすがに今日はきちんと身なりを整えていた。見てくれは立派な若さまである。

辰千代は無造作に主客の座に坐《すわ》った。坐ったといっても、あぐらである。外見は十五歳ぐらいに見える。それも筋骨逞《たくま》しい身体が大あぐらをかいた格好は、それはそれで堂々としている。

「正座なさい」

と於江の方は命じたが、辰千代はけろりとしている。聞こえないか、或《あるい》は正座という言葉を知らないかのように見えた。

於江は当然腹を立てたが、それ以上押すのはやめた。ここで争って、ぷいと帰られでもしたら元の木阿弥《もくあみ》である。首尾よく痺れ薬を飲ませてしまうまでは、辛抱が肝要だった。

口まで出かかった罵声をこらえながら、於江は茶を点《た》てた。さすがは茶の湯の名手織田信長の姪である。見事な点前《てまえ》だった。

最初の茶には、毒は盛られていない。安心させるためだ。

前に置かれた茶碗《ちゃわん》を、辰千代は無造作に摑《つか》み、抱くようにかかえていかにもうまそうに飲んだ。作法には無縁の形だが、いかにも楽々として素朴に茶を楽しむおおらかさがある。無理に作法を守ろうとする者より遥《はる》かに見事な形だった。茶道の達者として、於江はそれを認めた。

〈すぐれた茶人になれる素質充分〉

そう思った。

茶碗がひと廻りして戻って来る。於江は茶碗を替えた。この茶碗には最初から痺れ薬が仕込んである。底に厚く薬が塗ってあるのだ。湯をさし、茶筅《ちゃせん》でかきまわせば、薬は溶けて茶にまじる仕掛けである。

於江は茶碗を辰千代の前に置いた。

辰千代がまた無造作に摑む。

於江は息を飲んだ。

だが辰千代は口もとまでもっていった茶碗を、渋面を作っておろし、そのまま次の女房に回した。飲まないのである。

「何故《なぜ》のみませぬ？」

於江が咎《とが》めた。実は考えられぬ事態に狼狽《ろうばい》している。

「くさい」

あっさりと辰千代がいった。

於江は自分が野性児の鋭い嗅覚《きゅうかく》をまったく考慮に入れていなかった愚を悟った。だがこの茶を飲まさないことには、本日の茶会の意味がなくなる。強行するしかなかった。

「飲みなさい。茶の香りです」

睨《にら》んだ。辰千代は首を横に振り天井を向いている。於江は女房たちに合図した。無理矢理飲ませろ、というのだ。

女房たちが辰千代に襲いかかった。二人が腕をとり、一人が口を割って茶を注ぎこもうとする。

辰千代は腕をとられるままにしていたが、顎《あご》を摑まれると、いきなりその指を嚙《か》んだ。

凄《すさ》まじい歯の力だった。茶を飲ませようとした女房は左手の人差指と中指の二本を、あっという間に食い千切《ちぎ》られ、大出血を起して失神した。茶碗は畳に転がり、痺れ薬はこぼれた。

同時に辰千代が両腕を振った。抑えていた女房二人が吹っとび、一人はにじり口から露地にとび出し、一人は利休の半截《はんせつ》のかかった壁に頭から激突した。

それまで手出しすることなく控えていた別式女《べっしきめ》が、隠し持った短刀で突きかかったのはこの時である。別式女は大屋根での格闘から辰千代の実力を知っている。女房たちの手に負える筈のないことを見抜いていた。だから刺殺の好位置を選んで、待機していたのである。狭い茶室内で、この刺突をかわすことは不可能な筈だった。だが別式女の右腕は、今もって動かない。肩の骨を砕かれたためだ。従って左手一本の刺突になった。兵法者は左手も右手同様に使えるというが、微妙な差はある。刺突は僅かに遅かった。

辰千代は左に寝ると同時に、右足をとばした。別式女は顔面に強烈な蹴りを受け、炉の方角に吹っとび、釜《かま》をひっくり返し熱湯を浴びた。灰かぐらが立った。

熱湯の飛沫《しぶき》から逃れて、機敏にとびのいた於江は、恐怖と怒りの中で喚《わめ》いた。

「無礼者！」

いった途端に音をたてて倒れた。於江の方の足首を、辰千代が摑んだのである。そのままぱっと立った。当然、於江の方は転倒し、おまけに脚が割れ下半身を露呈することになった。秘所もあらわになった。

高貴の姫は羞恥心《しゅうちしん》が薄いという。風呂に入っても前を隠したりはしない。だからこれだけだったら、於江の方はさほど屈辱感を感じなかった筈である。その後に続いた辰千代の言葉がいけなかった。

辰千代は於江の方の秘所を面白そうに見て言ったのである。

「わあ。母上のより真っ黒けだあ」

そして本当に不潔なものを見たとでもいうように、足をぽいと放り出し、ぺっと唾《つば》を吐いた。

於江の方は生れて初めて屈辱感に震えた。必ず殺してやると誓った。

「ふっ」

秀忠が妙な音を出した。

「殿！」

於江の声が鋭くとんだ。

「ふ、ふ、ふ、ふ、ふ」

秀忠が笑った。どうにもたまらないというように、笑いこけた。

「殿‼」

於江の声が怒りにとがった。

「いや、許せ。だがなんとも……これは……は、は、は、は」

なんともたまらずおかしかった。

於江が怒るのは分っていたが、どうにも笑いがとまらなかった。

秀忠は於江に惚《ほ》れている。ぞっこんといってもいいほど惚れ切っている。それでも時たまは、浅井長政の娘にして織田信長の姪という於江の名家意識にうんざりさせられることがある。

〈名家の裔《すえ》というのが何が偉いんだ〉

そういう反発がむらむらと起ることがある。

辰千代はその於江の名家意識を木っ端微塵《こっぱみじん》に砕いてみせたのである。

考えてみれば人間の秘所には名家も卑賤《ひせん》もない。美しいか美しくないか。味がいいか悪いか、それだけである。辰千代は正にその於江の最大の弱点をついた。於江は常の女より毛深く、その部分は密生した剛毛に蔽《おお》われている。清楚《せいそ》ともいえる顔立ちや、華奢《きゃしゃ》な身体つきからは想像もつかぬ猛々《たけだけ》しさだった。それだけ閨の中の仕草も激しく、それが秀忠を捉えて放さない理由だったのだが、於江自身はこの毛深さをひどく嫌っていた。下賤の女のようだと思っているのである。その弱味を正確に指摘され、於江が屈辱と憤怒に震えたのは当然だった。

だが、なんとも小気味よかった。自分がいえたらどんなに溜飲《りゅういん》が下ることだろうと、秀忠が内心、羨《うらやま》しく思うほどの痛快事である。この台詞《せりふ》一つで、秀忠は辰千代が好きになってしまった。

考えてみれば、辰千代は何一つ悪いことはしていない。笛に夢中になりすぎたというだけのことである。それを捕えて折檻しようとした大人の方が、勝手すぎる。しかも別式女たちが大屋根に上ったのは、彼女たちの勝手なのだ。辰千代が追い上げたわけではない。従って転落して死んだのも別式女の勝手である。辰千代は攻撃をかわしただけなのだから。

茶室でもそうだ。策を練り、おびきよせたのは於江の方であり、その結果が於江の方を辱《はず》かしめることになったとしても、辰千代を責めるのは筋違いであろう。秀忠は情よりも理に勝った男である。だから若いくせに分別面《ふんべつづら》をしているのだが、その理によれば、辰千代は完全に無罪である。といって、於江の方にそれを告げるわけにはゆかなかった。いえばどんなことになるか想像もつかない。最低一ヵ月は、閨から遠ざけられるのは確実だった。

「殿!」

於江は身体を遠ざけながらいった。返答次第では、今夜も身を委《まか》さぬつもりなのは明白だった。秀忠は慌《あわ》てて抱きよせながらいった。

「分った。わしから厳しく叱っておく」

同じ江戸城に住みながら、秀忠は辰千代に一度しか会ったことがない。栃木城から移って来た時、お茶阿の方に連れられて挨拶《あいさつ》に来たのだ。秀忠はなんとなく不気味な感じがして、碌《ろく》に挨拶もせず、多忙を理由に追い払ってしまった。その後は噂《うわさ》を聞くだけで、顔は見ていない。

於江の請《こ》いに負けて、辰千代に会わねばならなくなったが、秀忠は気が進まなかった。まだ分別などある筈もない、たった八歳の、しかも野性丸出しの子に、何をどういえばいいのか、秀忠にはなんの方策も立たなかった。

なんと辰千代はたった一人でやって来た。お茶阿の方が故意にそうしているのは明白だった。

〈どういうつもりなんだ?〉

秀忠にはお茶阿の意図が読めない。自分自身が厄介なことにかかずり合うのを避けるためだとは思えなかった。辰千代を世に出すために、お茶阿がどれだけのことをして来たか、秀忠はよく知っている。下賤の女ながら、いや、或は下賤の女だからこその、見事な働きぶりだと認めている。それほどの女が、一身の保全のために同行しないわけがない。

辰千代を世の中に慣れさすためだろうか、と秀忠は思った。教えこまれた知識より、自分でぶつかって摑んだ知識の方が身につくのは、いつの世にも変らない道理である。多少の厄介事が起るのは覚悟の上で、敢《あえ》てそうした教育法をとっているのだとしたら、お茶阿は並の母親ではない。それに、辰千代の身を守る能力について、余程の確信があるに相違なかった。事実、三人の別式女を倒したやり方を聞くと、身が軽い、とか、力が強い、という段階を遥かに越えた能力を感じないわけにはゆかない。それが生得のものとは考え難かった。

〈誰かよほどの兵法者が師となっているのではないか〉

秀忠はそう疑っていた。そのため、辰千代と会見する時に、たまたま江戸城に滞在していた奥山休賀斎公重に臨席してくれるように頼んだ。

奥山休賀斎は本名奥平孫次郎。三河国作手《つくで》城主松平（奥平）美作守《みまさかのかみ》貞能の家臣、奥平出羽守貞久の七男である。上泉秀綱に新陰流を勉び、後に三河国奥山郷に住い、奥山明神《みょうじん》に祈願して自得し、自ら奥山流を開いたという（一説には新陰流を改めて新影流と称したとある）。徳川家康に仕え、その剣を伝えた。この年七十四歳。とうに致仕《ちし》して、今は嘗ての主君、松平美作守の屋敷で悠々自適の日々を送っている。

休賀斎は秀忠から辰千代のことを聞き、異常な興味を持ったらしい。喜んで同席することを承知した。

秀忠は目の前にあぐらをかいている辰千代をつくづくと見た。咎める気にもなれず、自分もあぐらに変えた。

さすがに今日はきちんと衣裳をつけ脇差をたばさんでいる。その横に一管の笛と、なにやら得体の知れぬ黒い棒を差していた。これは棒手裏剣なのだが、秀忠はそんなものを見たことも聞いたこともない。背筋をしゃんと伸ばした姿は、結構凜々《りり》しく、堂々としている。これで童子髪と異様に切れ上がった気味の悪い眼さえなかったら、立派な御曹子《おんぞうし》として通るだろうに、と秀忠は少し可哀相《かわいそう》な気がした。

「笛が好きだそうだな」

秀忠は前に差した笛を扇子で指差しながらいった。

「うん」

辰千代の答え方は正しく童子のものである。それがなんとなく違和感があった。だがそれも、身体の成長が早やすぎただけのことで、別に辰千代の責任ではない。

〈どうしてわしは、この子の弁解ばかりしているのだろう〉

秀忠は自分の心の動きが奇妙に思えた。まさか鬼子の魔性に捉えられたのではあるまい。

「ひとつ吹いて見せぬか。短かい曲でいい」

「いいよ」

辰千代はひょいと笛を抜くと、すぐ吹きはじめた。調子を合わせることもしない。それは爆発するような歓喜の曲だった。初めて兄に当る人物に会い、思いもかけぬ優しい言葉をかけられた、その喜びを曲にしたものであることは、明々白々だった。秀忠にも奥山休賀斎にも、その気持はすぐ伝わった。

今日でいう即興曲だが、その表現の豊かさと音色の美しさは抜群だった。とても八歳の子の笛とは信じられない。この笛をうるさいと感じる耳は、音曲《おんぎょく》の美と愉《たの》しさを感じとれない耳なのではないか。

〈そういえば於江は音曲が嫌いだった〉

秀忠ははたとそのことに気づいた。織田信長は笛の名手として高名だが、姪の於江はその感性を受け継がなかったようだ。

笛は唐突に終った。

「なんだ、もう終りかね」

秀忠が訊くと、辰千代が奥山休賀斎を睨みながらいった。

「そのじじいが邪魔するんだもん」

秀忠は思わず休賀斎を見た。

「申しわけのないことを。確かに手前が邪魔を致しました」

秀忠は不審だった。休賀斎は終始無言で耳を傾けていたように見えたからだ。

「どんな邪魔だ？」

「実は無声の気合をかけ申した。いや、お子とは思えぬほどの、あまりに見事な、隙のないお姿に拝察されましたので……つい試したくなりまして……」

「無声の気合？」

「三度もだよ」

辰千代がいまいましげにいった。

秀忠はもう一度糺《ただ》すように休賀斎をみた。

「確かに三度です」

休賀斎が認めた。

秀忠はなんとなく不愉快になった。休賀斎と辰千代は、秀忠の全く気づかぬうちに、三度も闘っていたことになる。この場合、気づかなかったということは、それだけ兵法に未熟だということになる。

まず辰千代を叱った。

「じじいなどといってはならん。この仁は奥山休賀斎殿だ。父上の兵法指南役だったお方だ。奥山流という一流を創始された、剣の達人でいらせられる」

「ふーん」

辰千代は歯牙《しが》にもかけぬという態度だった。栃木城の指南役を剣と槍《やり》の二人も破っているのだから、指南役などといわれても、たいしたものだとは思わないのである。

「若」

休賀斎が初めて辰千代にじかに声をかけた。

「忍びの術を勉ばれましたか」

「忍びってなに？」

辰千代はからかっているわけではない。本当にそんな言葉は知らないのである。

「忍びを御存知ない？　しかし、腰に差していられる棒手裏剣は、忍びの持物ですぞ」

「ああ、これ」

辰千代は棒手裏剣を手にとって弄《もてあそ》んでみせた。

「これはね、猿からとり上げたの」

「猿？」

さすがに休賀斎も驚いたらしい。

「才兵衛っていうの。次郎右衛門の供だって」

辰千代の話は飛躍が多すぎて、秀忠には何のことやら分らない。だが休賀斎は兵法の話になると馬鹿に勘がよかった。

「武田の忍びにましらの才兵衛と申す達者がおりましたな。確か雨宮次郎右衛門殿の手の者になっているとか、聞きましたが……」

「ああ、それ」

辰千代が無造作にいった。

「才兵衛は面白かった。強いから」

「それはそうでしょう」

休賀斎はにこにこ笑っている。次いで不意に秀忠に頭を下げていった。

「ご免こうむります」

これは行動に移るという挨拶だった。頭をあげた瞬間に、休賀斎の身体は翻転し、長めの大脇差の抜討ちが、辰千代を襲っていた。

辰千代はとんぼ返りをして、一間のうしろに逃れた。にこっと笑ったが、顔色がちょっと蒼《あお》い。

休賀斎の大脇差は、刃鳴りを生じて、辰千代の頭上すれすれのところを掠《かす》めたのである。辰千代が生れて初めて味わう太刀ゆきの早さだった。

休賀斎の第二撃も、目にもとまらぬ早さだった。辰千代は棒手裏剣を使うのは疎《おろ》か、息を吐く余裕もない。休賀斎の剣は、今度も辰千代の頭上すれすれを掠めた。二度目ともなれば、休賀斎の意図は明白である。切る気はないのだ。だが頭上すれすれのところを掠める衝撃波によって、頭を叩こうとしている。それにこの剣は、上に避けることを禁じている。つまりとび上ることが出来ないのである。とべば、胴か脚を切られるだろう。だから辰千代は転って避けるしか法がないのだった。事実、右に転って辛《かろ》うじて避けた。

第三撃、第四撃も同じ間《ま》と同じ早さで振われた。辰千代はそのすべてを転って逃れたが、息が苦しくなって来た。呼吸する暇がないのである。常人ならとっくに気絶しているところだが、水中に強い辰千代は異常なほど長く、息をとめたままでいられる。

第五撃。驚くべきことが起った。辰千代はなんと畳をはね上げ、それで休賀斎の刃を受けたのである。休賀斎の脇差は見事に畳を両断したが、思いもかけぬ反撃に一瞬気が乱れた。辰千代はその隙をつき、休賀斎の手許《てもと》にとびこむなり、棒手裏剣で突こうとした。

休賀斎はその手を強く叩いた。棒手裏剣が落ちる。同時に休賀斎は辰千代の手を逆にとり、畳にねじ伏せて、膝《ひざ》で背中の一個所を抑えた。奇妙なことに、それで辰千代は全く動けなくなってしまった。

「ふーん、そこが急所なの？」

辰千代があっけらかんと訊いた。いい度胸というべきだった。少くとも畳をはね上げられて以後は、休賀斎は本気だった。あしらう余裕がなかった。子供相手に本気になっては、剣聖の負けである。

休賀斎は辰千代を放し、深く一礼した。

「御無礼を働きました。お許しのほどを」

「今の術を教えてよ」

辰千代が駄々をこねるようにいった。

悠然と見ていた秀忠が初めて口を利《き》いた。実はやっと口が利けるようになった、といった方が正しいかもしれない。

「どうだ？」

「手前を本気にさせ申した」

休賀斎は苦笑している。負けを認めているのだ。

「まさか、そんな……」

「真実でござる。まこと恐るべきお腕前……」

「何流だ？　師は誰だと思う？」

秀忠がせきこむように訊く。

休賀斎は首を横に振った。

「いずれの流派にも属さぬものとお見受け致す。恐らくは御自得のものかと……」

「そんな馬鹿な……」

秀忠は思わず叫んだ。それではまるで天才ではないか。凡才の典型のような秀忠にとって、天才ほど憎いものはない。凡才が苦労に苦労を重ねても、なお生涯到達することの出来ぬ高みに、生まれつき何の苦労もなく立っている男がいるなんて、こんな不公平なことがあるか。いや、あってたまるか。

休賀斎は哀れむように秀忠を見た。或は秀忠がそう感じただけかもしれない。

「兵法にあってはよくあることでござる。先程の笛も恐らくは御自得のものかと拝されます」

「それは違う！」

秀忠はわけもなく熱くなっていた。

「笛はここへ来てから、乱暴を矯《た》めるために習わせたと、母に当る者がしかと申していた」

休賀斎が辰千代にじかに訊いた。

「若は笛をどれほどの期間習われました」

「三日」

けろりと辰千代が答えた。

秀忠は息を飲んだ。三日！　たった三日習っただけで、この子はあれほど己れの思いを籠《こ》めた曲を、即席に作ることが出来るというのか。秀忠は烈《はげ》しい嫉妬《しっと》に駆られた。同時にそこが鬼っ子なんだな、と思った。常人に強い衝撃を与え、恐れ或は憎ませるのが鬼っ子なのである。

だが秀忠は一瞬で平静に戻った。休賀斎に向かって苦笑をしてみせた。

「わしの負けらしいな」

休賀斎は微笑して頷《うなず》いてみせただけだったが、秀忠の本音を知ったら驚愕《きょうがく》の余り、とび上った筈である。

〈この子はいつか殺さねばなるまい。だがそのためには、今、休賀斎にわしの本音を、憎しみの情を見せてはならぬ。殺した時、疑われるようなことは慎まねばならぬ〉

秀忠は心の奥でそう決心していたのだ。だからこそすぐ平静に戻り、苦笑さえしてみせたのだ。恐るべき計算高さだった。この青年も決して凡庸の徒ではなかったわけだ。

秀忠はわざとのんびりと訊いた。

「お前は将来何になりたい？」

「大人」

間髪をいれぬ答えである。

「だから大人になったら、何になりたい？」

「なにも」

辰千代の答えは簡単だった。

秀忠は内心安堵《あんど》の溜息《ためいき》をついた。

少くとも今のところ辰千代には何の野心もない。これはそのための安堵の吐息である。だがそれも今暫《しばら》くの間だ。あと五年たったら、この子はこの子なりの野心に燃えるだろう。本人にその気はなくとも、側近の者が植えつける筈である。

〈五年の間に殺そう〉

秀忠はそう決心した。余りにも冷酷非情なように聞えるかもしれない。だが、この当時の上に立つ者の心の動きは、おおむねこのようなものだった。

特に今の秀忠の立場は微妙である。父の家康は、今ようやく天下を手中にしようとしている。だが既に五十八歳の老齢だった。いつ死んでもおかしくない年だ。一刻も早く後継者をきめなければならない。それなのに父は一向にこの問題を明確にしようとしない。

長男の信康は父の手で殺され、次男の秀康はいったん太閤秀吉の養子となり（態のいい人質である)、次いで名門結城家の養子にさせられて、今のままでは徳川家を継ぐことは出来ない。そうなれば、当然三男の秀忠が後を継ぐことになる。事実、今日まで世子として扱われて来たのだが、家康が不意に死ねば、どうなるか分ったものではなかった。家康自身の気持も揺れ動いているようだった。

この翌年の関ヶ原合戦後のことになるが、家康は部下を集めて、この問題を諮問《しもん》している。誰を後継者に指名すべきかについて、存念を申せといったのである。諸将が様々な意見を出したが、秀康説が最も多く、次が秀忠の一歳年下の弟、忠吉説。秀忠を推したのは僅かに大久保忠隣《ただちか》ただ一人だったという。

秀忠はそれほど諸将の間で人気がなかった。凡庸に過ぎ、一片の覇気もなく、武芸の道にも暗く、到底大将の器ではないと軽侮されていたようだ。

これに対して兄秀康は鋭い剣のような人物である。伏見の馬場で馬を乗り回していた時、太閤秀吉寵愛《ちょうあい》の馬丁が技量較《くら》べをしようと馬を並べて走らせて来た。秀康は馬上で抜刀するなり、一撃でこの馬丁を切り殺し、

「たとえ太閤殿下の御家人といえども、馬を並べて秀康に無礼を致す法があるか」

と喚いた。諸侍はその威厳に打たれすくみ上ったという。これが十六歳の時である。秀吉さえその悍馬《かんば》のような性格を恐れ、名門ではあるが小禄《しょうろく》の結城家へ又養子に出し

てしまった。正に戦国武将好みの人物である。

弟の忠吉は秀康ほどの猛勇は持たなかったが、尚武《しょうぶ》の気風強く、部下に弓、鉄砲の名手を集めていた。秀忠に較べれば、遥かに武将らしい。

そんな難かしい立場にいる秀忠にとって、武勇にすぐれた兄弟はすべて敵である。

後年、秀康と忠吉は同じ慶長十二年に死んでいる。死因は二人共、瘡《そう》だという。瘡とは今日でいう梅毒だ。にわかに信じがたい気がするのは筆者だけではあるまい。

だから秀忠にとっては、辰千代も将来の敵ということになり得る。だが辰千代の年では、後継者争いに参加出来る筈がない。それに家康自身がこの子を忌《い》み嫌っている。

秀忠の不安は、先走りすぎていたといえよう。

自分でもその点に気付いて、秀忠は思わず苦笑いを浮かべた。

その時、休賀斎がいった。

「手前、暫く御城内にとどまりましても、差しつかえございませぬか」

「辰千代に剣を教えようと申すのか？」

秀忠が屹《きっ》となっていった。

「この若にお教えするような技は持っておりませぬ。暫くお遊びのお相手を致してみようかと存じただけで……」

拒否するいわれは何一つないのだが、秀忠は暫く応《こた》えなかった。理由は今までに述べた、武芸に対する秀忠の屈折した思いで明かであろう。

この上この鬼っ子に、剣など習わせたくはなかった。これ以上強くなられては、益々手に負えなくなるだけである。だが拒否すればやがては家康に聞こえるだろう。家康自身が奥山流の免許皆伝を許された、名誉の剣士である。秀忠に対して面白からぬ感じを持つことは明らかだった。

〈於江のこともある〉

なんらかの具体的な処置をとったことを、於江につげなければ、於江は秀忠を恨み、報復の措置をとるだろう。当分の間、於江の身体に触れることも出来まい。

「城内でとかくの噂に上るのはどうかな」

秀忠は猫なで声でいった。これが我を通そうとする時の癖なのである。

「いっそ美作《みまさか》の屋敷で、暫く辰千代をあずかり、思う存分遊んでみてはいかがか？」

美作の屋敷とは、現在休賀斎が身を寄せている松平美作守の江戸屋敷のことだ。

暫くでも鬼っ子を城内から追い出すことが出来れば、於江も満足するだろう。

「御母君さえお許し下されば……」

と休賀斎は答えている。休賀斎はこの城内で辰千代が嫌われていることを感じとっていた。この御子は恐らくどこへいってもそうなる運命なのだ。強い哀れみの情が休賀斎の心を捉《とら》えた。

〈よし。それならわしが……〉

休賀斎は休賀斎で、この時はっきりと決心した。思いきりこの鬼っ子を鍛え上げ、どんな事態に陥っても、少くとも自分で自分の身を守れる男に仕立ててやろう。それがこの薄幸の御子に対する、武人としてのせめてもの勤めではないか。

秀忠は正直ほっとしていた。お茶阿の方を説得するなど、たやすいことである。於江の方に折檻を一任したことでもある。これが秀忠一流の折檻だと考えれば、苦情をいう筋合はない。

秀忠の睨んだ通り、お茶阿の方は何の苦情もいわず、辰千代の身柄を奥山休賀斎に一任した。辰千代は江戸城を出て、松平美作守の江戸の屋敷に去った。

秀忠の処置は於江の方を満足させたといえば嘘《うそ》になるだろう。於江の方の望んでいたのは思い切った処罰である。だが秀忠にそんな処置の出来るわけのないことを、於江は読んでいた。秀忠は誰よりも父家康がこわい。家康の寵愛第一といわれるお茶阿の方を激怒させるような真似《まね》をする筈がなかった。秀忠にしてはまあまあ上出来の処置だと、於江も認めざるを得なかった。

何より笛の音が聞こえなくなったのが有難い。あの異様な顔を見ることもなくなった。ただ一点、腹の立つことといえば、お茶阿の方が一向にしょげないことだ。それどころか、前よりも喜々としているという。我が子を連れ去られた母親が、どうして喜々としていられるのか、於江には全く不可解だった。

〈負け惜しみの強い、いやな女〉

於江はそう思った。いかにも卑賤の出の女らしいと思った。

だが於江は間違っていた。お茶阿の方は本心から喜んでいたのである。

お茶阿はこれまで、何度辰千代に師を与えようとしたか分らない。だがことごとく失敗だった。辰千代が一向に師と認めないのだ。野獣とかわりなかった。辰千代は自分より強い人間しか師と看做《みな》さないのである。学問の師も、茶道の師も、蹴鞠《けまり》の師も、笛の師も一人残らず辰千代の奇襲を受けて昏倒《こんとう》した経験を持ち、その時点で師と認められなくなってしまった。

今、辰千代は恐らく生れて初めて、自分より強い人間に出逢《であ》った。ようやく師にめぐりあえたのである。母親にとってはこんな有難いことはなかった。だからこそお茶阿は、秀忠が困惑するほど丁重に礼を述べている。

辰千代は辰千代で、松平美作守の屋敷へ移って以来、こんな面白い日々を送ったことがないと思えるほどの喜びようだった。

休賀斎の課した掟《おきて》はたった一つだった。屋敷の者は一切いないと思え、というのだ。自分休賀斎と辰千代しか、この屋敷にはいないのである。遊び相手は休賀斎ただ一人。そのかわり夜でも昼でも、風呂に入っている時でも、厠《かわや》にいる時でも、随時随所で休賀斎を襲ってもいいという。勿論《もちろん》、休賀斎の方も随時随所で辰千代を襲う。

両者の差は、辰千代は真剣でも棒手裏剣でも使っていいが、休賀斎は袋竹刀《しない》しか使わないという点だけだった。袋竹刀とは新陰流の開祖上泉秀綱の考え出した稽古《けいこ》道具で、革袋の中に割り竹を仕込んだものである。表面が縮んで皺《しわ》だらけで、がま蛙《がえる》の肌に似ていたため『ひきはだ竹刀』とも呼ばれた。

袋竹刀といえども、休賀斎ほどの達人の手にかかれば、木刀と同じくらいの威力を発揮する。それに休賀斎は手加減をしない。思いきり強くひっぱたくから、打ち所によっては失神昏倒する。痛みはひどく、時に熱の出ることもある。熱が出ても休賀斎は一切容赦しない。受け手が常人なら、これは言語道断、死に等しい責め折檻ということになっただろう。

だがこの場合、受け手は辰千代である。この鬼っ子には、苦しい、という感覚がない。三歳の時から好きな所に行って、好きなことをしている。当然何度となく危い目にあっている。断崖《だんがい》から落下したことも、滝壺《たきつぼ》に吸い込まれて浮び上れないこともあった。それを異常な体力と気力で、たった一人で切り抜けて来ている。だから休賀斎の荒稽古は面白いというだけのことだった。

それに休賀斎も辰千代も立場は同等なのである。休賀斎もまた常時狙われ襲われるのだ。休賀斎の方は痛いどころではすまない。下手をすれば死ぬ。七十四歳の老人にとって、これは異常に厳しい状況であろう。休賀斎は見事にそれに耐え、逆に辰千代をひっぱたくのである。恨みつらみの入る隙《すき》はない。なんとも男っぽい明るい切磋《せっさ》琢《たく》磨《ま》の法なのである。

八歳の子といえども、自分が平等に扱われているか差別されているかは、明瞭《めいりょう》に識別する力を持つ。だから休賀斎の清朗な扱いは、辰千代に生れて初めてともいえる心の平安をもたらした。食事も同じものを一緒に食い、風呂へ入るのも寝るのも同じだった。へつらいもせず、威張りもしない。ただ隙を見せればひっぱたかれるというだけのことである。そのかわりこっちも、虎視《こし》眈々《たんたん》と相手の隙を狙うことが出来る。これは正に遊びだった。面白く飽きることのないゲームである。

休賀斎は礼儀作法も教えた。だがそれは戦陣の作法である。しかも戦いの場で、何故この作法が要求されるかという必要性の方から教えた。これは形骸《けいがい》化した作法ではなく、隙を見せぬしかも必要な作法である。辰千代にとっては、一々納得のゆくものだった。

文字も教わった。だが教科書はすべて軍書である。それも合戦の記録だった。これも面白いから、辰千代は喜んで読み、読むために文字を覚えた。

休賀斎はまた辰千代の脇差をとり上げ、かわりに刃長三尺三寸五分（約一メートル）、肉厚の剛刀を与えた。刃長三尺三寸五分の大刀は、大人でも使いこなすことの難かしい代物《しろもの》である。抜くだけでも大変なのだ。だがこの長く重い刀に慣れれば、後に定寸《じょうすん》といわれた二尺二寸五分の刀など、自由自在に振えるようになる。それが休賀斎の狙いだった。

剣技の伝授については、休賀斎は非常に苦心を払ったらしい。型通りの奥山流剣法は一切教えていないのである。辰千代が山野を駆けめぐって自得した、いわば自然流、鬼っ子風の体術を、下手にいじくることによって損うことを恐れたからである。

辰千代は兵法者の言葉を使えば、既に『一寸の見切り』を身につけている。敵の剣がわが身に迫っても、一寸（三・〇三センチ）の差で及ばないのを見越して、いたずらに動かない術である。或は、一寸の余裕を持てるだけ、僅《わず》かに動いて剣を避ける。

この『一寸の見切り』が出来れば、自分は隙を作ることなく、相手の体勢の崩れによって生じた隙を、間髪をいれず打つことが出来るのは、見易《みやす》い道理であろう。

　この『一寸の見切り』は幼児からの絶え間のない、長期の訓練によってようやく身につくものだ。時にはどれほど長期間、本気で鍛練しても身につかない者もいる。天《てん》賦《ぷ》の資質が大きく関係するのである。

　それを辰千代は僅か八歳で自得している。正に天才といってよかった。だからこそ休賀斎は敢て奥山流の伝授をしなかったのだ。

　一流を開いた剣士は、自分の流儀を後世に遺《のこ》すことが最大の望みである。だから素質のある弟子を得ると、精魂を傾けて自分の流派の剣を教えるものだ。休賀斎がそれをしなかったのは、既に徳川家康、小笠原玄信斎長治の如《ごと》きすぐれた弟子を育てていたことと、七十四歳という高齢のためかもしれないが、何より無私の心を持って辰千代に接したためであろう。辰千代は正に無二の師を得たといっていい。

　休賀斎はいわゆる型の稽古など全くしなかった。ただ辰千代をぶったたく時に、或る期間は同じ型を使う。辰千代がそれを楽々と避けられるようになると、他の型に変る。こうして奥山流のあらゆる型は勿論、知っている限りの他流派の型を、最も実践的な形で教えこんだ。時に槍を使い、長巻を使い、棒や鎖鎌《くさりがま》も使ってみせる。手裏剣や含み針まで攻撃又は防禦《ぼうぎょ》に使った。

辰千代はこの世にはかくも多彩な殺人の法のあることに素直に驚嘆していた。辰千代にとって武芸の道は進めば進むほど面白くなる遊戯に似ていた。

一年がたった。

慶長五年（一六〇〇）は徳川家の命運をわける重大な年になる。

この年の六月、徳川家康は上杉景勝が領地会津に帰ったきりなのを咎めて、再三上洛《じょうらく》を促していたが拒絶の返答を受け、遂《つい》にこれを討つことを決意し、豊臣麾下《きか》の諸将に出陣の用意を命じた。この命令は関東八ヵ国二百四十万石の大名徳川家康が下したものではない。豊臣家五大老筆頭としての命令である。つまり豊臣家の名のもとに、上杉景勝を討とうとしたのだ。

従ってこの時上杉征討軍に加えられた諸大名は、純粋には家康の部下ではない。軍の統制上はそういう形はとっていても、豊臣家の家臣という意味で、元来は家康と同等の資格を持つ。つまり同盟軍だったわけだ。

後世の史家はこの上杉討伐を、一種の陽動作戦だったといっている。自分が故意に大坂を留守にすることによって、石田三成を初めとする反徳川勢力に決起の機会を与え、はっきり敵として起《た》った大名たちを叩き潰《つぶ》すことによって、一気に天下の覇権を握ろうとしたものだという。

その証拠としてあげられるのが、大坂にほとんど全然徳川の武将たちを残してゆかなかったことだ。

本来なら、大坂城に於ける自分の地位を守るためにも、またいざとなれば秀頼を抑えて楯《たて》とするためにも、精強をもって鳴る三河軍団の一部を大坂城内に置いてゆくべきである。それを佐野綱正一人を西の丸に残しただけだった。

家康は、これも石田三成を欺《あざむ》くためか、側室の大半を同じ西の丸に置き去りにしている。つまりは誘いの隙なのである。

『徳川実紀』に書かれている有名な逸話がある。

六月十六日に大坂を立った家康は、翌十七日を伏見城に泊ったが、この時、城をあずかる鳥居彦右衛門元忠を呼び、この会津征討に当って伏見城においてゆく兵力が少いのを詫《わ》びた。彦右衛門はこの城を守る人数は少なければ少いほどいい。一人でも多くお召連れ下さいという。何故《なぜ》だと訊《き》くと、彦右衛門は答えて、この後、何事もなければその人数で充分だし、万一変事が起れば必ずや大軍に囲まれることになる。そうなれば近くに援助に駆けつけるお味方がいないのだから、今の五倍七倍の人数がいたところで城は落ちざるをえない。

『御用に立つべき御人数を無益に留守させ、戦死せしむること勿躰《もったい》なく存ずる故《ゆゑ》かくは申上るなり』

彦右衛門は家康より三歳年上で、今川の人質時代からつき従って来た男である。家康がどれほどの苦労をして来たか、つぶさに知っている。共に身をもって味わっている。今の家康が断腸の思いで彦右衛門を見殺しにせんとしていることも充分心得ていた。

家康が不覚にも落涙すると、

『我君は御齢やうやうたけ給《たま》ひ御心臆《おく》し給ふにや。今天下分けめの御大事にいたり、御家人の身命ををしむべき時にあらず。それを我々が命を捨む事をいたましく思召《おぼしめす》は何事ぞや。われわれ如きが五百か千の命を捨む事、何のいたましき事あらん』

彦右衛門はそういって、大いに罵《ののし》ったという。

一月半後の八月一日、伏見城は予定通り西軍の猛攻を受け彦右衛門はじめ全員討死している。

家康が江戸城に帰り着いたのは七月二日のことだ。秀忠は父を品川まで出迎えに行っている。

秀忠は気がはやっていた。この会津征討の戦いで、何らかの役割を持たされることが明白だったからだ。それは秀忠にとって初陣《ういじん》になる筈だった。

秀忠は二十二歳のこの齢まで、一度も合戦に参加したことがない。その点は一歳年下の弟、松平忠吉も同様だった。一人、二十七歳になる兄の結城宰相秀康だけが、太閤秀吉の養子として羽柴三河守秀康を名乗っていた頃、秀吉の九州征伐に従って日向《ひゅうが》に出陣している。もっともこの時秀康は十四歳だから、実際に戦闘したわけではないと思われる。文禄元年の朝鮮出兵の時は、結城家を継ぎ、徳川大名の一員として（結城家は家康の管轄《かんかつ》下にあった）千五百の兵を率い、肥前名護屋に陣したが、遂に朝鮮にわたることはなかった。それにしても秀忠・忠吉に較べれば、戦陣に慣れていたことだけは確かだろう。

秀忠にとってこの初陣は重要である。

なんとしてでも手柄を立て、武に暗いという評判をくつがえし、兄秀康との差を一気に縮める必要があった。ましてや弟の忠吉におくれをとるわけにはゆかない。そうすることで名実共に徳川家の後継ぎであることを内外に明示しなければならなかった。別して父家康に自分の武勇を認めさせねばならぬ。

これが秀忠のはやりにはやっていた理由である。

『永井直清覚書』という史料に、この時点での三兄弟の人柄と対応の仕方を批判した巷説《こうせつ》が書かれてある。仲々うがった説なので引用しておく。

『関ヶ原の時小山へ石田謀反《むほん》の事告来る。秀忠公は物を案ずる体なり。三河守殿（秀康）はにこにこと笑給ふ。薩摩守殿（忠吉）は馬にて殊《こと》の外いきらるる。人々推量に、薩摩守殿は只いきりて高名せんと悦《よろこび》給ふ。三河守殿は此《この》一乱の序《ついで》に、面白き事有て、天下を取る事も有らんと思召体。秀忠公は天下を取そこなはんとの思慮かと云へり』

『猛威』の秀康、『思慮』の秀忠、『血気』の忠吉。三兄弟の性格がよく示されているようにおもう。そしてこのいくさが、家康にとっての天下分け目の合戦だったばかりではなく、その子息の中、成年に達した三兄弟にとってもまた、後継者争いにおける天下分け目の戦いだったことを示すものである。

家康自身がこれについてどう思っていたかは、漠として分らない。

七月七日、家康は江戸城において会津攻撃のための軍令十五箇条を発し、また全軍の部署を定めたが、その時、前軍（先鋒部隊《せんぽう》）の司令官は秀忠で、秀康と忠吉はその前軍に所属する一部将ということになっている。

江戸城に入った家康は、久しぶりで辰千代にあった。例の、『龍鐘（龍種の誤り）ツラダマシヒ、ソノママ三郎（信康のこと）ガ幼稚立《をさなだち》ニ少モ違《たがは》ザリケリ』

という言葉を発したのが真実なら、恐らくこの時ではないかと思われる。これは『玉滴隠見』にあるのだが、それによればこの言葉が発せられたのは辰千代七歳の時、つまり慶長三年のことだという。

だがそれには同時に皆川広照と長沢松平家の家臣小野能登守が辰千代を長沢松平家の名跡に立てようと画策して、家康に会わせた時の言葉だとある。事実は慶長三年には松千代が長沢松平の当主である。こんな馬鹿なことが出来るわけがない。まして小野能登守は辰千代のことなど知らない筈《はず》であり、また知っていたとしても家臣が当主をくつがえすような陰謀を企てて、家康が黙っているわけもない。

大体『玉滴隠見』という書物には史実から大分離れた伝説的所伝（中村孝也先生の言葉である）が多く、例えば辰千代と松千代を双生児のように書く誤りを犯している。徳川幕府の公文書である『徳川実紀』に、きちんと辰千代並びに松千代の生誕の年月日が書かれているし、他の所伝にも双生児という言葉はないのである。

奥山休賀斎からもなんらかの言葉があったのであろう。この頃から家康の辰千代を見る眼は幾分変ったようだ。

だがこの時は辰千代のことなど考えていられる時ではなかった。徳川家の興廃を賭《か》けた大合戦の前夜だったのである。

七月二十一日に江戸城を発した家康は、二十四日に下野小山に到着したところで、石田三成挙兵の報を入手した。家康はその夜のうちに福島正則に手紙を送り、陣中に招致して懇談を交わした。

翌七月二十五日、会津征討の客将をすべて召集し、三成挙兵のことを告げ、諸将に自由に行動するように告げた。領国に帰るもよし、石田方に与《くみ》するもよし、いずれの場合も自分は阻《さまた》げもしないし、恨みにも思わない、といったのである。

客将たちとは、家康の部下ではなく豊臣家の家臣であり、西国に領国を持つ者が大半だった。しかも故秀吉の命によって、いずれも大坂に人質として妻子を置いている。石田三成がこの人質を放っておくわけがない。事実細川ガラシアは、この時に死んでいる。だからこそ、家康はこういう提言をしたのだ。情味あふれる言葉である。

そしてこの時、前夜福島正則と会談した効果が現れた。正則は客将の中でも最も故秀吉に近い、子飼いの大名である。しかもこの当時は要衝《ようしょう》の地尾張清洲の城主である。その正則が、まっ先に発言して、大坂の人質は放棄し、徳川殿の前駆として西上する、といい切った。この思い切った発言を皮切りに、全客将が同じことを誓った。

この小山会議の結果、家康は会津征討軍の全員を率いて西上し、石田三成と戦うことになったわけだが、この時、問題の三兄弟はどういう配置をされたか。

先《ま》ず最年長の結城秀康はこの地にとどまって、会津の上杉景勝に備えることを命じられた。これはほとんど留守部隊に等しい。当然、秀康は憤然として使者を本陣に送り、

『上方の戦を打捨て此表に残りとどまらん事思ひもよらず。たとひ父君の仰《おほせ》なりとも、此儀には従ひ奉《たてまつ》りがたし』

と強硬に異議を申したてたという。

家康は直ちに秀康を本陣に呼びよせ、側近の謀将本多正信のいるところで、理をつくして説得した。『徳川実紀』のこの部分を引用したいが長文にわたるので、現代文で要約しておく。

「上杉家は謙信以来武勇の家である上に、景勝自身も幼時から戦場の中で生長し、武名の高い男だ。誰が相手をしても難しい敵だ。その敵相手にお前なら戦えるというのだから、武人の面目これに過ぎるものはないではないか。それにこれから上方に向う軍勢はすべて家人を江戸に置いてゆく。関東の守りが堅くなければ、家人の身も心配になり、充分戦うことも出来まい。これもお前を置いてゆけば安心出来るのだよ」

こうまでいわれては、秀康も承知せざるを得ない。家康は更に秀康に、自分が若い頃から着ていた鎧《よろい》を譲り、こういったという。

『此鎧は、家康がまだ若かりし頃より身に付けて、一度も不覚を取たる覚えなし。父が佳例になぞらへ、今度奥方の大将承て、名を天下に揚給《あげたま》へ』

なんとも見事なおだて方だともとれるし、素晴らしいはげまし方だともとれる。私はむしろ後者の意味にとりたい。何故なら家康は更に語を続けて、上杉勢が現実に江戸を目指して、南下して来た場合の、具体的な戦法まで指示しているからだ。現代文で引用しておく。

「景勝が攻めて来ても宇都宮のあたりでは戦うな。一旦《いったん》やりすごして、敵が利根川を越えたと聞いたら、全軍を一度に押出し、上杉勢を追尾する形をとれ。そうすれば上杉勢は必ずとって返す。その時、全軍に下知して一戦に雌雄を決し給え」

これは後に家康が関ヶ原でとった戦法に酷似している。敵の戦わんとするところを避け、敵の背後に回り後続との連絡を絶とうとする気配を見せれば、敵は必ず慌《あわ》ててとって返し、今でいう遭遇戦になる。そして平地の遭遇戦こそ、三河譜代で構成される徳川軍団の最も得意とする戦いだった。その特性を生かす作戦計画を、ここまできめ細かに指導したということは、家康が本気で、上杉と戦えるのは秀康しかいない、と考えていたことを証明するものであろう。

では秀忠の場合はどうか。

家康は会津征伐の時と同様、秀忠に重要な地位を与えている。即《すなわ》ち、東海道を西上する家康の本軍に対して、同時に併行して東山道（後の中山道）を西進する一軍の総大将を命じたのである。その総軍勢三万八千。ひたすら東山道を進み、美濃で本軍と合流する予定だった。

秀忠の得意思うべしである。初陣を三万八千の総大将として飾れる者など、めったにいるわけがない。それは三兄弟の中で、最も恵まれた部署だったといえよう。

秀忠は当然気負いたった。ここで大手柄をあげて父の知遇に応えなければならぬと決心した。その目に映じたのが上田城の真田昌幸である。

真田昌幸は地方の豪族の典型といってもいい。老練狡猾《こうかつ》、煮ても焼いても喰えない男である。もともと信濃小県《ちいさがた》郡を本拠とした小豪族で、はじめ村上氏に属し、武田信玄の信濃侵攻を見るとこれに従い、武田滅亡と共に織田信長に通じ、更に北条についたり家康についたりしている。秀吉がこの昌幸を『表裏卑怯《ひきょう》』と罵っているが、地方の小豪族が乱世の中で生きのびる道は、それしかなかったのである。

今度の戦いにおいても、その表裏卑怯ぶりは充分に発揮された。初めは子の信幸・幸村と共に、秀忠の指揮下に入り会津征伐に従軍する筈だったが、石田三成の西軍加担を求める密書を受けとると、いかにも老練狡猾な武将らしい処置をとった。徳川三将の随一本多忠勝の娘を妻としている長男の信幸には徳川方に味方させ、自分は石田三成の親友大谷刑部《ぎょうぶ》の娘を妻とした幸村と共に、石田方についたのである。

秀忠はこの上田城を攻め落とすことで、初陣を飾ろうと決意した。

これが秀忠の致命的な失敗の原因になる。

秀忠は上田城などに目もくれず、真田信幸でも抑えに置いておいて、ひたすら美濃を目指して進軍すべきだったのである。

真田昌幸の手勢は五千。城を出て三万八千の大軍を追うわけがない。これだけ数が違っては、野戦になれば全滅するしかないからだ。だが籠城《ろうじょう》となると話は違う。一般に城を落とすには、城方の十倍の軍勢が必要だといわれる。五千人なら五万ということになる。

事実上田城は秀忠の猛攻にもかかわらず、八日たってもまだ落ちなかった。さすが功にはやった秀忠も慌てた。美濃での合流に遅れるのに気づいたのである。遂に攻撃を中止し、抑えを置いて先を急いだ。山また山の難路を急行したが、九月十七日、妻籠《つまご》（現長野県南木曾《なぎそ》町）に至った時、二日前の十五日関ヶ原で大合戦が行われ、東軍は秀忠なしで大勝利を収めたことを知らされたのである。

徳川の命運を左右する大事な合戦に、三万八千の軍勢もろとも遅参するとは、およそいくさの常識に反する失態である。三万八千の軍勢が参加するかしないかは、合戦の帰趨《きすう》を左右する一大事である。下手をすれば、秀忠は徳川家を滅ぼしていたかもしれないのだ。それもこれも放っておけばよい上田城を功にはやって攻撃したためである。ここで失った八日間が、この致命的ともいえる失態を招くことになった。

初陣に三万八千の総大将になったことで、天に達するほどふくらんだ秀忠の希望は、風船のように一気にしぼんでしまった。まっ暗な奈落の底に落ちてゆくような感覚だったと思う。

〈しくじった！　しくじってしまった！〉

もうとり返しようのない様々な場面が、走馬灯のように脳裏をよぎった。

強硬に上田城攻めに反対した本多正信の顔。戦闘を主張した戸田左門の激しい顔。何故か全くものをいわなかった榊原康政の顔。

榊原康政ほどの男が、どうしてあの時上田城攻めをとめてくれなかったのか。康政は徳川三将の一人であり、歴戦の武将である。上田城攻撃の不利を当然見ぬいていた筈だ。しかも康政がとめれば秀忠は従った筈である。康政は秀忠を幼時から傅育《ふいく》した、附家老《つけ》であり、秀忠にとって半ば師の如き存在だった。その康政が何故一言も喋らず、終始苦虫を嚙《か》みつぶしたような顔をしていたのか。

〈本多正信のせいだ〉

秀忠ははたと理解した。本多正信は武将ではない。直接戦闘に参加して功名をあげたことはほとんどない。徹底した官僚だった。今日でいえば内務大臣と外務大臣を兼ねたような男だった。常に戦線を離れた後方にあって、敵の懐柔・調略を計り、補給路を整え、軍内外の治安を守り、諸将の論功行賞をするのが、戦時における正信の仕事である。

第一線で実際に生命を賭《と》して戦う武将たちはおおかたこの手の官僚を忌み嫌うものだ。康政もその例に洩《も》れない。正信を心中深く軽蔑《けいべつ》し、

『腸《はらわた》の腐れ者』

と公言してはばからなかった。これは卑怯者という意味だ。

その正信がしゃしゃり出て上田城攻撃に反対している。いわば武将の縄張りを犯しているのだ。康政も城攻めには反対だが、正信に同調するのは気が進まない。だから沈黙を守った。

〈本多正信のせいだ。あやつのお陰でわしはしくじったのだ〉

奇妙な論理だが、秀忠はかたくそう思いこんでしまった。後年、秀忠遅参の原因が

本多正信の責任のようにいわれたのは、このためである。

秀忠は狂ったように関ヶ原に駆けつけた。一日十五、六里（六十〜六十四キロ）の強行軍だったという。重い小荷駄を積んだ車馬を従えた大部隊の行軍速度としては、驚くべき速さである。後尾の部隊は恐らく終始全力疾走に近い速さで走っていたに違いない。そんな思いまでしてまだいくさの痕《あと》を残す関ヶ原の戦場を横切り、草津に部隊をとめると、大津城にいる父家康のもとにとんでいったが、家康は会ってくれなかった。当然のことである。秀忠はすごすごと草津に帰るしかなかった。

尚《なお》この時の秀忠配下三万八千の軍勢については、

『見事なる軍装にて、殊の外《ほか》目に立ち候《さうらひ》て見苦しく候』

と皮肉られている。家康麾下の将兵は関ヶ原の泥濘《でいねい》の中での激戦に、鎧も冑《かぶと》も旗指《はたさし》物《もの》も泥と血に塗《まみ》れ、ひどい状態だった。その中で美々しい装《よそお》いをしていることは、不戦の証拠であり、武士として恥辱のしるし以外の何物でもなかったのである。

家康は三日の間秀忠をよせつけなかった。だがそれ以後はさらりとこの不肖の息子を許し、従来通り副大将として扱っている。

どうしてこれほど簡単に秀忠を許したのか、理由は不明である。榊原康政が一命を賭けて秀忠を弁護したともいわれ、家康は実は合戦中に死に、影武者が代理をつとめていたからだ、とも考えられる。多くの史家はそこに家康の心のひろい父性を見るが、家康はそんなに甘い父親ではなかった筈である。

いずれにしても、秀忠は許された。だがこの場は許されたとしても、秀忠の心には大きな不安が残らざるをえなかったであろう。それは自分の大失態に較べて、弟忠吉の武功の評判があまりにも高かったからである。

松平忠吉の妻は、徳川三将の筆頭井伊直政の娘である。直政は忠吉にとっては舅《しゅうと》に当たる。しかも忠吉は秀忠同様、これが初陣だった。

井伊直政としては、何が何でも忠吉に手柄をたてさせたい。見事に初陣を飾らせて家康の後継者争いの先頭に立たせたかった。

家康の本隊が秀忠との合流地点である尾張清洲に着いたのは九月十一日。ここで秀忠がまだ着いていないことを知り、家康以下仰天したと録《しる》されている。急遽《きゅうきょ》作戦会議が開かれたが、秀忠の到着を待つべきかどうかで意見が分れた。

『この地にありて東山道軍を待つべし』

という本多忠勝の意見に対して、直政は真っ向から反対し、

『戦機逸すべからず。直ちに一戦しかるべし』

と強硬に主張した。今が忠吉にとって絶好の機会であることを直観したからである。

家康は直政の案をとり、三万八千の秀忠軍を欠いたまま、戦闘に突入する覚悟をきめた。

理由は先発隊として既に八月下旬からこの地にあって焦《あせ》りに焦っている福島正則たち客将を、これ以上抑えておくことが出来ないという点にある。

それに万全ともいえる調略作戦によって、既に西軍の中で小早川秀秋と吉川《きっかわ》広家を味方に引き入れ、裏切りの約束をさせていた。この時の兵数東軍の七万四千に対して、西軍は八万数千といわれているが、この二人の裏切りによって三万五千に激減する。小早川勢一万五千六百、吉川広家は毛利勢を抑えて動かさず、その総数二万八千余といわれる。

七万四千対三万五千では、勝負は明らかである。今更、秀忠の三万八千が加わらなくても充分だった。それが家康を戦闘に踏み切らせた。

井伊直政にすれば、これで秀忠を排除出来たことになる。後は具体的な手柄である。合戦で最大の手柄といえば、一番槍《やり》にきまっていた。

ところが、下野小山出発の時からのとりきめで、この合戦の一番槍は、先鋒部隊である福島正則隊とあらかじめきめられていた。直政はこのとりきめに不満だった。事実、強硬に反対している。この天下分け目の合戦で、上方の客将に一番槍を許しては、後々どれほど威張られるか分ったものではない。

「徳川殿が天下をとれたのは我らのお陰だ」

そういい触らすにきまっている。ここはどうでも三河譜代の直参旗本の手で一番槍を果たさなければならぬ。そう思いこんでいた。だがとりきめを破ることは出来ない。直政は非常手段に出た。

九月十五日の辰《たつ》の刻（午前八時）近く、東西両軍ともほぼ布陣を完成した頃、直政は忠吉と共に僅か四、五十騎の兵をつれ、折からの濃霧を幸いと、福島陣をつっ切って前線に向った。

直政の部下は『井伊の赤備《あかぞな》え』として有名な全身燃え上るような赤い鎧を着用している。いくら霧の中でも人目をひく。忽《たちま》ち、福島隊の先頭部隊長可児《かに》才蔵につかまり咎《とが》められた。直政はこう答えたという。

『井伊直政でござる。下野公（忠吉）と共にみづから物見中なり。下野公は御初陣たるゆゑ、先隊へ往《ゆ》きて敵合の激しき形勢、戦の始まるを見物ありて、後学になし給はんと望むもの。合戦を始むべきにはあらず』

まことに堂々と嘘をついたわけである。しかもそのまま前進を続け、前方の宇喜多秀家隊に向って発砲し、斬《き》りこんだ。目的通り一番槍をつけたのである。それればかりではない。合戦の後段で、島津義弘の軍勢がなんと関ヶ原を横断して撤退するという大胆な作戦に出た時、直政と忠吉はこれを追尾して戦い、二人とも鉄砲傷を受けている。正に目を瞠《みは》るような初陣を忠吉は飾ったことになる。

この時点では、家康の心の中で忠吉の占める部分がかなり大きくなったことは事実だと思う。ただ一つ、難をいえば、この功名手柄にはいかにも万全のお膳立《ぜんだ》てがされ、本人はそれに乗っただけという感じが強くするということだ。忠吉自身の主体性が希薄なのである。

井伊直政の憎さげな顔が、どうしても浮かび上がって来てしまう。そして更に勘繰れば、この功名によって忠吉を後継ぎにした場合、徳川の政治には以後常に今と同様井伊直政の影を感じなければならなくなるのではないか。そんな気がしてしまうのである。

一番槍の功名をあげ、名誉の戦傷まで負いながら、かえって本人のか細さを感じさせるというところに忠吉の不幸があった。

そしてこの不幸を更に決定的にする事件が起る。この時の鉄砲傷がもとで、翌々慶長七年、井伊直政が死んだのである。これは忠吉にとっては致命的ともいえる事件だった。

もともと忠吉は、どちらかといえば引っ込み思案の、気の小さい男だった。母を同じくするだけあって、その点は秀忠とよく似ていた。武を好むといっても、秀康のように自分自身も強く、気迫に満ちた男ではない。例えば太閤秀吉の御家人を、馬を並べて来たというだけで一刀のもとに斬ってすてる、といった激しさもなければ、そんなことの出来る腕もなかった。忠吉の好んだ武芸が弓と鉄砲だったことは、非常に象徴的である。

後に有名な三十三間堂の通し矢に記録を残した名誉の射手は、二人まで忠吉の家臣である。慶長十一年に五十一本を射通した浅岡平兵衛と、翌十二年に百二十六本を射通した上田角左衛門がそれである。二年続いて日本一の記録が尾張藩にもたらされたことになる。

更に近世砲術の元祖といわれる稲富一夢理斎直家も忠吉の家臣だった。だが奇妙なことに、忠吉自身が弓、鉄砲の上手だったという記録は、どこをさがしても見当らない。人は自分にない能力を余計欲しがり憧《あこが》れるものだ。忠吉の武芸好みは終生その域を出なかったのではあるまいか。

それだけに強力な舅を失った忠吉は、糸の切れた奴凧《やっこだこ》のようなものである。世の中が平和になったためとはいえ、これ以後忠吉について伝えられるのは、病いの話ばかりである。本質的にはそれほど蒲柳《ほりゅう》の質だったらしい。結果的にはそれが忠吉を後継者争いから脱落させたことになる。

ともあれ、慶長五年のこの時点では、家康の後継者争いは熾烈《しれつ》の度を強めてゆくばかりだった。しかも家康自身老いて益々盛んで、以後続々と子供を作り続けたのである。なんとも皮肉な成り行きというしかなかった。

川中島

雨宮次郎右衛門はこの関ヶ原合戦の間じゅう、目の回るような忙しさだった。もとより前線の戦闘に参加したわけではない。得意の裏面工作である。当然、大久保長安の命令によるものだった。

長安は秀忠の東山道軍の補給を命ぜられていたが、もう一つ隠密《おんみつ》の工作を請け負っていた。しかもこれは彼自身、家康に献策したものだ。

長安が目をつけたのは木曾である。ここは西軍に属する犬山城主石川備前守《びぜんのかみ》貞清が木曾代官を兼ねて守備していた。木曾谷は天然の要害である。石川貞清がここで踏張るつもりになったら、秀忠の軍勢三万八千をもってしても、容易に抜くことは出来ない。

だがこの土地は、元来木曾義利のものである。木曾福島城主だった木曾義利は、天正十八年下総蘆戸《しもうさあしど》一万石に移封されたが、家政が治まらず改易に処されている。その遺臣山村甚兵衛良勝が、浪人して下総佐倉にいるのを雨宮次郎右衛門が見つけ出したのである。

長安はこの山村甚兵衛と息子の良安を口説き、更に千村良重をはじめとする木曾氏の遺臣を集めさせ、旧地回復を餌《えさ》に石川貞清と戦わせたのである。

木曾にはかつての木曾義利恩顧の臣たちが多く土着していた。山村良勝は木曾に潜入してこの人々を説き、内乱という形で石川貞清を攻めた。秀忠軍に対する備えしかしていなかった石川勢は、内部からの反乱にもろくも崩れ、先を争って犬山に落ちていった。戦闘は秀忠の到着を待つ間もなく、木曾遺臣団の大勝利に終ったのである。

雨宮次郎右衛門はその山村良勝を助けて、木曾谷の遺臣たち、特に木曾忍びたちの説得に当り、成功をおさめた。才兵衛の働きのお陰である。木曾谷と甲斐と場所は違うが、同じ忍者同士である。気質にも似たところが多く、話も通じやすい。かくて山村良勝のような表働きの武士には金輪際不可能な木曾忍者の協力を、雨宮次郎右衛門はやすやすと得ることが出来た。

この内乱は、忍びたちの働きなしには、勝利をあげられなかった筈《はず》である。次郎右衛門の功績はそれほど大きかったのだが、表には一切名前は出なかった。次郎右衛門自身が頑固に拒否したためである。

この戦いは木曾の遺臣が彼等の力だけで勝ったというところに意味がある。徳川方の助力など一切仰がずにそれをなしとげたことを、天下に示さねばならぬ。それでこそ初めて、木曾谷は彼等の手に戻るのである。事実、関ヶ原戦後、木曾義利の復権はなかったものの、木曾谷は天領となり、山村甚兵衛は木曾代官に任じられた。

そしてそれこそが大久保長安の狙《ねら》いだった。このお陰で広大な木曾山林の実権は、否応《いやおう》なしに長安に握られることになったからである。

「おかしらの抜目のなさよ」

亭々たる木曾檜の林道を辿《たど》りながら、雨宮次郎右衛門は才兵衛にいった。

「これだけの山を掌中にすれば、やがて天下の財はことごとくおかしらの下に集ることだろうな」

次郎右衛門の鋭利な頭脳は、長安がこの木曾谷を己れの傘下《さんか》に置いた理由を、明確に見抜いていた。

長安は平和の到来の近いことを予見したのである。徳川家康が天下の権を握ることによって、長かった戦国の世は終る。それは同時に戦争の終結と平和の永続を意味した。

戦争がなくなり、平和が来たらどうなるか。先《ま》ず家が建つに違いない。江戸を初めとして諸大名の城下町の建設がさかんになり、結果として今までの小屋同然の住いではなく、豪壮な城と、永続きする店舗と住宅が建てられるにきまっていた。その時もっとも必要とされるのは材木である。材木がなければ城も建たず、城下町も出来ない。しかも密集した城下町は大火事を起しやすい。焼ければまた建てねばならぬ。材木の需要はほとんど無限の筈だ。

「わしは好かぬ」

才兵衛が苦虫を嚙《か》みつぶしたような顔で、恐るべきことを平然といった。

「あのお方は化け物じゃ。欲しがりようが強すぎる」

確かに長安の性格を一言でいえば、いい意味でも悪い意味でも、貪欲《どんよく》だということになるだろう。一介の手代から、今や家康の側近ともいうべき大代官にのし上れたのも、その飽くなき貪欲さのためといえなくはない。

次郎右衛門は苦笑しただけだ。これは才兵衛の持論であり、今更咎《とが》めだてしたところでなおるわけもない。

「だが眼が広いな。しかも切れ味抜群」

「心がありませぬ、心が」

才兵衛が喚《わめ》いた。

「人を将棋の駒《こま》としか見ておられぬ。しかも己れの貪欲を満たすためだけの駒ですぞ。だからわしは化け物だというんです」

才兵衛は、次郎右衛門がどうやら長安に私淑しているらしいところが、不満でありと同時に不安でもあるのだ。

〈そんな心配はいらないんだよ、才兵衛〉

次郎右衛門は才兵衛の不安を見抜いて、心の中でそう呟《つぶや》いた。

〈わしにはおかしらの真似《まね》をするつもりはない。ただあのお人の眼を自分も持ちたいと思っているだけだ〉

一介の地方巧者の代官にすぎなかった頃から、長安の眼は、既に天下を見ていた。日本全国は、勿論《もちろん》、中国から南蛮まで睨《にら》んでいた。その広大な視野が、次郎右衛門にはたまらない魅力だったのである。

「それより……」

才兵衛がふと目を細めていった。

「例の鬼っ子さまはどうしていられますかな」

次郎右衛門はおや？　というように才兵衛を見た。才兵衛の口調の中に、懐《なつか》しさのようなものを感じとったからである。これは才兵衛としては稀有《けう》の現象だった。

「相変らず江戸城で暴れていられるだろうよ。大方の人に憎まれ、ごく少数の者に親しまれながらな」

次郎右衛門の胸にも、懐しい思いが温かく拡《ひろ》がって来た。いずれもしたたかな大の大人二人にそんな思いをさせる何かを、あの鬼っ子さまは持っている。

「才兵衛は嫌いじゃなかったのか、あの方を」

からかうように次郎右衛門がきくと、驚いたことに才兵衛が頸《くび》のつけ根まで赧《あか》くなった。これもまた稀有の現象である。

「いや、確かに初手は……しかし時が立ちますと、何やら懐しいような、今一度会いたいような、奇妙な思いがつのって参りまして……は、は、は」

才兵衛は照れたように、顔をつるりと撫《な》でた。

「不思議なお子ですな、どうも」

「あのお子も才兵衛の嫌いな化け物ではないのか」

「そりゃァ違う。てんで違います」

才兵衛が熱くなって喚いた。

〈何も喚くことはないじゃないか〉

次郎右衛門は内心おかしくて仕方がない。今や才兵衛があの鬼っ子さまにぞっこんいかれていることは明白だった。

「あのお子は心が熱い。熱すぎるのです。そこが化け物めいて見えるんですな。人はあんなに一筋に熱くなれるものではありません」

「どうしてそんなことが分る？」

自分も同じように感じているのを隠して、次郎右衛門がきいた。

「立合ってみれば分ります。人は立合の中で自分を隠すことが出来ません。それにあの年であの強さは、天性もあるでしょうが、夢中で鍛錬に打ち込んだためです。熱い心なくしては出来ません」

今日でもゴルフやテニス或は麻雀《マージャン》などには、その人の隠された人柄がむき出しになるといわれる。才兵衛は同じことをいっているのだ。

「それにあのお子には己れがない。おかしらとは何から何まで反対です。おかしらは血が凍っていられる。そしてあるのは己れだけだ」

頼むものは己れ一人しかない。血のにじむ思いでそう見極めた時期がおかしらにもあった筈だ。血が熱くては生きてゆけぬことを悟った時期がである。だからこそ逆に化け物のように冷血で、己れ一人のことしか考えないようになったのであろう。才兵衛はそんなことは考えてもみまい、と次郎右衛門は思った。

化け物とか怪物とか呼ばれる人物には総じて意外なまでに繊細な心の持ち主が多い。彼らはなんらかの必要上、その繊細さを隠さねばならない。正しくそこが彼の弱点になるからである。そのために余計、化け物じみた所業や言説が多くなることになる。化け物も怪物も、この繊細な魂を隠すための仮面なのだ。そして彼等にはこうした仮面をかぶらざるをえない辛《つら》い事情が、過去のどこかに存在する。

次郎右衛門は哲学者でも心理学者でもない。一介の地方官吏にすぎない。だが地方を歩き回って、百姓や金掘人たちや山人たちと直接語り合った夥《おびただ》しい経験と、性来の心の優しさが、いつの間にか次郎右衛門にこうした洞察を与えていた。

次郎右衛門は或る意味で、おかしら大久保長安の最も危険な敵だった、といってもいい。長安の秘し隠している弱味を見つけ出そうとしていたのだから。だがこの時点で長安はそうとは知らない。次郎右衛門は長安にとって、ただ有能なだけの部下の一人にすぎなかった。

雨宮次郎右衛門と才兵衛が鬼っ子辰千代を話題に乗せたのは、或《あるい》は虫のしらせの如《ごと》きものだったかもしれない。

丁度この頃、彼等のおかしら大久保長安は大坂城にいた。家康の黒田長政たちを使った懐柔政策が効を奏し、西軍の名目上の総大将としてこの城に入っていた毛利輝元が、平和裡《り》に城を出、木津の屋敷に入ったため、東軍がかわってここへ入ったのである。家康は西の丸に、秀忠は二の丸に入った。尚《なお》、本丸には淀君と幼い秀頼がいたのは勿論である。

長安は木曾平定の功名を家康に大いに評価され、格別の言葉まで賜わった。長安が急速に出世の階段を昇るようになったのは、実はこの時以降のことである。

長安はとりあえずは京都、近江などに蓄わえられ隠された西軍諸将の隠匿《いんとく》物資の摘発と没収の仕事を与えられたが、これはごく一時期の仕事にすぎず、すぐ、戦前は毛利氏の所領だった石見《いわみ》銀山に奉行として派遣されることになっていた。

長安はポルトガル人の宣教師から、西欧の鉱山採掘法を色々と聞いていたらしい。

元々、武田の代官として黒川金山など金銀山と関係があり、甲州流の採鉱の知識が深かったのである。

長安がこれから先実施することになる採掘法は、従来の縦穴式あるいは吊《つ》り掘式から、近代の横穴式（これだと縦穴と違って排水が出来る）であり、鉱石選別法としては水銀流しの法である。水銀流しとは西欧のアマルガム法だった。当時の日本でこの方式を知る者がなかったことから、長安南蛮人説が出たり、長崎に遊学したなどという説が出て来るのだが、両説とも虚妄に過ぎない。

大久保長安、この時五十六歳。当時としてはいい齢《とし》である。だが血気に満ちていた。長年の野望がようやく手の届くところまで来たからだ。

今、大坂城で与えられた一室に独居して、石見銀山関係の書類を前にしながら、この怪物の思案は全く別のところに飛んでいた。

長安の頭の中には、辰千代の異様な顔がはっきりと描き出されている。

二年前、雨宮次郎右衛門の報告で、この鬼っ子の傍若無人の振舞いを初めて聞いた日から、長安には辰千代が気になる存在と化している。

翌年、辰千代が長沢松平を継ぐことになった時は、わざわざ用を作って江戸城を訪れ、目《ま》のあたり辰千代を見た。首実検でもする感じだった。

余人と目の付け所が違ったのか、長安には辰千代がよほど気に入ったらしい。この男の常のやり方で、同朋衆《どうぼうしゅう》（城中のいわゆるお坊主《ぼうず》で、雑用係）に大枚の銀を贈り、以後の辰千代の動静が逐一自分の手許《てもと》に届くように手配している。だから辰千代が於江の方を怒らせたことも、別式女《べっしきめ》を殺したことも、茶室でのいきさつも、すべて長安は知っている。

奥山休賀斎が辰千代を城内から連れ出した以後のことは、さすがに判然としなかったが、休賀斎の教育が効を奏したとみえて、今年になって家康に対面した時は、うって変って凜々《りり》しい少年ぶりだったことも聞いている。

このしらせを受けた時、長安はひとりで満足そうに頷《うなず》いた。自分の目に誤りがなかったことを確信したのである。

以後、辰千代の姿は、常に長安の脳裏の一角を占拠し続けていた。〈この戦さを境にして、鬼っ子殿を大身の殿に仕立てねばなるまい〉

長安の思案はそこにある。

事実、この関ヶ原合戦の勝利の結果、日本全国の地図は塗り替えられようとしていた。現にこの大坂城内で、家康初め側近の本多正信、三将の井伊直政・本多忠勝・榊原康政などが連日額を集めて会議しているのは、この全国地図の塗り替えのためだった。

それは西軍に属した大名の所領を没収ないし減封し、その分を東軍の諸大名及び徳川一門と三河譜代の武将たちに分け与える、というような単純なものではなかった。

それは後に歴史家が『大名鉢植政策』と呼んだほどの徹底した変革だったのである。『大名鉢植政策』とは、天下の諸大名をまるで一箇の鉢植のように、手軽に様々な土地にとばし（封地換えである）、その禄高《ろくだか》を増減したことをいう。この結果、西軍の大名の廃絶又は大幅な減封は当然としても、東軍に属した者でも、豊臣家恩顧のいわゆる外様大名は、禄高こそ大幅に増やされたが中央から追われ、不便な僻地《へきち》へ追いやられることになった。

具体的にいえば、西軍で家を潰《つぶ》された大名八十七家、約四百十四万石。領地を減らされたもの四家その減地分約二百二十一万石。あわせて六百四十万石弱が再配分された。

先ず徳川家の直轄《ちょっかつ》領百万石を二百五十万石とし、更に三河譜代の家臣六十八家を大名にとりたてた。大名というのは最低一万石以上の封地をもつ者をいう。そして関東・東海の外様大名を禄高こそ増やしはしたが、いずれも中国・四国・九州に移してしまい、そのあとをこれら譜代大名で固めた。

政治の中枢《ちゅうすう》はこの当時まだ京都にある。そして経済の中心は大坂だった。その京・大坂と関東との間の土地を、悉《ことごと》く一門・譜代で占めてしまったことになる。いわば他人の土地を踏まずに江戸から京・大坂まで行けるようにしたのである。

更に強力な外様大名領の隣りには故意に譜代の小藩を配し、常時監視に当らせたし、交通の要地にはすべて譜代大名を配した。

いわば日本全国に徳川家中心の監視態勢を敷いたわけだ。中でも家康の身内はすべて、重要な場所に配された。自分の血筋ほど信用出来る者はいないからである。

結城秀康は越前福井六十七万石に、忠吉は福島正則の領地だった尾張清洲五十二万石に、第五子で武田家を継がせた武田信吉は水戸十五万石に、それぞれ封じられたのを見れば、その点は明かであろう。越前福井は京都に近い北陸のかなめであり、尾張清洲は関東・信濃・甲斐を抑える要地だ。水戸は奥州への抑えの地である。

家康の子息たちは、血をひいているという資格だけで、つまりは無条件に信用出来るという資格だけで、要地に広大な土地を持ち、従って多数の家臣を抱える大大名になれたことになる。たとえ鬼っ子であろうと、辰千代はまぎれもなく家康の実子だ。血筋が信用の基だというなら、辰千代も信用出来る筈であり当然大藩の主《あるじ》になってもおかしくはない。辰千代は第六子である。武田信吉の次なのだ。深谷一万石の小領主でとどまるわけがなかった。少くとも大久保長安はそう読んだ。

だが長安は間違っていた。この年（慶長五年）にも、翌慶長六年にも、辰千代に加増の沙汰《さた》はおりなかったのである。辰千代は一門・譜代の取り立ての騒ぎの中で、たった一人、置き去りにされたような形だった。

理由は不明である。

家康がそれほど深く辰千代を忌《い》み嫌っていたのか、或は関ヶ原戦の前に、久し振りに対面した時の辰千代の凜々しさが、逆に家康の警戒心を刺戟《しげき》したのかもしれない。家康にとってあまりにも覇気に満ちた息子は好ましい存在ではなかったのであろう。別して自分がその子の怨《うら》みを買っているかもしれぬ時は尚更である。

辰千代がようやく人並みの所領を与えられたのは、二年後の慶長七年十二月のことである。それでも兄弟中もっとも少ない下総佐倉五万石だった。この時、上総介《かずさのすけ》に任ぜられた。十一歳で元服したのだろうか。辰千代は以後一生松平上総介忠輝を名乗った。この作品の中でも、以後、辰千代の名をやめ、忠輝又は上総介と称することにしたい。

下総佐倉五万石は、兄弟の中で最下級の禄高だと書いたが、それは年齢のせいではないか、関ヶ原直後、結城秀康二十七歳、松平忠吉二十一歳、武田信吉十八歳に対して、忠輝は九歳だった、という読者がいるかもしれない。だが後の徳川義直である五郎太丸が生まれたのはこの合戦の直後であるが、慶長八年正月には僅《わず》か四歳で甲斐二十五万石を与えられている。やはり忠輝に限って差別があったとしか考えられないのである。

大久保長安はこの加増の少なさに愕然《がくぜん》とした。忠輝に対する家康の嫌忌《けんき》の念の深さに、今更ながら驚いた。だが長安という男の不思議さは、逆にこれこそ忠輝が不世出の人間である証拠だと考えたところにある。

人に嫌われ、憎まれ、怨まれることもなく、一生を無事にすごす者は真の意味で男とはいえまい。強烈な個性を持つ男は、いやでもそうした感情を相手の中に引き起す筈である。その意味でいえば、嫌われ憎まれ怨まれることこそ男の紋章ではないか。そしてそれが強ければ強いほど、男の性格は激しく大きいということになる。長安はそう信じていた。

長安自身は与えられた石見銀山の採鉱に見事に成功していた。この鉱山《やま》が毛利氏の持ち物だった時の銀の採掘量は、年数百貫にすぎなかったのを、長安はなんと年間運上銀を三千六百貫にしてみせたのである。長安が石見守という受領名を許されたのはこの時だ。長安は一時に家康の寵臣《ちょうしん》になった。長安はその地位を利用して、じわじわと忠輝の地位の向上を計っていった。

まず木曾谷の無尽蔵とも思われる木材の価値を家康に認識させることからはじめて、その木材の伐採・運送などに必要な労力と、その飯米の供給を川中島藩に求めるのが妥当であることを進言した。次いでその重要な地である川中島は、現在森右近大夫忠政の所領だが、いずれは天領にするか、又は徳川一門の所領にすることが望ましいことを告げ、そこで初めて忠輝の名前を出した。この当時、一門の中で重要な土地にいないのは忠輝一人だったから、長安がこの名前を出しても自然だったのである。

家康は一瞬苦い顔をしたが、道理は道理である。慶長八年二月六日、忠輝は川中島十二万石を与えられた（森忠政は美作国津山に栄転）。そして長安はその附家老《つけがろう》とされた。

元服して松平上総介忠輝といういかめしい名前に変ったといっても、鬼っ子辰千代の中身が変る筈はない。

川中島十二万石の藩主になったからといって、十二歳の子はどこまでいっても十二歳である。

忠輝はこの慶長八年という年を、江戸城で過した。前年、彼にとって実の父ともいうべき奥山休賀斎が七十七の高齢で死んだためでもある。

休賀斎は遂《つい》に死ぬまで、忠輝に奥山流の印可を与えていない。一つには忠輝の兵法が奥山流も新陰流も超えた、独自のものであることを深く認識していたためでもあるが、休賀斎の本意は別のところにあった。

「お前さまは力がありすぎます。これからは十の力を八まで隠しなされ」

臨終の苦しい息の下で、休賀斎はそう忠輝に囁《ささや》いている。印可もそのためにわざわざ授けなかったのだ。

「兵法だけのことではありませぬぞ。お前さまの持てるあらゆる力を、心して隠さねばならぬ。さもなければ二十歳まで生きることもおぼつかぬかもしれませぬ」

休賀斎の眼はひたと忠輝に据えられている。

「分ったよ。何でもいう通りにするよ。だから死なないでくれ。頼むよ」

忠輝は大粒の涙をぼろぼろこぼしながら叫んだ。

「爺《じ》いがいなくなったら、俺はどうしたらいいのか分らなくなってしまう。だから死んじゃ駄目だ。死なないって約束してくれよ。俺、もう爺いをぶたないからさ。な、な」

いつでも隙《すき》を見たら打ってもいい、という約定は、休賀斎が死の床に倒れるまで実行されていた。近頃では忠輝の木刀を、三本のうち精々一本しか休賀斎はよけられなくなっている。或は忠輝の打撃が、休賀斎の死期を早めたのかもしれなかった。

「武人にとって死は永年の友です。年来の友とようやくゆっくり語り合おうとしているのに、邪魔をしてはいけません」

休賀斎は微笑しながらそういった。

忠輝はほとんど泣きじゃくっている。まるで五つか六つの子供だった。身体《からだ》の大きな分、逆にその稚《おさな》さが目立った。それが休賀斎にはなんとも可愛《かわい》らしくてならない。だが無関係な人間から見れば、さぞかし異様に見えるだろうことも、充分に心得ている。そしてそう思えば思うほど、忠輝への愛惜《あいせき》が増すのである。

〈このお方は生涯こうした極端な愛憎のはざまで生き続けることになろう〉

休賀斎は深い哀れみの念と共に、そう痛感していた。

〈それが鬼っ子ということなのだ〉

「若」

休賀斎は忠輝に更に近づくように手招きし、ほとんどその耳に口をつけて低く囁いた。

「別して中納言《ちゅうなごん》さまに気をつけなされ。出来うれば顔も合わされぬ方がよろしい」

中納言さまとは秀忠のことである。休賀斎は永年家康と共にいたので、秀忠の性質をよく知っている。秀忠は一見、虫も殺さぬような小心翼々たる人物に見えて、いや、或はそれだからこそかもしれないが、内心ひどく残酷な恐ろしさを持っている。思いこんだら容易には変らず、憎いとなったら生涯憎む。しかも表面は穏かに微笑さえ浮べながら、手ひどいしっぺ返しをやってのける。

その陰険さが特に関ヶ原合戦のあとではきびしくなった、と休賀斎は見ている。大事の合戦に遅参した、という屈辱が、秀忠に、ほとんど世間のすべてを敵視させている。こんな状態の秀忠に顔を合わせた男こそ災難である。きびしい顔をしていれば、俺を非難しているな、と思われ、笑顔をつくれば、例の遅参のことを笑っているな、ととられる。その上、今に見ていよ、などと憎まれてはたまったものではない。

こう書けばまるっきり笑い話だが、秀忠の心情は事実それほど歪《ゆが》んでしまっていたのである。休賀斎にはそれが手にとるように分る。だから忠輝にこんな危険なことまでいったのだ。

忠輝にはそんな人の心の機微まで分るわけがない。果して、

「分った。兄上には会わぬ」

ぴしりとそういった。休賀斎は己れの言葉を修正しようとして、やめた。どうせ忠

輝には通じない処世術だったからだ。

「若」

いうなり蒲団《ふとん》の中に忍ばせてあった鉄扇でぴしりと打った。忠輝は僅かに身をのけぞらすことで、軽くこれをかわしている。

「この鉄扇をそれがしの形見に……」

満足そうに微笑《ほほえ》みながら、休賀斎は鉄扇を忠輝に渡した。それが休賀斎の最後の言葉になった……。

慶長七年の暮から慶長八年の正月にかけて、忠輝は休賀斎の言葉を忠実に守り、一切、秀忠に会わなかった。勿論、於江《おごう》の方《かた》にも顔を合わせない。忠輝がこの一族の中で会うのは、秀忠の長女千姫《せんひめ》だけである。

この、今年七歳になる娘は、恐ろしく美しかった。忠輝がなるべく避けようと思ってみても、まったく無駄だった。気がつくといつの間にか千姫の出没するあたりをうろついているし、目が千姫を探しているのである。

千姫の方も何故《なぜ》となく忠輝が気に入ったらしい。忠輝の顔を見ると、

「登らせて、登らせて」

とせがむのである。これは庭の大木のことを指している。

忠輝はその体躯《たいく》の大きさから見て、考えられぬほどの身軽さを備えている。

奥山休賀斎の死によって松平屋敷から江戸城へ帰って来た当初、あまりの寂寥感《せきりょうかん》をまぎらわすため、しきりに大屋根や庭にある大木に登った。

この木は太田道灌《どうかん》が江戸城を造る以前からこの場に生えていたと伝えられる、樹齢のほども分らぬほどの老木である。亭々として群樹をぬきんでて聳《そび》え立ち、威風あたりを払う風格を持つ。栃木城から戻った当時の幼い辰千代も好んでこの木に登ったものだった。今、その頃を思い出して忠輝は毎日のように登るのである。なんと枝から枝へ身体を伸ばして横臥《おうが》し、居眠りまでしてのける。常人から見れば、危険この上ない振舞いである。

或る日、そうやって半眠半睡の状態でいたところを、下から呼ばれた。

「登らせて。ねえ、千も登らせて」

下を見ると当時六歳の千姫がたった一人で木の幹をゆすって喚いていた。放っておこうと思ったが、千姫の恐ろしいまでの美貌《びぼう》がそれを許さなかった。忠輝は一跳びでとび降りると、物もいわず千姫をつかみ上げて背中に負い、軽々と元の枝の間に戻った。

登って見て、その余りの高さに恐怖にかられたのであろう。千姫は泣きだした。忠輝は少々うるさくなって、千姫の帯を摑《つか》むと、片手で枝の外の空間にぶらさげ、前後にふり回した。

悪いことにこの情景を、千姫を探していた侍女たちが見つけたのである。彼女たちにとってそれは腰の抜けそうな恐怖の光景だった。口々に喚き、泣き、哀願した。そのうちに警固の武士までとんで来る始末になった。

忠輝は馬鹿馬鹿しくなって、千姫を肩に乗せて飛び降り、侍女たちに返した。

於江の方は当然烈火の如く怒り、侍女たちに暇を出し、秀忠に訴えた。

「鬼っ子が色気づいたか」

秀忠は苦笑したが、それだけですまされることではなかった。秀忠はこの時、年明け早々、父の家康が征夷《せいい》大将軍に就任することを知っていた。そしてその直後に、千姫を秀頼のもとへ輿入《こしい》れさせるつもりでいることも、知っていた。

大坂城の淀君が、家康の征夷大将軍就任を喜ぶわけがなかった。征夷大将軍とはすべての武士の棟梁《とうりょう》ということである。淀君の意識では家康は豊臣家の一家老にすぎない。その家老が武士の棟梁になるなどということが、あっていい筈がない。秀頼もまた武士なのだから、これでは家老が主君の棟梁になってしまう。本来なら家康を呼びつけて叱責《しっせき》し、それでも就任する気なら殺すべきなのだ。だがそれだけの事をやってのける力は、今の豊臣家にはない。それだけに憤懣《ふんまん》は益々高まる。

千姫の輿入れはその淀君の憤懣を慰撫《いぶ》するための最良の手だてだった。

淀君がどれほど切歯しようと、秀頼を征夷大将軍にすることは出来ない。まだ幼なすぎるし、当然武将としての器の大小も分るわけがない。武家の棟梁という以上は、天下の武将が、棟梁たる力を持つ、と認める必要がある。いくら勝手きわまる淀君といえども、それくらいの常識はもっている。だからこの場は、家康の征夷大将軍就任を認めるしかない。今、家康を殺したところで、天下の権が秀頼に来るわけがないからだ。

『天下は回り持ち』

この思想が下剋上《げこくじょう》といわれた戦国の世の常識である。強い者が天下の権を握るのである。その証拠に織田信長も一代だった。家康が天下の覇者になることで、豊臣秀吉も結局そうだったことになる。だがこの思想を追えば、当の家康もまた一代限りということになる。その次に秀頼が来ても少しもおかしくはない。その時、強大な軍事力を誇る徳川軍団を背景とするために、家康の孫娘の夫であることは有利この上ない条件であろう。千姫輿入れの意味は正しくそこにあった。

実は家康には別種の魂胆《こんたん》がある。彼は自分の代で『天下は回り持ち』の思想を断とうと考えていた。事実上の戦国の世の終焉《しゅうえん》である。そのためには、自分がまだ元気で、充分に戦える間に、徳川の身内に征夷大将軍の二代目を譲り渡さねばならぬ。つまり淀君の思惑を根本から叩き潰さねばならぬ。そしてその日までは極力淀君を満足させ抑えておかねばならなかった。徳川の支配が全国津々浦々にまで及び、もはや叛逆《はんぎゃく》を起すことのかなわぬほど徳川の権威が強大になるまで、大坂城に事を起させてはならぬ。千姫は明らかにそのための犠牲だった。

余談だが、家康は内心、自分の孫娘にこのような苛酷《かこく》な政略結婚を強制したことに対し、強い自責の念を抱いていたと思われる。大坂夏の陣で豊臣家が滅んだ後、奇蹟《きせき》的に救い出された千姫は病いに倒れたが、家康はその病状を非常に心配し、千姫の側近の侍女であるおちょぼ（後の松坂の局）に宛《あ》てて前後三通の手紙を書いている。いずれも心のこもった文章で、とてもおざなりの病気見舞いとは思われない。愛情とすまなさに満ち満ちた文章である。天下の覇者となるために、何事も犠牲にして省みることのなかった如くに思われる怪物家康の本心が、この三通の手紙の中には洩《も》れ現れているように見える。

ともあれ、千姫は家康の当面の政略にとって重要な娘である。鬼っ子忠輝などと口もきかせてはならぬ高貴な姫だった。

秀忠は新らしく選ばれた千姫の侍女たちにこのことを厳命すると共に、ひそかに柳生宗矩《むねのり》を呼んだ。宗矩は関ヶ原合戦以来、秀忠の側近になった新参の家臣である。

柳生宗矩は関ヶ原合戦の始まるまで、一介の浪人だった。

もともと柳生一族は戦国期における土豪出身の小武将の典型ともいうべき家柄である。自立するだけの力はなく、常に誰かの配下に属していなければ生き残ってゆけない。ところがその誰かが、情況の推移に従って時々刻々と変わるのである。

柳生一族も、松永久秀の武将になるかと思えば、筒井順慶に仕え、織田信長の大和侵入の案内をしたかと思うと、将軍義昭を信じ、またぞろ松永久秀に属して、信長方である筒井順慶と戦ったりしている。揚句の果ては信長から秀吉へという天下の趨勢《すうせい》に完全に乗り遅れて、一族の長である柳生石舟斎宗厳《むねよし》は、二十一年もの長きにわたって柳生の里に逼塞《ひっそく》していた。つまり誰からも禄を貰《もら》えず、領主ではなくただの土着人として暮していたわけだ。

柳生石舟斎は、上泉伊勢守秀綱から新陰流の道統をさずけられた剣の天才だったが、時流を見定めて巧みに棹《さお》をさす、戦国武将の才能は持ちあわせていなかったようだ。

長男の新次郎厳勝《としかつ》は合戦でうけた二度の鉄砲傷のため廃人同様となり、柳生の里にいるしか法がなく、二男の久斎、三男の徳斎の二人は口べらしのため僧となり、四男の五郎右衛門宗章と五男の又右衛門宗矩は、よき主君を求めて諸国を放浪しなければならなかった。兵法修業の旅といえばきこえはいいが、要するに職さがしの旅である。正に一家離散のわびしい状態にあったわけだ。

五郎右衛門宗章の方が先に就職に成功した。筑前一国と筑後二郡三十五万石の大大名金吾中納言小早川秀秋の家臣になったのである。

宗矩はあせった。なんとかしてよき仕官をして身の安定をはかり、出来れば一族の安定も手に入れたかった。

そこへ上杉討伐のいくさが起った。

宗矩は剣技においては父石舟斎に及ぶべくもない凡才だったといわれる。一族の悲運により早く旅に出されたため、父から充分の稽古《けいこ》をつけて貰っていないのだから、これは責める方が無理である。だが宗矩には父にない時流を見る眼があった。後年の宗矩を見れば分るが、彼が一万石の大名たりえたのは剣技のためではない。政治家としての業績のためである。

その宗矩の時流を見る眼が、この上杉討伐を石田三成を挙兵させるための陽動作戦と見抜いた。そして三成が起《た》った時にこそ、天下分け目の合戦が行われるであろうことを悟った。この時をのがしては、己れの立身と柳生一族復興の夢を果たすべき時は二度とめぐっては来まい。

　そう信じた宗矩は、父の名を伝えて（石舟斎は家康と旧知の仲である）無理矢理上杉討伐の陣営に加えて貰った。小山に達した時、三成たちの挙兵が知らされたことは既に書いた通りである。宗矩は正しく好機を摑んだと信じた。

　宗矩は家康の本陣に出むき、大和の柳生一族全員をあげてお味方致すと申し出た。一種の大言壮語である。柳生の里の男共を集めたところで、たかの知れた人数であり、実際の軍事力としては弱いといっていい。

　それにも拘《かかわ》らず家康が非常な喜びを示し、まず起って西軍の先鋒《せんぽう》と戦われたし、と石舟斎あての親書を書いたのは、やはり兵法家としての柳生の名が天下に名高かったからであろう。つまりは宣伝価値があったことになる。

　ところが、宗矩が欣喜雀躍《きんきじゃくやく》この親書をもって柳生に戻り、一族の決起を説くと、石舟斎はにべもなく拒否してしまった。

　家康の本隊が遠く江戸にいる間に、いち早く東軍の旗印をかかげて決起することは、一族の自殺に通じたからである。

　宗矩は窮し、初めの大言壮語にもかかわらず、そこそこの手勢を集めて関ヶ原に出向いた。そんな有様では碌《ろく》な手柄を立てられるわけがない。関ヶ原を描いたいくつかの軍記に、柳生の名がただの一行も現れて来ないのは当然であろう。

それでも戦後、家康は柳生の旧領三千石のうち二千石を石舟斎に与え、翌慶長六年九月千石を宗矩に与えている。これもやはり一種の宣伝効果を考えたものか、或いは特別の理由があったためか、不明である。

こうして宗矩は慶長六年以降、秀忠の兵法指南役という地位についた。

宗矩の政治性が発揮されはじめたのは、正にこの時からである。

宗矩は現在の地位に不満である。兵法指南役、それも果たして家康の後を継げるかどうかも分らない息子の兵法指南役などに、何の価値があろう。

宗矩は同時に家康が全く自分を買っていないことも、敏感に察していた。関ヶ原のいきさつを考えれば当然のことである。一族をとりまとめることも出来ぬ青二才を『海道一の弓取り』といわれた武将家康が買うわけがない。

これは家康のもとでは宗矩の立身出世はない、ということである。

今や宗矩にとっての頼みの綱は、秀忠ただ一人だった。三河譜代の家臣団とは、そこが全く違っている。彼等は徳川家の直臣であり、秀忠がどうなろうと、その地位を失うことはない。宗矩の方は、秀忠が転べば自分も転ぶのである。秀忠が栄えれば、自分も栄えるのだ。是が非でも秀忠を正式の世継ぎにしなければならなかった。柳生一族の興廃はその一点にかかっているといっても過言ではない。

宗矩は短時日の間に、秀忠の陰険な性質を見抜いた。小心翼々たる外貌の下にかくされた残忍酷薄な本心を知った。この主君は表立っては何も出来ない。やる時は陰でやる。そして何事にせよ陰でやる仕事には、絶対に信頼出来る腹心が必要である。宗矩はその腹心になることを決意した。完全な闇《やみ》の役割である。

「鬼っ子の件だ」

秀忠が短かくいった。

柳生宗矩は既に千姫と忠輝が原因になった騒動を聞いている。埒《らち》もないことを、と内心では騒いだ連中を軽蔑《けいべつ》しているが、そんな様子は色にも出さない。

今の宗矩には、どんな埒もないことでも、騒ぎは大歓迎なのである。騒ぎを内密に処理しようと思えば、秀忠は宗矩を呼ぶしかなく、それによって宗矩の必要度が増すからだ。

「斬《き》りますか」

無造作に宗矩がいった。忠輝を殺そうか、という。馬鹿馬鹿しく過激な考えであることは、宗矩も充分承知している。だが時にふれ折りにふれて、柳生軍団は秀忠の命令とあらばどんな過激なことでもやってのける覚悟があるということを、売りこんでおく必要があった。

それに秀忠の暗い心の奥底に、忠輝殺害への望みがそこはかとなく蠢《うごめ》いているのを、宗矩は剣士の敏感さで察している。剣士はそれを殺気と呼ぶ。秀忠の一見穏かな外貌に、その殺気の炎がちらちらとするのを宗矩は見た。だがそれは只今即時に燃え上がる炎ではない。

果して秀忠はのけぞるような驚き方をしてみせた。

「何を申す。そのようなことが出来るか。鬼っ子といえども、わしの弟だぞ」

「申しわけございません。ちっと先走りすぎました」

宗矩は素直に謝ったが、秀忠が内心満更でもない気持でいることを、とうに見抜いている。自分の命令一つで、何人《なんぴと》の暗殺であろうと即座に引きうけ実行してくれる部下がいるということは、上に立つ者として嬉《うれ》しいことに違いない。その辺の機微を、宗矩は充分心得ている。

「ではどのように致せば……」

「怪我《けが》だな。それも重からず軽からず……」

秀忠の口調は漠としている。

「心得ました」

「奥の別式女ども三人、あの者に殺されたことを存じておるか。あれが八歳の時だ」

秀忠は宗矩の引きうけ方が無造作すぎるので不安になったらしい。

勿論、宗矩もその話は聞いている。場所もあろうに、大屋根の上で闘うなど、馬鹿な女どもだと思っていた。だが宗矩の聞いた話では、死んだ別式女は二人だった。茶室の事件は於江の厳しい命令で、外には伝っていない。

「承知しております。しかし別式女と柳生軍団を同様のものと思われるのは、心外にござる」

兵法を使う女など宗矩は全く信用していない。八歳の童子に殺されても少しも不思議ではないと思っている。

「では今宵にも早速……」

宗矩は短かくいって退出した。

忠輝は忠輝で困惑している。

とにかく千姫のなつきようが尋常でないのだ。

あの騒ぎの三日後に、千姫はもう忠輝のところへ忍んで来ている。忍ぶとは情事に使われる言葉で、この稚い千姫と忠輝の間に使われるものではない。それを敢《あ》えて使ったのは、千姫のひたむきさが、大人の男と女の情事にあまりにも似ていたからだ。

「もう決して泣かないから、また登らせて」

と千姫はせがむ。慶長八年の正月の忙しさにまぎれて、今度も侍女たちをまいて来たにきまっている。以前の侍女たちが責任をとらされて宿元へ帰され、新しい侍女たちに替っている筈《はず》である。彼女たちが千姫がここにいると知ったら真蒼《まっさお》になってかけつけて来ることは目に見えていた。

「姫は付人が嫌いなのか」

忠輝が訊《き》く。侍女たちを困らせるためにだけ行動しているような感じがしたからである。

千姫は首を横に振った。

「好きでも嫌いでも、なんでもないわ」

「それなら、あまり困らせては可哀《かわい》そうだろう」

「可哀そうじゃない」

この七歳の童女はきっぱりといってのける。

「可哀そうなのは千。ほかの人はみんな倖《しあわ》せだわ」

「ふーん」

千姫の奇妙な論理が、なんとなく忠輝の胸を刺す。似たような思いを、忠輝自身が何年となく味わって来たからである。奥山休賀斎とめぐり合うまで、忠輝もまさに千姫と同じ心情に支配され続けて来た。

鬼子。人外の化性《けしょう》。災厄をもたらすもの。

人はさまざまにいう。忠輝の前ではいわないが、蔭《かげ》でひそひそ囁く。それが忠輝にはすべて聞こえて来る。

何が鬼子なのか、何が人外の化性なのか、本人の忠輝には分らない。分るわけがない。

世間の人間が、勝手にそういっているだけのことなのである。

まさしく可哀そうなのは自分だけであり、他人は皆倖せなのだ。自分がそう思っているわけでは決してない。他人がそうきめつけ、そういっているのだ。こっちは迷惑至極なのに、あちらが押しつけて来る。

「お可哀そうに。何の罪もおありにならないのに。本当にお可哀そうに」

暇さえあれば忠輝を抱きしめて、そういって涙を流す乳母がいた。忠輝はこの乳母を投げ、腰骨を砕いている。

今、千姫がいっているのは、正しくそれだった。

だがこんなに美しく、あどけない姫が、どうして、と思わないわけにはゆかない。

「姫も鬼子かね？」

忠輝は訊いた。

千姫がけらけらと笑った。

「鬼子は叔父さまでしょう。千はちがいます」

忠輝も笑う。

「そうだろうと思った。千殿が鬼子なら、鬼子も仲々いいものだというところだった」

鬼子でもないのに可哀そうとは何故なのかと訊きたかったが、忠輝の常人より遥《はる》かに鋭い耳が、遠くで女共のさわぐ声を聞きとっていた。

「よそへゆこう」

忠輝は千姫を背に負うと、猪《いのしし》のように走った。前に何が立ち塞《ふさ》がろうと、はねとばし粉砕するような凄《すさ》まじい突進である。

忠輝の背に息をつめてしがみつきながら、千姫は恐怖と共に、えもいえぬ快感と安《あん》堵《ど》を感じた。

〈この背中にかじりついている限り、自分は確かに守られている〉

その思いが強烈にあった。

倖せだ、と思った。

ものごころついてから恐らく初めての幸福感だった。

忠輝は、走り、とび、よじのぼり、またたく間に西の丸の大屋根に出た。面倒を避けるために、城の外へ出かけようかとも、ちらりと考えたが、それではますます大事になる。それにこの大屋根ほど高い場所は、江戸にはなかった。

大屋根からの江戸の景観は、果たして千姫を痛く喜ばせた。こわさもこわいが、なんともいい気分である。こわさの方は、忠輝がしっかり抱きしめていてくれることで、かなり軽減されている。

粗末な板ぶきの屋根も密集しうち並んでいるとそれなりの美しさがある。人家の果てに紺碧《こんぺき》の海が拡《ひろ》がり、白帆をあげた大船が行き交《か》っている。舟着場には白い鳥が無数にとび交っていた。

見つめているうちに、千姫の頰を涙がつたった。理由は分らなかった。別に悲しいわけではない。それどころか城内の毎日に較《くら》べて、遥かに倖せの実感がある。それなのに何故か泣けてくるのである。

この幼い叔父さまはそんな異常な心の動きをよく知っているように見えた。その証拠に、ただの一言も、

「どうして泣く?」

とは訊かない。黙って柔かく抱いてくれているだけだ。それに心なしか、叔父さまの頬も、うっすらと濡《ぬ》れているようなのである。

「叔父さま大好き」

千姫は力の限り忠輝にしがみつき、柔かい唇をひたと忠輝の口に押しつけた。

忠輝は当惑した。生れて初めての快感がその背筋を震わせたのである。それにこの匂《にお》いのかぐわしさはどうだ。忠輝は鼻孔を拡げて千姫の匂いを肺一杯に吸いこんだ。

千姫と忠輝の間に起ったことを、恋と呼ぶのも色事と呼ぶのも誤りであろう。広義の意味での性に関係ないとはいわないが、それはごくプリミティブなものでしかなかったと思う。大人の考える性には遠いものだったし、まして汚いとか、人倫にはずれたとかいうのは、筋ちがいというべきだろう。だが忠輝の受けた衝撃は大きかった。

子供は子供として一つの完成を示す時期があるという心理学の説がある。性に目覚めることが、その子供としての完成を破り、新たな青年期への発足の契機になるとい

う。これといった具体的な理由もなく子供が自殺するのは、その子供としての完成の破れることを畏《おそ》れ、性の支配下にある青年期への出発を拒否するためだという。

忠輝は千姫によって、この新たな青年期へ向けての出発を果たした、というのが、この場合の正しい表現なのではないだろうか。

千姫については事情は異っている。ある意味では全く邪気のない、性などとは何のかかわりもない親愛の仕草にすぎなかったともいえるし、ある意味では女性というものが本来的に持っている無意識の性の発露だったともいえる。

幼い女の子のなにげない仕草が恐ろしく誘惑的な色気に満ち、強烈な性感を感じさせるという経験は、男にはよくあることだ。これを男の頭脳には性に対する興味が充満しすぎているからだ、平たくいえば男は助平だからそんなことを感じるのだ、というのは間違っている。むしろ女の性の不思議さと考えるべきだ。女性は三千世界の煩《ぼん》悩《のう》を一身に具現した摩《ま》訶《か》不思議な生き物であり、そのために成仏《じょうぶつ》することが困難であるという仏説は、釈迦《しゃか》の女人に対する深い洞察を示すものである。

ともあれ忠輝は慶長八年正月、十二歳（今日風に数えれば十一歳）にして、初めて子供の時代に別れを告げ、青年期への第一歩を録《しる》したことになる。

その開眼の導師の役を果したのが、姪《めい》に当る千姫だったことが、忠輝の不運だったといえようか。

千姫の不幸は二歳にして豊臣秀頼と婚約を結ばされたという一事にある。死に瀕《ひん》した秀吉の強要によるものだ。徳川家にとって、秀頼はいずれは倒さねばならぬ敵である。秀頼を斃《たお》すことによって、初めて徳川家の天下制覇は完成する。まるで天敵ともいうべきその秀頼に嫁がねばならぬという一事が、千姫本人ではなく、周囲の者すべてに、生れついて不幸な姫という印象を与えた。千姫が世にすぐれた美貌の持主であることが、その印象を更に強めた。こうした周囲の者の目が、千姫本人を不幸にするのは当然の帰結だった。

柳生宗矩は忠輝襲撃に、十人の柳生者を使うことにした。いずれも柳生の里から特に呼び寄せた者ばかりである。不慮の場合をおもんぱかっての処置だった。この江戸で彼等の顔を知る者は、何人かの柳生者を除いては皆無だった。

十名の長は鳥居四郎右衛門。昔、多武峯《とうのみね》合戦の際、柳生宗厳の危機を救った鳥居相模守の裔《すえ》である。三十三歳。剽悍《ひょうかん》をもって鳴る剣士であり、特に伊賀譲りの忍びの術に長《た》けていた。あとの九人はいずれも二十代前半。剣よりも忍びが得意な若者たちだ。だからこそ、江戸に宗矩の供をすることなく、柳生の里に留められていたのである。

宗矩は四郎右衛門に五日の猶予《ゆうよ》を与えた。江戸城の地理も分らぬまま仕事をさせるわけにはゆかなかったからだ。

ところが三日目に千姫の大屋根事件が起きた。この時、忠輝と千姫は誰にも目撃されていない。実のところ、これを見たのは鳥居四郎右衛門とその四人の配下だけだった。四郎右衛門はこの前日から、忠輝を監視し尾行していた。その目前で起きた事件だったのである。

四郎右衛門は宗矩に報告し、宗矩はこの事実を秀忠に告げた。

大屋根で充分楽しんだ千姫は、忠輝の手で無事に侍女たちのもとに戻されている。千姫は忠輝に会ったことも大屋根に登ったこともいわない。ついその辺を歩き回って来たとでもいうような涼しい顔でとことこ帰って来た。侍女たちは迷った末、於江の方に告げるのをやめた。告げれば自分たちの手落ちになり、家に帰されるのが目に見えていたからだ。従って表面上は何事もない無事な一日だったということになっている。

秀忠はすぐこうした事情を知り、於江の方にも知らせずに千姫を呼んだ。秀忠の誘導尋問にあって、七歳の子が白状しないわけがない。千姫は大屋根からの景観の素晴しさを語り、忠輝の頼もしさを讃《たた》えた。千姫にすれば大切な叔父さまをかばったつもりなのだが、ことは裏目に出た。秀忠を腹の底から怒らせてしまったのである。父親にとって最初の娘は最高の恋人である。しかも父親は異常なほど嫉妬《しっと》深い男に千姫の忠輝礼讃《らいさん》はその嫉妬心に火をつけることになった。

「即刻忠輝を襲え。手に余れば斬ってもよい」

秀忠はその夜のうちに宗矩を呼びつけ、こう命じている。家康には千姫のことを告げれば納得して貰えるという計算がある。いざという時は宗矩とその部下にすべてを押しつけ、処罰すれば足りる。軽い仕置しか命じなかったのに、行き過ぎて殺してしまった、といえばいいのだ。秀忠には、終生そういう非情さがつきまとった。

忠輝は屢々《しばしば》城を抜け出して町へ出て行く。大手門から堂々と出てゆくこともあるが、大方はあかずの門から無断で出ていって無断で戻って来る。

この当時の江戸の町は、家康入国の頃とまださほど変ってはいない。はっきりいって、江戸の町割にかまけるほどの暇が、家康になかったためである。変ったところといえば、西の丸の工事の土で日比谷入江がほとんど埋められてしまったことと、平川の河口から城に通ずる道三堀《どうさんぼり》が開掘されたことぐらいだった。城の背後には神田山が聳《そび》え、海岸線は田町・日比谷・新橋のあたりを通っていた。

武家地は番町辺に集って城の背後を守り、町人町は舟の入る道三堀ぞいに出来ていた。木材を扱う材木町、舟問屋の集る舟町、四の日に市の立つ四日市町、遊女屋が軒を並べた柳町などがそれである。

関ヶ原合戦以後、江戸の住民は急速に増加したが、その住む家は小屋がけ同然、道は埋立地のため泥深く、乾けば土埃《つちぼこ》りで目もあけられぬ有様であり、雨が降れば泥濘《ぬかるみ》で歩くことも出来なかった。

住民たちのほとんどは一旗組であり、独身か、家族を故郷に残しての単身赴任だったし、京大坂の大きな商家でも、男の従業員しか送らなかった。だから江戸住民の大半は男であり、当然気も荒く、喧嘩《けんか》刃傷沙汰《にんじょうざた》が絶えない。盗賊もいたし、辻斬りも盛んだった。さながら開拓時代のアメリカ西部の町である。

この町はないものだらけだったが、たった一つ、活気だけはいやになるほどあふれていた。忠輝にはその活気が面白くてたまらない。土埃りも泥んこも、喧嘩も辻斬りも、この鬼っ子にとっては屁《へ》でもなかった。衛生的見地からいえば極めて危険な辻売りのたべ物も口に合った。もっとも銭など持ったことがないのだから、これらはすべてかっ払いによって手に入れるのである。

忠輝はいやしくも長沢松平の主《あるじ》であり、七年の十二月には下総佐倉五万石を領し、上総介を名乗る殿様になっている。当然、一応はそれらしい立派な服装をしていた。

その姿で白昼堂々とかっ払いをやり、天狗《てんぐ》の早さで消える。物売りたちは業を煮やして、袋叩《だた》きにしようと待ち構えたこともあるが、逆に全員いやというほどぶちのめされて、遂に諦《あきら》めた。さわらぬ神にたたりなしである。かっ払われるのは、価《あたい》にすればとるに足りぬ僅かな食い物だけである。災難と思うことに決めた。お陰で『天狗の若殿』といえば、江戸の盛り場では、誰一人知らぬ者のない顔になってしまった。もっとも本人はそんなこととは知らない。

忠輝が鳥居四郎右衛門たちの尾行に気づいたのは、この顔のお陰だった。千姫を大屋根につれていった翌々日の午後、忠輝は例によって町に出かけていった。足のむくままに歩いてゆくと、室町近くの盛り場に出た。そこかしこで博打《ばくち》が開かれ、目を血走らせた男たちが群れている。盗品を売っている者がいるかと思うと、大道芸で銭を集めている傀儡子《くぐつ》の一族がいる。その間に様々な食い物屋が点在していた。

その傀儡子一族の芸を暫《しばら》く見て、立去ろうとした時、見物人から銭を集めていた十二、三の娘が、つと忠輝の前に立つと、銭をねだる仕草をしながら、全く意表外のことを囁いた。

「あんた、尾《つ》けられてるよ。剣呑《の》みのとこと火吹きのとこに五人ずつ。侍だよ」

忠輝はその事実よりも、どうしてそんなことをわざわざ教えてくれたのか、そっちの方が不審で、まじまじと娘の顔を見た。千姫と違って真黒に日に灼《や》けた、きかぬ気らしい精悍《せいかん》な顔だった。

「どうしてそんなこと教えるんだ？」

思ったままに訊いた。

不意に娘が赧《あか》くなった。黒い顔も赧くなることを忠輝は初めて知った。

「心配してやったんじゃないか。悪かったのかい？」

娘は突っかかるようにいう。

「いや。悪くなんかないよ。有難う」

さらりといってその場を離れた。少し行って振り返り、不意に逆に歩きだした。火吹き芸人のところにいた五人の武士は、忠輝には目もくれずすれちがっていったが、剣呑みを見ていた五人はそのまま動かない。十人共、厳重に足ごしらえを固めた武士だった。

〈あいつらだ〉

忠輝はすれちがった五人の顔を知っている。一昨日、大屋根に登った時に、隅櫓《すみやぐら》から見ていた連中である。城内では見かけぬ顔だったので、千姫を送った後で、逆にこの五人を尾けた。彼等が夕刻、日ヶ窪《ひくぼ》の柳生道場に入ってゆくのを、忠輝は見届けている。四郎右衛門は不覚にもこの逆尾行に全く気付いていなかった。

〈柳生か〉

その時は忠輝はそう思っただけだった。

忠輝は二年前のように無知ではない。柳生宗矩のことも、石舟斎のことも知っている。同じ新陰流の奥山休賀斎が教えてくれたのである。休賀斎は宗矩のことを良くはいわなかった。

「才子でござる。信を置くに足り申さず」

きっぱりとそういった。休賀斎は宗矩の出世主義が鼻についたのであろう。

〈だがその柳生が何故わしを尾ける？〉

忠輝はそう考えながら、平川の河口の方に足を向けていた。

このあたりは忠輝の格別好きな場所だった。なによりも船がいた。それも二千石、三千石の大船が、夥《おびただ》しい数、そこかしこに舫《もや》っている。

後年になると、幕府の規制によって、千石以上の船の建造は出来なくなり、千石船、五百石船が海運の主体となったが、この当時はまだそんな規制はない。諸国の大名も、貿易商人も、争って大船を造っていた。

大船の舫う姿はそれだけでも美しい。

白い鷗《かもめ》がとびかい、蒼空《あおぞら》を雲がとんででもいれば尚更《なおさら》である。港は人の心に見知らぬ国への憧《あこが》れを生ませるという。

忠輝は舟着場のあたりに腰をおろし、その憧れと白昼夢の中にどっぷりとひたっていた。

いつの頃からともなく、忠輝は海の彼岸の異国に強い憧憬《しょうけい》を抱くようになっていた。子供心に、日本の国内には鬼っ子の生きてゆく場所のないことを感じとっていたのかもしれない。

母のお茶阿が城内で見せてくれた南蛮風俗の絵が忠輝の心を捉《とら》えて放さなかった。南蛮人の顔は皆鼻がとがり、天狗のようだ。それは正に鬼子の成長した姿ではないか。

「大人になると、わしもこうなるのか」

と忠輝は訊《たず》ねて、母を狼狽《ろうばい》させている。

「そんなことがある道理がありませぬ」

母は震える声でそういった。万に一つそんなことになったら、どうしたらいいのかという恐怖が、その震えに現れていた。

〈簡単だ。この国へゆけばいいんだ〉

忠輝はそう思ったことを、今でも覚えている。

よだれをたらしそうな顔で船を見つめながら、沁々《しみじみ》そう思った。

〈行きたいな〉

出来るだけ遠くがよかった。日本などという国のあることも、日本人などという人種のいることも知らぬ、遠い遠い土地。天狗たちがわがもの顔に歩き回り、まっ黒な肌をした人間が裸でゆきかっている町。どれほど灼熱《しゃくねつ》の太陽にさらされれば、あんなに黒く灼けるのだろう。その太陽のことを思うと、身体じゅうが熱くなって来た。

ちらりと頰に冷いものが当った。雪である。忠輝は直ちに現実にひき戻された。なんともいまいましい思いだった。忠輝は雪が嫌いなわけではない。現に降りはじめた雪の中で、みるみる白く化粧されてゆく船の光景は、それはそれで美しかった。だが同じことなら身を灼くような陽の下の方がいい。終日裸でいられるし、暑ければ水に入ればいいのだから。

日が落ちるには間がある筈だったが、空はまっ暗だった。俄《にわ》かに雪が勢いを増して来る。

風が出て、あっという間に凄まじい吹雪になった。

その中で柳生が動いた。

鳥居四郎右衛門が、この天候の激変を見て、一瞬の間に断を下したのである。

襲撃は夜ときめていたが、それはあくまでも自分達の姿と刀技を他人の目にさらさないためだ。この突然の吹雪は夜以上に完璧《かんぺき》に彼等の姿を隠してくれる。道ゆく人々は慌《あわ》てふためいて、近くにある商家や茶店にとびこんで、この雪を避けている。視界は一間（二メートル足らず）に満たない。どう考えても目撃者がいるわけがなかった。

平川の河口という場所もいい。死体の棄て場として格好である。忠輝は吹雪に道を誤って川に落ち、やがて退《ひ》き潮と共に江戸湾の沖合遥かの深みにひきこまれ、行方を絶った……後日の調査の結果はそう出るに違いなかった。柳生の名が出ることは全く考えられなかった。

〈鬼っ子、斬るべし〉

四郎右衛門の決断は正に当を得たものだった。憂慮すべき点はむしろ味方の同士討ちにある。四郎右衛門はくれぐれも相手を確認して刀を振るよう、配下の九人に厳重に注意した。忠輝の剣技など、彼の配慮の中にはない。いかに奥山休賀斎に勉《まな》んだとはいえ、たかが十二歳の、しかも殿様剣法である。教えられたのもせいぜい優雅な型稽古だったに違いない。十人の柳生者で襲うのが恥ずかしいような相手だった。

四郎右衛門は七人の部下に、忠輝を中心として半円を描かせた。これで忠輝の脱出路は川しかなくなる。残りの二人と自分は、万一の事態に備えて半円の背後に位置した。この万一の事態とは、思わぬ通行人乃至《ないし》助人の出現のことである。連繋《れんけい》攻撃の訓練を重ねた柳生の剣士が七人もかかって、たった一人の敵を討ち洩らす筈がなかった。七人は吹雪の中でじりじりと輪を縮めていた。

忠輝は雪の幕の向うに獰猛《どうもう》な殺気を感じてにこっと笑った。

〈面白いな〉

相手が柳生であることは明かだったが、忠輝は別になんとも思っていない。十人と人数こそ多いが、どれをとっても休賀斎には及ぶべくもない隙《すき》だらけの男たちだった。その点はさっきとうに確かめてある。だから忠輝にとってこれは只《ただ》の遊びだった。吹雪のせいでお互いに姿が見えないのだから、かくれんぼの要素を加えた鬼ごっこのようなものである。

忠輝にはこの連中を斬る気など毛頭ない。遊びと殺人は一つではない。脇差《わきざし》を使う気も全くなかった。肌身はなさず持っている休賀斎ゆずりの鉄扇で、軽くひっぱたいてやればいい。そう思っていた。この鉄扇は鍛えた鋼《はがね》で造られ、長大で、中には鋭利な短刀が仕込まれている。本来の扇子の役割は果さないが、武器としては恐ろしい威力を持っていた。この鉄扇で本気で殴れば頭蓋《ずがい》を砕くであろう。

だが忠輝には、そんなつもりもない。

忠輝は柳生の連繋攻撃の恐ろしさを知らない。

集団としての柳生の攻撃は、正統の新陰流刀法とは全く性質の異なる破壊力を持つ。それは純粋な殺人剣であり、目標となった人物を斬るためには、味方を斬ることも当然と考える非情な殺法だった。たとえば一人がわざと敵に胸を貫かせ、その刀を両手で握りしめて放さず、その隙に他の一人が敵を斬る。又たとえば味方の身体《からだ》もろともに敵を槍《やり》で刺す。いずれの場合も、味方の安全を無視することによって敵の意表をつき、これを斃すのである。汚いやり方だし、非情の斬法だったが、恐しく効果的なことは間違いがない。

ただしこの殺法が有効なのは、相手の意表をつく場合に限る。相手がこの殺法を前もって承知している場合は、効果は半減する。だからこそ柳生軍団は極力この刀法を隠した。闇にまぎれ、人目のないところでしか使わなかったし、万一目撃者がいれば躊躇《ためら》うことなくこれを斬った。

それにこの方法は、卑怯《ひきょう》で残忍な人殺しの法であり、多くの場合暗殺の法である。とても正統の剣とはいえない。隠さねばならぬ理由はその点にもあった。後年、裏柳生と呼ばれた集団は、この殺法の専従者たちだったのである。ほとんどが低い身分の出で、裏柳生に属することによって自分と家族の生涯の生活を保障されていた。自分が死んでも家族への手当は終生続き、子があれば子が、子がなければ身内の者が必ず跡目を継がせて貰えた。だから安心して死んでゆくことが出来た。

忠輝はこんな事情を知らない。休賀斎自身も知らなかったのだから、教えようがなかったのであろう。だから単純にいい遊び相手だぐらいにしか考えていなかった。そこに危険な落し穴があったし、この惨劇の原因があった。

忠輝は普通なら、この柳生軍団の襲撃で殺されるか、少くとも大怪我を負っていた筈である。それを救ったのは、鳥居四郎右衛門の軽視と、この吹雪だった。

七人の柳生はいずれも若いながら一流の剣士である。この吹雪の中で視覚に頼ることの危険を承知していた。つまり目で見ようとつとめず、五感で忠輝の位置を察知しようとした。

七人は一様に低く身を屈《かが》め、鞘《さや》ごと抜いた刀で前方を掃くようにしながら前進した。刀身はほとんど抜き放たれ、鞘は切先にひっかかっているだけだ。鞘が目標にさわれば、即座に一歩踏みこんで斬る。これは暗闇の中での剣の使い方だが、吹雪の中でも同じ効用を果たす筈だった。

七人の中央を進んでいた者の鞘の先端が何かに触れた。即座に刀を振り上げようとしたが、肝心の刀が俄かに重みを増し、持ち上らない。この異常な事態にぎょっとなった男は、同時に信ずべからざるものを見た。

刀の峯の上には、なんと忠輝が立っていたのである。おまけに無気味ににたりと笑ってみせた。

恐らく我が国最古の剣の流儀である鞍馬《くらま》八流に、この術があると聞いたことがあったが、現実に見るのは、この柳生者もはじめてである。不覚にもうろたえ、

「ぎゃっ！」

と声を発してしまった。

「ばーか」

嘲《あざけ》るなり、忠輝は鉄扇で軽く男の頭蓋を殴った。男の身体が地に沈んだ。その寸前に忠輝は前に跳んでいる。体重を持たないような軽さだった。跳んだ先に三人の男がいることを忠輝は感じている。これは四郎右衛門と二人の配下である。

四郎右衛門の方も、雪の向うに味方でない人間の存在を感じとった。倒された男の驚愕《きょうがく》の声もきいている。瞬時に囲みの輪が破られたことを察知した。およそ信じられぬ出来事だったが、それで動揺するほど四郎右衛門は未熟ではない。即座に抜刀し、

地べたに片膝《かたひざ》をついた。突くにせよ、斬り上げるにせよ、この姿勢からの方が威力もあり、同時に敵の目をのがれられる有利さを持つ。

二人の配下は即座に棟梁《とうりょう》の考えを読み、抜刀するなり一人は大上段に構え、一人は中段刺突の構えをとった。上中下三段の同時攻撃を策したのである。三人の正面に立った敵は、どう動いたところで、この三段攻撃をかわすことは出来ない筈だった。但《ただ》し味方にも危険はある。特に中段の刺突攻撃をかける者は、上段から振りおろされた剣で、また下段から斬り上げられた剣で、敵もろともその双腕《もろうで》を失う危険が大きい。それを敢えて行うのが、この殺法の恐ろしさである。

降りしきる雪が割れ、忠輝の姿が現れた。正しく三人の正面であり、忽《たちま》ち一足一刀の間境いを越えた。一足一刀とは一歩進めば己れも敵も刀の射程内に入る距離をいう。三本の刀身がまったく同時に動いた。

だが忠輝はこの凄絶《せいぜつ》な攻撃を越える驚くべき動きを見せた。直立したまま、まっすぐ上に一間もとび上がったのである。その動きは、斬り上げた四郎右衛門の刀と、まっすぐ突き出された中段の剣をかわし、忠輝の身体はまたしても上段から斬りおろした刀の峯の上に立った。当然の勢いで四郎右衛門の剣は、中段で突き出した配下の双腕を切りとばした。同時に、

「ばーか」

忠輝の鉄扇が上段から振りおろした男の頭蓋を一撃していた。

二人が倒れ、うっすらとつもった雪が赤く染まった。

四郎右衛門は一瞬にして己れの誤算に気付いた。相手は只の若殿ではなかった。只の奥山流の剣士でもない。こんなかわし方は、新陰流は疎《おろ》か、どの剣の流派にもなかったのである。

この時、円陣を破られた六人の柳生者が、直ちに反転して忠輝を囲んでいなかったら、四郎右衛門も忠輝の鉄扇の餌食《えじき》になっていたかもしれない。誰よりも四郎右衛門自身がそう思った。

今の短かい戦闘で、四郎右衛門の頭脳は一気に切り変えられていた。十二歳の少年、徳川一門の若殿、そんな甘い考えは吹きとんでしまった。相手は文字通りの鬼っ子だった。恐らくは天狗の飛翔術《ひしょう》を身につけた、驚くべき剣士である。残った七人の柳生者が全力をあげて戦って、尚、勝敗の帰趨《きすう》は不明なほどの強敵だった。

先《ま》ず、今の戦いを見ていなかった六人の配下を必死にさせることが先決問題だった。今まで通りの甘い気分で立ち向っては、またたく間に全滅させられてしまう危険がある。

「捨《しゃ》！」

四郎右衛門の口から鋭い命令がとんだ。これは己の生命を捨てろということである。生命を犠牲にして相手を斃す、自殺的殺法に切り替えよ、という命令だった。

六人の配下はほとんど戦慄《せんりつ》した。永年訓練を積んで来たが、現実にこの戦法を使うのは初めてなのだ。だがどんな無法な命令にも忠実な点に柳生者の恐しさがある。

四人が忠輝の前後左右から無謀とも見える突進を試みた。斬られることは百も承知の突進である。どんな剣の達人でも、四人を全く同時に斬ることは出来ない。四人の剣の遅速を一瞬に読みとり、遅い剣はかわし、早い剣ははじき返してこれを斬る。この四人の攻撃はそのかわしを許さない法なのである。四人の剣にまったく遅速がないのだ。四人のうち誰を何人斬ってもいい。だが全く同時に四人を斬れない以上、少くとも一本の剣は相手の身体に届く筈である。最悪の場合でも三人が斬られて相手も四人目に斬られる。これが柳生独特の殺法だった。天下に名をあげた兵法者といえども、この殺法を破ることは不可能な筈だった。

忠輝がこの殺法の恐ろしさを即座に感じとったのは、ほとんど獣の本能によるものだった。感じた瞬間に、もう四つん這《ば》いになって疾走している。正に野獣である。忠輝はこの姿勢で一里（約四キロ）を全力疾走することが出来る。疾走しながら目の前の障碍物《しょうがい》を斬り払う。今も前方から迫る二本の脚を無意識の裡《うち》に、脇差の抜き討ちで斬っていた。

一瞬の裡に双脚を失った柳生の剣士が絶叫と共に前のめりに倒れた。

忠輝はそのまま疾走を続け、又しても前を阻《ふさ》ぐ二本の脚を斬っている。これは後詰《ごづめ》として残った二人の柳生者の左脚と右脚である。二人は何に襲われたかも分らぬまま倒れた。

忠輝はようやく立ち上った。右手に血に塗られた脇差、左手に鉄扇を握っている。

忠輝は怒っていた。楽しい遊びだった筈のものを、残虐《ざんぎゃく》な殺戮《さつりく》に変えた柳生の異様な戦法に対して心の底から怒っていた。

もっとも忠輝はいつもそうである。辰千代の時代から、わるさこそするが、一度たりとも人を殺そうと思ったことはない。結果的には殺すことになったとしても、それは忠輝の意志ではなく、むしろ事故とでもいうべきものだった。

そしてその度に、いつもいいようのない怒りに捉えられるのだった。どうしてこんな馬鹿なことが起らねばならないのか。どうしてこんなむごたらしいことになるのか。それは死んでいった者の愚かさへの怒りであり、こんなめぐり合せを作った神への怒りでもあった。

忠輝が本来は心優しい子であることを、母のお茶阿だけが知っている。忠輝はどんな小さな生き物でさえ、殺すのをいやがった。お茶阿は幼い忠輝が自分の手の甲にとまって血を吸っている蚊を面白そうに見ているのに気づいたことがある。お茶阿が叩こうとすると、忠輝は手を振って蚊を逃がしてやった。どうしてそんなことをするのか、というお茶阿を、忠輝は不思議そうに見返していったものである。

「腹をすかさせちゃ可哀そうじゃないか」

そして他の子とちがって、忠輝は決して動物を捕えることをしない。兎《うさぎ》でも栗鼠《りす》でも、忠輝の敏捷《びんしょう》さと印地打ちの腕をもってすれば捕獲は容易なのに、かつて一度もつかまえたことがない。あれほど泳ぎが達者なくせに、魚を捕えたことがない。動物も魚も、忠輝の友達であり、遊び仲間なのだ。誰が友達を捕えて飼ったり、まして友達を食べたりするだろうか。

忠輝は肉も魚も一切口にしない。食うのは野菜と味噌《みそ》と米だけだった。

「お前さまはお坊さまになるつもりなの？」

お茶阿が真顔でそう訊ねたほど、断乎《だんこ》として殺生《せっしょう》を嫌った。

そんな忠輝が人を殺すことに平然としていられるわけがなかった。

今、四人の手負いを出し、三人を気絶させられて、茫然《ぼうぜん》と立ちすくんでいる鳥居四郎右衛門たち三人の柳生者に、忠輝はわけもなく腹立たしく、激しい罵声《ばせい》をあびせかけた理由はそこにあった。

「さっさと手当をしないか！　死んでしまうぞ！」

返事は二人の柳生者の斬撃《ざんげき》であった。この男たちには、怪我人に手当をしてやるつもりなど全くないのだということを、忠輝は悟った。益々腹が立った。二人に対する鉄扇の打撃が前より強烈さを増したのはそのためである。二人共、死ぬには到《いた》らなかったが、一人は終生廃人と化し、一人は視力を失った。

忠輝は叫んだ。

「柳生とはこんなものか！」

この一言が、柳生を忠輝の生涯の敵としてしまったのである。

忠輝がこの言葉に籠《こ》めた意味は、柳生の非情さへの怒りである。だが鳥居四郎右衛門はこれを柳生の剣技への侮蔑《ぶべつ》ととった。同時に忠輝が自分たちを柳生と見抜いたことに驚愕もしている。

四郎右衛門は既に一昨日のうちに、自分たちの正体が知られているなどとは夢にも思っていない。

〈われらの剣を見て、柳生と悟るとは！〉

そうとしか思えないのである。同じ新陰流から分れた奥山休賀斎に勉んだ以上、これは決して不可能なことではない。だがそこまでの目をもつということは、きわだった剣士にしか許されることではない。そして忠輝がそのきわだった剣士であるからには、今自分たちが見せた殺人剣がどれほど流儀をはずれた邪悪な剣か、一目で見破った筈である。秘しに秘して来た柳生新陰流の裏業《うらわざ》が、表に出てしまった。

〈俺のせいだ〉

只今即刻、腹かっ切って死にたかった。だがそれは出来ない。宗矩に正確に事態を伝える義務があった。宗矩に全柳生を総動員しても、忠輝を斬《き》らねばならぬ理由を告げた上でなければ、死ぬことも出来なかった。

四郎右衛門はじっと忠輝との間合を縮めた。これは実は攻撃のためではない。脱出のためである。攻めると見せて退く。そうしなければ必ず斬られる。

だがそんな用心は不要だった。

忠輝は馬鹿にしたように手を一つ振ると、さっさと背を向けて、脚を切断された三人の手当にとりかかった。

〈斬れるか？〉

四郎右衛門は気息をはかった。だが忠輝の見るからに頑丈そうな背中は、到底四郎右衛門に斬りかかる隙を微塵《みじん》も見せてはいなかった。

四郎右衛門は大きくうしろに跳んだ。猫科の動物に似た、しなやかな見事な跳躍だった。そのまま吹雪の中に姿を消した。

忠輝は振り返りもせず、止血に専念していた。


柳生宗矩の怒りは凄絶の一語につきた。

詳細な報告を終えるや否《いな》や腹を切ろうとした四郎右衛門の頰を殴り、脇差をとりあげるなりその刃をへし折ったのである。それでも怒りはやまず、たてつづけに四郎右衛門を殴り続けた。

「死のうなどと虫がよすぎる！」

殴りながら宗矩は叫んだ。

「これほどの失態を犯して、死なれてたまるか！　お主《ぬし》が死ねるのは、あの鬼っ子を首尾よく殺した時しかないッ！」

さながら悪鬼羅刹《らせつ》の顔だった。四郎右衛門はただ震えているだけだった。

忠輝が川中島十二万石を与えられたのは、この年慶長八年の二月六日。家康が征夷《せいい》大将軍に任じられる六日前のことである。

同時に栃木城の皆川広照は、永年の忠輝養育の功を買われて、忠輝の所領のうち川中島北部の信州飯山四万石を授けられている。広照はこれで引き受け手のいない鬼子を拾い育てた酬《むく》いを、一応は受けたことになった。この頃の広照には側室の腹から新らしく男の子が生まれ、後継ぎのないため廃絶されるという、当時の大名が等しく抱いていた不安からも解放されていた。

皆川広照が飯山四万石を与えられ、忠輝の附家老になったと新井白石の『藩翰譜《はんかんふ》』にあるが、これは明らかな誤りである。忠輝の附家老は大久保十兵衛長安であり、二人の附家老という例はかつてない。皆川広照は川中島藩の家老でさえなかった。四人いた城代家老の中に彼の名はない。彼は忠輝の付庸《ふよう》大名（与力大名）として、全く独自に飯山の領地に采配《さいはい》を振っていたものと思われる。

忠輝はこの年には領国に入っていない。皆川広照も翌慶長九年四月まで飯山に入部していない。

忠輝の家臣団の再編成が行われ、花井佐左衛門吉成（遠江守）、松平孫三郎信直（筑後守）、松平庄右衛門清直（出羽守）、山田忠兵衛正世（長門守）の四人が城代家老になった。このうち二人の松平姓の者は長沢松平系の人物であり、山田忠兵衛も同系の人物、花井吉成は忠輝の姉の亭主である。この四人の城代家老も、何故《なぜ》か、この年には川中島入りをしていない。

では忠輝の新しい領国川中島藩は、この間誰の手で治められていたのか。

家康は先ず藩内の治安のために、松代・稲荷山・牧之島・長沼・飯山の各城に城番を置いた。この城番には信濃在住の領主が命じられた。

次に行政面では、すべてを大久保長安に委《まか》せた。長安は自分の配下の甲州系の手代たちを代官として派遣し領内を治めさせた。山村良勝、原図書孫次郎といった木曾代官まで動員したらしい。この二人はさすがに早々と引揚げたようだが、甲州系の手代たちはかなりの長期間滞留した。雨宮次郎右衛門、平岡岡右衛門道成、平岡帯刀良知、窪田忠兵衛昌綱などがそれである。

雨宮次郎右衛門は首席代官として松代（松城とも書く）にいた。

現在ではこの地方の中心は長野市だが、この当時は松代だった。ここには川中島合戦で有名な海津城がある。次郎右衛門はここに入り、藩政を見ることになった。

これは異常の処置である。忠輝本人は別として、長沢松平には深谷一万石の時から家臣団はいる。その家臣団に治世をまかせるのが本道であろう。

大久保長安がその本道を避け、わざわざ自分の腹心の手代たちにこの領国を治めさせたのは何故か。

一つには現在自分の従事している木曾谷の開発に必要な労力と飯米の供給を、この川中島に期待したためなのは明かである。長安が家康を口説いて、この国の領主森右近大夫忠政を美作国津山に栄転させ、忠輝を領主に据えさせたそもそもの理由はそこにあった。

この土地を木曾谷開発の補給基地にするには、それなりの強力な体制づくりが必要である。そんな大事な作業を、長沢松平の家臣団などの手に委せられるわけがなかった。

長安は大名の家臣という者を、全く信用していない。これは当然といえば当然だった。

この頃までの大名家臣団の役割りといえば、第一に合戦の隊長としてのそれである。何よりも先ずいくさに強い武将でなければならなかった。

領国の経営はその次に来る。そして、この第二の役割りに関する限り、彼等の大半は無能である。少くとも長安の眼から見ればそうだ。

もともと武将と官吏は相容《あいい》れないものだ。この両方の役割りを巧みにこなすなどということは、ほとんど不可能である。古くは加藤清正を代表とする豊臣家七人衆が、石田三成たち文官を、ともに天をいただかず、とまでいって憎悪《ぞうお》したこと、この当時でいえば本多平八郎忠勝などの侍大将が、文吏派の本多正信を、腸《はらわた》の腐れ者（臆病《おくびょう》者の意味だ）と呼んで嫌忌したことが、この事実を証明している。地方巧者《じかたこうしゃ》といわれた長安には、長沢松平の家臣団など、無能者の集まりとしか見えなかったであろうことは、容易に想像出来る。

そんな連中に、大事な補給基地を委せられる筈《はず》がない。経験を積み、農民たちの心理にも通暁《つうぎょう》した、いずれも地方巧者の手代たちほど、この種の作業に当って頼りになる者はない。

これが長安が一時的にせよ川中島をあたかも自分の領国のように勝手に切り回した理由である。

だがそれだけではない。

少くとも松代に派遣された雨宮次郎右衛門はそう睨《にら》んでいる。

他の者はあまり知らないが、長安は大分前から長沢松平藩の家政まで見ている。色々と知恵を出し、必要だと思うと金も出す。次郎右衛門は、初めからの因縁もあり、屢々《しばしば》その仕事を手伝わされているので、よく知っている。これは欲のためではない。むしこんなちっぽけな藩の台所にまで口を出したって、長安が得をするわけがない。むしろ逆に、このお陰でかなりの出費を強いられている。そんな割に合わないことを、長安ほどの男が敢《あえ》てするには、格別の理由がある筈だった。

それが次郎右衛門には、もう一つ飲みこめないのである。

何かある。何か途方もなく、非常のことがある。

次郎右衛門は忠輝に対する長安の心の傾斜を、そう見ている。予感しているといってもいい。だがどう考えてもその何かが分らない。

〈或はおかしら御自身にも分っていないものかもしれぬ〉

そんな気もする。

長安の心が今、ばかでかい野心によってふくれ上っていることは、次郎右衛門ならずとも、腹心の手代衆ならば誰でも知っている。関ヶ原合戦の後の、凄《すさ》まじいばかりの長安の働きぶりを見れば、それを感じない方がおかしい。だがその野心が窮極的にどこに向っているか、という点になると、これが難かしい。長安の事業はあまりにも多岐にわたっていて、どこに焦点を合わせていいか分らないのである。

その混沌《こんとん》とした長安の野望のどこかに、鬼っ子忠輝の坐《すわ》る場所がある筈だった。

〈それもかなり危うい場なのではないか〉

これは次郎右衛門の勘である。

長安は望みさえすれば、徳川家の御曹子《おんぞうし》の誰とでも手を結べる立場にいる。御曹子の誰もが、長安が肩入れしてくれるなら大喜びする筈だった。今や長安は治国の達人、採鉱の魔術師、土木事業の巧者として、全国津々浦々に轟《とどろ》き渡っている。長安の指が触れれば、領国のまつりごとは巧《うま》くゆき、鉱山は息を吹き返し、どんなに困難な土木事業も可能になると信じられていた。

それほどの男が、どうして他の御曹子ではなく、何かにつけて疎外《そがい》され続けて来た鬼っ子と手を組もうとするのか。しかも十二歳の少年と、である。

少年の無垢《むく》な心の間に何かを吹きこんで、その成長を待たねばならぬほどの大事なら、危険を伴わない筈がない。それも鬼っ子の尋常でない体力が特に必要とされるほどの危険なのではないか。

〈おかしらは鬼っ子さまをどこへ連れて行こうとしているのか〉

次郎右衛門は忠輝のために、長安の意図を危うんだ。才兵衛と同じように、次郎右衛門もまた心中深く忠輝を愛するようになっていたのである。

その次郎右衛門に突然柳生に行けと長安から指令が下ったのは、慶長八年十一月のことだ。

十一月は農民の収穫期にあたる。長安が自ら川中島領内に入ったのはこれがはじめてである。そして領内を見回り、七日に、十ヵ条からなる民政覚書を出した。これは農民の立場を守り、為政者側に些《いささ》かの不正と横暴を許すまいとする心づかいに満ちた、条理をつくしたものだった。長安は十一月十日に松代を離れた。

次郎右衛門が長安から直々に柳生領潜入を命じられたのは、その出立の前日の夜のことである。

潜入の目的が異常だった。あらゆる面で柳生の非分となることをさぐり、極力、その手証《てしょう》（証拠）を集め、長安の手もとに差出せというのである。特に、柳生は昔松永家に仕えていた頃、隠田《かくしだ》を持ったという理由で罰せられたことがある。その隠田が今もって温存されているかもしれぬ。柳生宗矩の強欲さから考えて、その可能性が大きい。その隠田を見つけ出し、その地積と収穫量を計って報告してくれると有難い。

次郎右衛門は暫く沈黙した。

これはとてつもなく危険な仕事だった。他の土地なら知らず、柳生領は伊賀・甲賀と隣接し、柳生の門弟にも伊賀・甲賀の忍びの者が多いという。忍者の里に忍んでさぐりに入るとは、盗賊の巣窟《そうくつ》に盗みに入るようなものである。発見される確率が高かったし、発見されれば必ず斬られるにきまっている。それほどの危険を犯してまで、たかが三千石の旗本の領内を調べる必要は何か。

次郎右衛門は端的に長安に以上の質問を発した。次郎右衛門はおかしらの命令とあれば理非を問わずこれに従うという型の男ではない。自分に納得がゆかなければ、あくまでも問い訊《ただ》す。相手がおかしらであろうと、この点に関しては全く遠慮会釈《えしゃく》がない。

長安の方も同じ型の男である。いいから黙ってやりゃあいいんだ、などということは絶対にいわない。相手が不明な点は、納得のゆくまで説明してくれる。長安が稀代《きたい》の地方巧者といわれた所以《ゆえん》はそこにあった。

だがこの時の長安はいつもとは少し違っていた。暫く黙りこみ、次郎右衛門を計るように、光る目で見つめていた。やがていった。

「柳生宗矩殿は、忠輝さまのお生命を狙《ねら》った」

次郎右衛門は内心あっとなった。

「恐らく秀忠さまの御命令によるものと思われる」

信じられなかった。秀忠が忠輝を嫌っていることは分っていた。次郎右衛門も於江の方と忠輝の一件は知っている。しかし柳生に命じて暗殺を企《たくら》むとは異常な事態だった。温厚をもって聞こえる秀忠公の振舞いとは思えない。

「秀忠さまのうわべを信じてはならぬ。あれはこわいお方だ」

長安は断定するようにいう。秀忠の人格について既に分析ずみなのである。

「だが秀忠さまを抑えることは出来ぬ。ならば柳生を叩くしかない」

脅喝によって宗矩の行動を鈍らすのである。隠田があると公儀に知られれば、柳生家は間違いなく潰《つぶ》れる。

吹雪の中での柳生勢との決闘で、忠輝は忠輝なりの衝撃を受けている。遊びの筈が殺戮にかわってしまった。倒した九人のうち、忠輝に両脚を切断された男と、鳥居四郎右衛門に双腕を切断された男の二人が、忠輝の手当ての甲斐《かい》もなく、失血多量のためその場で死んでいる。

忠輝は人の死に平然としていることの出来る少年ではない。深い悲しみと、誰に向けていいのか分らないあてどのない怒りが、その心を満たしている。感情が激すると笛を吹くのが忠輝の幼時からの癖である。この夜の笛の音は悲しみと人の世の愚劣さへのやり切れなさに満ちている。

お茶阿の方はこの笛で忽ち異常を知った。忠輝を問いつめた。忠輝はこの母にだけは何一つ隠すことがない。柳生の襲撃についてありのままを語った。

驚愕したお茶阿の方は、直ちに家康に知らせようと思ったが、考え直した。この襲撃が秀忠から出ていること、原因が千姫にあることが明瞭《めいりょう》だったからである。お茶阿の方も、家康が千姫に果たさせようとしている辛《つら》い、だが重要な役割のことを知っている。この場合、むしろ秀忠の処置を是とすることは明瞭だった。

思案の揚句、お茶阿の方は大久保長安に相談をかけた。長安は柳生の幕閣における、というよりも秀忠側近としての役割を長い時間をかけて調査し、その結果が雨宮次郎右衛門へのこの日の命令になった。

次郎右衛門は才兵衛を連れて即日柳生へ立った。

〈鬼っ子さまのためじゃ仕様がない〉

この点では才兵衛も全く同感だった。

同じ頃、江戸城内では花井佐左衛門吉成がお茶阿の方と密談をかわしていた。

花井佐左衛門は旧名三九郎、お茶阿の方の娘お八の婿《むこ》である。大久保長安のような金春流の名門ではないが、猿楽の者だったことに違いはない。だから武芸の達人というようなわけにはゆかないが、自由でまっすぐな思考の持主であり、何より品性高雅で誠実そのものだった。忠輝が長沢松平家を継いだ時から、その家臣団の中で重い地位を与えられて来たが、川中島藩に移ると同時に、四人の城代家老の一人となっている。その立場からいっても、義兄という立場からいっても、最も忠輝を庇護《ひご》しなければならない人物だった。

その三九郎（身内の間ではずっとこう呼ばれたとあるので筆者もこう呼ぶことにする）とお茶阿のこの日の密談の内容は、この年の五月以来の忠輝の、凄まじいばかりの荒れようにあった。

城内の石灯籠《どうろう》は倒す、木はひっこ抜く、池でも濠《ほり》でも構わず泳ぎまくるし、連夜のように大屋根に登っては笛を吹く。正に乱暴狼藉《ろうぜき》の限りを尽くしている。理由は千姫にあった。

於江の方が千姫を連れて江戸を立ったのはこの五月十五日である。行く先は伏見だった。この時、於江の方は八ヵ月に近い身重である。

旅立ちの目的は千姫の輿入《こしい》れだった。いよいよ大坂城の豊臣秀頼の嫁になるわけだ。秀頼十一歳、千姫七歳である。

前日、即《すなわ》ち五月十四日の真昼、千姫は出発の準備に忙しい侍女たちの隙を見て庭に出た。大屋根事件以来、一人で庭に出るのは固く禁じられていた。

霧のように細かな雨が降っていた。

千姫は濡《ぬ》れることなど気にもかけていない。

例の大木の下に立った。初めて忠輝にひっぱりあげて貰《もら》った懐《なつか》しい樹である。千姫の心を悲しみが満たした。

〈叔父さまにもう二度とお目にかかれないのだわ〉

たまらなくなって、声をあげて泣いた。

忽然《こつぜん》と千姫の前に人影が立った。木から降って来たのである。勿論《もちろん》これは忠輝だった。

「叔父さま！」

千姫は夢中で忠輝にしがみついた。

忠輝も明日の旅立ちのことは聞いている。断腸の思いだった。だがつとめて明るく、

「また木へ登りたいのかい」

と訊《き》いた。

千姫が首を横に振った。

「大屋根」

さすがの忠輝が、一瞬ためらった。

「雨が降っている」

「千は濡れても平気」

妙に蒸す日で、確かに雨に濡れた方が気持がよかった。だが大屋根は瓦《かわら》ぶきである。滑って危険だった。

「滑るぞ」

「叔父さまと一緒なら滑らない」

驚くべき信頼度である。忠輝の胸の中が熱くなった。ままよ、と思った。

「おいで」

招きよせると、軽々と背に負って、疾走した。

なんとか大屋根に出た。終始千姫をおぶったままなのだから凄まじい体力である。

眺望は前の時より半分がた落ちる。だが霧雨煙る江戸の景観は美しく、どこかもの悲しく、別離を迎えた少年と幼女の胸をかきむしった。

二人とも一切口を利《き》かない。黙念と雨の町に見入っていた。

やがて千姫がゆっくりと忠輝の口に唇を押しつけた。相変らず柔かく、いい匂《にお》いがした。

口づけは長いこと続いた。

これが千姫の別れの言葉だった。

大屋根から降り立った時、忠輝は千姫に棒手裏剣を一本与えている。これは忠輝の大切な宝物だった。そして、それが忠輝の別れの言葉だった。

伏見についた千姫が秀頼のもとに輿入れしたのは慶長八年七月二十八日のことである。『当代記』によれば、この時、伏見から大坂まで舟で渡ったという。

この婚儀は、家康征夷大将軍就任に対する淀君の憤懣《ふんまん》を和げるための処置であることが、あまりにも明白だったので、大坂城内では賛否渦巻き、いっそ千姫を殺してしまおうという一派まであったようだ。そんなことをしては家康の思う壺《つぼ》であり、豊臣家を攻め滅す絶好の口実を与えることになる、と必死にこの暴挙を阻止する一派が結局は大勢を占めたので、どうやら事なきを得た。千姫殺害派は淀君の側近であり、阻止したのは片桐且元《かつもと》の一派だったらしい。この騒乱の中で、福島正則など旧豊臣家子飼いの大名たちに、改めて豊臣家のために忠誠をつくすという誓紙を入れさせたというようなこともあり、一時、京・大坂は物情騒然たる有様だった。

戦争に対する恐怖は、常に騒乱の中心になるこの二都市の住民たちが特に強く、また敏感である。情報網の発達も他の都市とは較《くら》べものにならず、大坂城内で起ったことは、その日のうちに、京・大坂の商人の知るところとなる。彼等の対応は素早く、この時もいちはやく家族と財産を疎開させるなどの手をうった。一般庶民は、その金持の行動を見て初めて愕然とし、同様の処置をとるのである。

この間、家康はつい目と鼻の先の伏見城にいて、平然とこの騒ぎを見ている。万一千姫が殺されるような事態になったら、直ちに起《た》って大坂城を攻めるつもりでいたのは当然である。そこには、天下の治世のためなら、可愛《かわい》い孫娘の生命を危険にさらすことも惜しまぬ冷血非情な為政者の顔がある。

千姫はこれ以後、元和《げんな》元年の大坂城落城の日まで、実に十二年間、歴史の上から消えることになる。七歳から十九歳までの十二年。普通の女にとっては正に花のような青春の日々である。史上には全く現れない千姫の青春の日々が、悲しみと辛苦に満ちた暗いものだったろうことは、容易に推察することが出来る。

忠輝に粗暴な振舞いが目立ちだしたのは、この五月からである。お茶阿の方も、側近の花井三九郎も、原因が千姫にあることは百も承知だった。だからどう対処しようもないままに、ずるずると五ヵ月たっている。

問題は家康が十月十八日に伏見を立ち、江戸に戻って来たことだ。このままでは忠輝の狼藉はいずれ家康に知れ、激怒させる惧《おそ》れがあった。急遽《きゅうきょ》なんらかの有効な手をうたなければ、忠輝は家康の勘気をうけ、折角手に入れた川中島十二万石も失うことになりかねない。

この日のお茶阿の方と花井三九郎の密談はそのことに関するものだった。

どうすれば忠輝の狼藉をやめさせられるか。

どうすれば忠輝に千姫を忘れさせることが出来るか。

「卑俗な手ですが、ここはやはり……」

三九郎が躊《ため》らいながらいう。

「女子《おなご》ですか？」

お茶阿の方が問い返した。忠輝に女を与えようと三九郎はいうのだ。それしか千姫を忘れさせることは出来ない。千姫さえ忘れられたら乱暴もやむ筈である。

「でもあの子はまだ十二ですよ」

「手前にも十二の時がございました」

三九郎は苦笑して答えた。お茶阿の方ほどの苦労人でも、男の生理については暗いようだ。

「女子の肌ばかり気になって、猿楽の稽古《けいこ》もうわの空に相成り、師匠にこっぴどく叱られました。それも毎日のようにです」

お茶阿の方が疑わしげに三九郎を見た。

「そなたがわせ（早熟）だったのではないか」

「違います。同じ年頃の者がほとんどそうでした」

お茶阿の方が沈黙した。幾分不愉快そうな表情になっている。三九郎の言葉を信じかねているのだ。あの子が、あ、あんな事をする年頃になったなんて。

だがお茶阿の方は現実家である。必要なことのためには感傷は容易に捨てることが出来る。

「どのような女子がよいのじゃ。わらわには分らぬ」

「同じ年頃か、二、三歳上でしょう。あまり年がかけ離れても……といって未通女《おぼこ》では困ります」

「むずかしいことをいう」

溜息《ためいき》が出た。

「そなたが選んでおくれ。一切委せます」

そういっておきながら、いざ三九郎が侍女たちの中からそれらしい娘を選び出すと、お茶阿の方は様々に難癖をつけた。別に正妻にするわけではないのだが、それでも気になるのだろう。すったもんだの揚句、やっと珠《たま》という十四歳の娘にきまった。

珠は京の貧乏公卿《くぎょう》の娘である。ぽっちゃりとした身体のくせに顔が小さく、雛《ひな》人形のような美人だった。去年からお茶阿の手もとにいるが、その時からお茶阿は未通女ではないと睨んでいる。公卿の子が、男も女も性に関しては恐ろしく早熟なことをお茶阿は知っていた。問いつめると、十二歳の時から女になったという。相手は十七歳の男だった。やはり公卿の息子である。

「まあ、いいでしょう」

お茶阿の方は溜息をつきながらいった。

そして或る晩、珠は忠輝の寝所に忍びこんだ。

忠輝はとうに目を覚ましていた。異変に対する感覚が異常なまでに発達している。珠がいきなり表に放り出されずにすんだのは、三九郎に教えられた通り、部屋に入るなりすぐいったためである。

「お茶阿の方さまのおいいつけで参りました」

「用は何だ?」

「用は……」

忠輝の言葉はいつも短かい。

珠はいいさして、まず明りをともした。次いで立ち上ると、無造作に小袖《こそで》を脱ぐ。襦袢《じゅばん》も下のものも手早く脱いだ。

裸になると、豊満といってもいい肉体である。抜けるような白さだった。さすがに翳《かげ》りは薄い。珠は一切かくさない。両腕はだらりと垂れたままだ。
仄《ほの》かな明りの中で裸身は耀《かが》やくようだった。

「用はこれでござりまする」

「ふーん」

忠輝は度胆《どぎも》を抜かれたような声を出し、しげしげと見た。

珠は誇らしげに胸をつき出している。年の割に大きな胸乳だった。尻《しり》も大きい。この二年、男に触れていないので、期待でその胸乳がぴんと立っている。どんな男でも、絶対にかぶりついて来るに違いない、という自信が珠には充分あった。だがその自信が脆《もろ》くも崩れ去った。

「もういいよ。着物を来て帰ってくれ。風邪をひくぞ」

忠輝はそういって、寝床にもぐりこんでしまったのである。

「ああ。明りを消していってくれ」

珠の誇りはそれを拒否されたと思うことを許さなかった。

〈恥ずかしがっているんやな〉

要するに子供なのだ。そう思った。

灯はつけたまま、忠輝の寝床に滑り込んだ。

「もういいっていったろ」

忠輝の声が尖《とが》った。

珠は濡れた唇を忠輝の口に押しつけた。

途端につきとばされた。あまりの強力に、珠は襖《ふすま》のきわまですっとんだ。

「やめろ。気持の悪い」

これは珠にとって致命的な言葉だった。突かれた胸の痛さよりこたえた。夢中で小袖を身につけると、寝所をとび出し、泣きながらお茶阿の方のもとに走った。

お茶阿の方はまだ起きていた。首尾のほどを知りたかったのである。珠が涙ながらにこと細かにあったことを喋《しゃべ》ると、優しく慰めてくれた。

「そなたが悪いわけではない。まだ早やすぎたのです。それだけのこと。そなたは少しも気にかけることはない。御苦労でした。下っておやすみ」

奇妙なことにお茶阿の方はひどく満足だった。

だが珠の試みは決して無駄だったわけではない。その夜、忠輝は珍らしく寝苦しいままに朝を迎えた。珠の裸身が、大きな乳房や、毛の薄い秘所が、一晩中目の奥にあった。奇妙な焦燥の如《ごと》きものが、身を焼くようだった。

空が明るくなるとすぐ、忠輝は町へ出ていった。

忠輝の足はいつか又あの盛り場に向っていた。

江戸の住民の朝は早い。六ツ（六時）になればもう動き始める。

盛り場ももう目覚めていた。もっともこれは忠輝の見慣れた光景ではない。いつもの盛り場の裏側にある、生活空間としての広場の光景がそこにはあった。

後に広小路と呼ばれるようになったこの種の広場は、本来は火除地《ひよけち》である。つまり火災の類焼をそこで食い止めるための空間である。従って本来この場所には、家は勿論小屋一つ建てることさえご法度だった。厳密にいえば火の燃え移る可能性のあるものは板切れ一枚置いてもいけない。見世物小屋などが興行することは許されたが、そのも日のあるうちで、夕暮と共に小屋を畳んで、ほかの場所に移動するという条件つきだった。

だが毎日毎日移動するのは、旅慣れた辻芸人や見世物一座にとっても、決して楽ではない。やがて彼等は移動をやめ、区切りの日まではずっと広場に住むようになる。但《ただ》しいつでも移動出来るという建前は崩さずに、だ。それがお目こぼしの最低条件だった。だから人々は極めて粗末で手軽な小屋に住み、井戸も掘れないのだから堀の水を飲み、同じ堀の水で洗い物もするということになる。食い物を作るのはすべて路上である。まさに最低の生活だが、これを全く気にもしないところに、彼等の逞《たくま》しさがあった。陽気でどこまでも明るく、お喋りがとまることがない。

早朝のこの時間は、ほとんどよそ者の訪れはなく、彼らだけの暮しが展開されるのだが、それが喧騒《けんそう》を極めるのは、そうした事情による。

これはさすがの忠輝にとっても、全く目新しい情況だった。昼間とはまた違った活気に溢《あふ》れていて、物珍らしさばかりでなく、なんともいい気分でもある。いわば忠輝の気質にぴったり合った場所だったといえる。

不意に袖をつかまれ引っぱられた。見るといつかの傀儡子《くぐつ》の女の子だった。ひどくこわい顔をしていた。

「だめだろ、こんな時刻に来ちゃ」

囁《ささや》くように、だが強い調子でいう。

「今はまだよそ者を入れちゃくれない刻限なんだよ」

そういえば何人かの男に嶮《けわ》しい顔で睨まれたのを忠輝は思い出した。忠輝はおよそ場ちがいな服装をしている。洗濯はしてあっても襤褸《ぼろ》に近い市場の者たちの着衣と、忠輝のいかにも若殿風ないでたちは、きわだった対照を示していた。

忠輝は一言いうと、着ているものをくるくると脱ぎ捨て、下帯一本の裸になった。

「これでいいかい」

さすがの傀儡子の娘が目を瞠《みは》った。次いでどっと笑い出した。

嶮しい眼で見ていた周囲の男たちも、全く同じ反応を示した。笑い転げたのである。この行為ひとつで忠輝はよそものではなくなったといっていい。この場所にいることを暗黙裡《り》に認められたわけである。

「あんたったら……」

娘はまだくっくっ笑いながら、

「でもいい身体してるねえ」

惚《ほ》れ惚《ぼ》れといった感じで忠輝の身体を見た。確かにいい身体である。赤銅色《しゃくどういろ》に日焼けし、無駄な肉など一片もない。全身これ筋肉である。それも腕などがむやみに太く逞しいボディビル型の筋肉ではなく、もっと細く、しかもバランスよく発達した筋肉だ。ちょっと力を入れると忽《たちま》ちその筋肉が露出するが、普通にしていれば尋常で滑らかな肉体なのだ。しなやかな感じの方が強い。これを一目で、いい身体だといった娘の目も尋常ではない。山道を常人の三倍の早さで駆けるといわれる傀儡子族の娘ならではのことである。

娘の名は雪といった。忠輝に負けないくらいまっ黒に陽焼けした娘の名が雪とはなんともおかしく、今度は忠輝の方が笑った。

忠輝は例の鉄扇だけを褌《ふんどし》に差し、ほかのものはすべて雪に渡した。雪はうけとると小屋の中へ放りこんで、

「着たらいいわ」

鹿皮らしい胴着をかわりに渡してくれた。外側に毛がついていて温かく、この季節にはこれ一枚で沢山だった。

「おなかすいてるんだろ」

そういわれれば確かにすいている。江戸城内での朝食は昼に近い。勿論この頃は日に二食である。

「おいで。一緒にたべよう」

小屋の裏へつれてゆかれた。

十五、六人の老若男女が車座になって食事をしている。服装はまちまちだが、広場の他の連中に較べてどこか小ざっぱりしている。年頃の女たちの中には、はっとするほど美しい者が何人もいた。

食いものは大鍋の中でぐつぐつ煮たっているのを、てんでに椀にとって食うのである。中身はよく分らない。肉もあれば野菜もあり魚もあるようだった。味つけには味噌が使われている。

雪が椀に大盛りにとって長い箸《はし》と共に渡してくれた。

一同がそれとなく注目している。

一口食った。熱く、濃厚な味で、しかも辛かった。

「うまいや」

いうなりもう夢中になって食い続ける。

一同がにこっと笑った。食卓でも忠輝は認められたのである。もっとも忠輝自身はそんなこととは知らない。

「あんた、年はいくつ？」

雪より年かさの女が立って来ると、忠輝の隣りに強引に割りこんで来て、いきなり、声をかけて来た。

お雪の反対側である。そこには二十歳がらみの男が坐っていたのだが、この女はそれを大きな尻で追い出してしまった。

女の年は十八、九。色が白く、ぽっちゃりとして、いかにも男好きのする女だった。

「おまんの悪い癖がはじまった」

追い出された男が、くすくす笑いながらいったところを見ると、名前はお万というらしい。坐るや否や、身体をぺったり忠輝に押しつけている。それも全身に吸盤があるように密着させている。

「お万姉さん！」

雪が目を三角にして叫ぶと、お万を突き放した。

「おや、悋気《りんき》かい」

艶《あで》やかに笑った。お万の身体は骨がないような軟かさで、押されれば離れるが、すぐ反動で元に戻り、再び忠輝に密着している。おまけに今度は、忠輝の裸の太腿《ふともも》に手までついていた。

雪がぱっと立ち上った。どこから抜いたのか幅のばかに広い、包丁のような短い刃物を握っている。

忠輝はほとんど無意識のうちに左手で雪の手を握り、無造作にその刃物をもぎとり、雪を元の場所に坐らせていた。あっという間の早業《はやわざ》だった。しかも右手ではごった煮をたべながらである。

「ほう」

というような声が、男たちの間から起った。

「随分、重いな」

忠輝が刃物を掌の上で計りながらいった。

これはウメガイと呼ばれる山刀である。本来山窩《さんか》独特の持物だった。山窩は傀儡子と同じ血族であり、傀儡子が町や街道をさすらい、芸能を職とするのに対して、山窩は山間をさすらい、箕《み》づくりを職とする。彼等はこのウメガイ一本で、獣の皮をはぎ解体までやってのけるし、竹を切り、こまかい細工もする。勿論、料理にも使い、戦いの時は武器として使う。刃味は抜群で、その異常な重さと相まって、いかなる物も両断する力を持つ。

忠輝はそれを雪に返した。気勢をそがれたのか、雪はおとなしくウメガイを皮で作った鞘《さや》に戻した。背筋に沿って、帯のうしろに差していたのである。

「お万がよくない」

一座の中心に坐っていた長《おさ》らしい老人がいった。白く長い髯《ひげ》をはやしている。

「ひとの獲物に手を出しては、殺されても文句はいえぬ」

長の言葉は絶対らしく、お万はふんといいながらも、素直に立って元の席へ戻った。

「十二歳」

忠輝はそのお万の背に向っていった。先ほどの返事のつもりだ。

「ほう」

また男共の間から声が上った。誰もが十五、六だと思っていたらしい。お万がちょっと白けた顔をして呟《つぶや》いた。

「餓鬼なんだ」

一座の人々がどっと笑った。

「お万でも眼鏡ちがいがあるんだなあ」

さっきの若者がまた声をあげた。

「道理でたらしも通じなかったわけだ」

お万は一族の中で『たらしのお万』と呼ばれている。男たらしの名人なのだ。さっき忠輝にしてみせたように、お万が男の太腿に手を置くと、おおかたの男の背筋に奇妙な戦慄《せんりつ》が走る。それだけの鍛え上げた芸をお万は持っている。それが忠輝には通じなかった。お万にとっては恥である。十二歳の子供ということで、お万の誇りは僅《わず》かに慰められたことになる。

「物好きだね、雪ちゃんは。まだ役にたたずだよ、その子は」

これは忠輝をものにすることは出来っこないという意味だ。傀儡子は本来、男女の性について極めて自由であり開放的である。

雪はまた眼を釣り上げて怒った。今にもとびかかりそうな気配だった。もっとも何に対して怒ったのか、雪自身にも分明でない。自分の女としての魅力をばかにされたからなのか、忠輝の能力へのさげすみが原因なのか、それとも自分たちのかかわりが男と女の関係などではない、ということを主張したいのか。恐らくその三つが混合した、漠たる怒りだったのではないか。

「放っておけ。雪の自由だ」

長がお万を叱《しか》った。眼がじっと忠輝を見つめて離れない。

やがて忠輝にじかに語りかけて来た。

「恐ろしく強いな」

「それも生まれつきだ」

忠輝はようやく食い終えている。箸を置き腕で口を拭《ぬぐ》った。呆《あき》れたことにこの大鍋の中から、忠輝は野菜しか食していない。肉と魚はきちんと選んで残していた。

「鬼っ子なんだ」

これは長への答である。

「成程」

それですべてが分ったというように、長は微笑した。

「素晴しいな。雪は目が高い」

雪が頰を染め、忠輝は意外そうに長を見つめた。鬼っ子が素晴しいと、まともにいわれたのは、これが初めてだったのである。しかもこの老人は、それをごく自然にいった。

「何故《なぜ》だ」

「あまりに人並すぐれた者を世人は嫌う。それが鬼っ子だ」

長の答は間髪を入れなかった。

「ふうん」

忠輝は鼻を鳴らし、老人を見つめ、また目を転じて一座の者を見回した。

「お前たちは傀儡子か」

これは質問ではない。確認の言葉だ。

「いかにも」

長が答えた。微笑している。

「傀儡子はみな鬼っ子なのか」

長が天を仰ぐようにして笑った。男らしいからっとした、いい笑いである。

「確かにそういえるかもしれぬ。だがお前さまほどの力はもたぬ」

常民から疎外されているという点で、傀儡子は鬼っ子と共通する部分をもっている。だがこの時期には、それはまださほど苦にするほどでもなかった。もともと一所に定住することのない漂泊の民である。農民を中心とする定住民にとっては、折口信夫氏のいわれる『まれびと』の一種族であり、畏《おそ》れと排斥の双方の対象だった。それがもっと後になると排斥一辺倒に傾いてゆくことになる。

それより長の口のきき方が、微妙にではあるが変って来ている。「お前さま」といったのがそのしるしである。忠輝の身分をある程度見抜いた証拠だった。

「傀儡子、気に入った」

忠輝がぼそっといった。いうなり立って歩きだしている。雪が慌《あわ》てて追う。

「いつでもおいでなされ」

長は忠輝の背に声を投げたが、嬉々《きき》として従う雪の姿を見て、ふっと痛ましそうな眼になった。雪の辛い生涯へのはじまりを、長はこの時すでに予感していたのである。

この日を境いに忠輝の傀儡子がよいが始った。ほとんど毎日のように朝のうちに城を抜け出しては盛り場にゆく。すぐさま着衣を着替えると、そこにはもう傀儡子一族の少年しかいない。

本来なら髪型が全くちがう筈である。上総介を名乗る頃には、忠輝はもう元服している。従っていわゆる中剃《なかぞ》りの武士の髪型になるべきなのだが、忠輝はこれを嫌って、今尚《いまなお》童子髪のまんまだ。これにはお茶阿の方も、花井三九郎も困り果てたが、忠輝を抑えつけて髪を切れる人間などいるわけがなかった。それこそ生命がけである。やむなく成るべく人前に出さないように、とりわけ家康の目にとまらないように苦心惨憺《さんたん》していた。

奇妙にも童子髪は傀儡子の服装によく似合った。全く違和感がない。

忠輝は前以上に活《い》き活きと盛り場の中をとび回った。いつか傀儡子族の得意とする芸能を、一つまた一つと覚えていった。操り人形（いわゆる傀儡子）、二振りの剣を空中に操る跳双剣（中国の擲剣《てきけん》）、スケールの大きな幻術などである。忠輝は生来の器用さで、それらの芸をまたたく間に身につけてしまった。

その日は朝から雪になった。

雨宮次郎右衛門は昨夜のねぐらだった小さな洞穴からようやく這《は》い出しながら、思わず身震いした。低い岡の中腹である。

柳生の庄に入って、既に五日になる。それも里は避け、笠置山の方から奥に入っている。そこから逆に里に向って、しらみつぶしに調査して来た。隠田《かくしだ》があるとすれば、この人里はなれた、いわゆる『渺茫《びょうぼう》の奥山』近くにあるに違いなかったからである。『渺茫の奥山』とは諸国の国境に近い山岳地帯を指し、中世ではそこは誰の所有でもない自由の土地と看做《みな》されて来た。たとえ無法強欲な領主がその所有権をいいたてても、世間には通らない。そこは強いていえば天皇領なのであって、他の何人《なんぴと》も領有することは出来ない、という不文律があった。だからこそそこは、『道々の者』といわれる漂泊の徒の通行路であり、宿泊の場所でもあった。人里はなれた山中に、住持もいない寺がぽつんと建っていることがあるが、それはこれら漂泊の人々の宿泊所だった。この種の寺は無縁寺と呼ばれた。

次郎右衛門はその無縁寺にさえ泊らなかった。この五日間、完全な野宿である。師走《しわす》の山中の寒さは、さすがにこたえたが、こうでもしなければ伊賀・甲賀の忍びたちの結界内で生きのびることは不可能だった。

苦労の甲斐はあった。たいした面積ではなかったが、明かに隠田とおぼしきものを各所に見つけた。その地積もきちんと計ってある。いずれも新規にひらいたものではない。恐らく数代前に開墾され、そのまま今日まで続いているものだろう。十中九まで、柳生宗矩はこの隠田の存在を知るまい。次郎右衛門はそう思った。永年柳生の庄に住んでいる宗矩の父柳生石舟斎宗厳《むねよし》と長兄の新次郎厳勝《としかつ》の二人は知っているに違いないが、兵法者らしい無頓着《むとんちゃく》さから、たいしたことと思っていないのに違いなかった。その証拠に警戒が全くされていない。用心に用心を重ねて近づいた次郎右衛門が、拍子抜けするほどの無警戒ぶりだった。

「お早うございます」

才兵衛が岡の裾《すそ》を流れる小川から革袋に水を汲《く》んで上って来た。頭も肩も、眉毛《まゆげ》まで雪でまっ白だ。

風が吹き渡って雪煙りがあがった。

「焚火《たきび》をしよう。とてもたまらん」

才兵衛が顔をしかめた。およそ次郎右衛門らしくない言葉だったからだ。焚火はその煙と匂いでかなり遠くから察知出来る。隠密《おんみつ》行では絶対のタブーなのである。隠密行に慣れた次郎右衛門がその禁を破るわけがない。

「そろそろ見つからねば困るのさ」

次郎右衛門がにやっと笑った。

「見つからねば困る？」

才兵衛が、おうむ返しに訊く。この五日間というもの忍びに忍び、絶対に人目につかぬようにして行動して来たのである。初めから見つかる必要があったのなら、そんな行為はすべて無駄ではないか。

「今までは絶対に見つかっては困る。だが作業が終った今は見つからねば困る」

次郎右衛門の言葉はまるで謎々《なぞなぞ》のようだが、実はこれは大久保長安の初めからの命令なのである。

先《ま》ず隠田を見つける。これは隠密裡にやらねばならぬ。そして隠田がなければないで、検地上の地籍とほんの僅かでも違った場所を見つけ出さねばならない。要するに遮二無二柳生の罪をあばかねばならないのだから大変である。実のところ次郎右衛門は隠田を見つけられてほっとしていた。地籍上の差違などということになったら、途方もない難事業になるからだ。それでも熟練した手代にとっては不可能事ではない。そこに手代という人種の恐ろしさがあった。

そして隠田にせよ、地籍上の相違にせよ、そうした事実が発見出来たら、今度は柳生の家臣に見つからねばならぬ。出来たら自然に見つかった方がいいが、誰も見つけてくれない場合は、自ら柳生家へ行かねばならぬ。

次郎右衛門は奈良代官所属の手代であることを証明する書類を持っている。新たな検地にそなえて下調べを行っているうちに道に迷いまして、というのが見つかった時の口上だった。勿論、隠田のことなど、おくびにも出さない。だがどんなに正直な大名・旗本といえども、自分の領地内に公儀代官の手代が入ったとなったら、恐慌《きょうこう》を起すのは確実だった。今日、どんなに正直に税金申告をしている商店主でも、突然税務署の査察官が店に現れたら一瞬狼狽《ろうばい》するだろう。それと同じである。

自分の領国内に、何か査察の対象となるものがあるのではないか。この手代は既にそれを調べ出しているのか、或はこれからそれを見つけ出そうとしているのか。どちらの場合も、この人物が隠密行動をすることなく、堂々と姿を見せたということは、口封じの礼金を要求しているということになる。かなり高額の賄賂《わいろ》を贈らねば、下手をすれば家が潰《つぶ》れるのである。だが賄賂を贈れば、そのこと自体が違法であり、更に賄賂を贈ってまで隠さねばならぬ違法を領国内に持っているという証拠になる。

次郎右衛門が求めているのは、この賄賂という証拠だった。隠田を持ち、しかも査察の手代に賄賂まで贈ったとなったら、柳生の罪は不動のものになる。

だが口封じの手段は賄賂だけではない。抹殺《まっさつ》という手もある。手代とその従者を殺すのである。

次郎右衛門は、おかしら大久保長安がそこまで読んでいることを、知っている。

もし次郎右衛門と才兵衛の消息が一月も絶えれば、長安はすぐさま柳生をつぶすための行動を起すだろう。調査に入った奈良代官の手代とその従者を斬《き》ったとなれば、そのこと自体が柳生家に後ろ暗いことのある証拠になる。忽ち柳生領の隅々まで厳しい査察の手が入り、仮りに隠田がなくとも、たとえでっち上げでも、長安はその存在を証明する筈《はず》である。手代を殺すことが如何《いか》に高価につくかを、天下の諸侯に思いしらせるために、絶対にそうするだろう。そしてこれで、間違いなく、柳生家は潰れる。

忠輝を柳生の手から守るためには、むしろこの方が簡単なのである。或は長安の真の狙《ねら》いはそこにあるのかもしれないとまで、次郎右衛門は勘ぐっている。

だが次郎右衛門としては、こんな死に方は願い下げである。何が何でも生きて帰りたい。忠輝のためにもそうしなければならぬ。

そのための用意は整っていた。

次郎右衛門は才兵衛の汲んで来た水で、髭《ひげ》と月代《さかやき》を剃った。髪も才兵衛にきちんと結い上げて貰った。包みの中から別の衣服と旅支度をとり出し、着替えた。才兵衛にも同じことをさせる。これで五日も柳生領内を歩き回ったようには見えなくなる。次郎右衛門は奈良を今朝暗いうちに立ったというつもりだった。

古い衣服や旅道具は、土を掘って埋めた。その上で薪《まき》を燃やし、この五日間で初めての温い食事をとった。

「来ました」

才兵衛が声には出さず口を動かすだけでそう伝えたのは、食事が終わる頃である。

次郎右衛門はわざと声に出していった。

「いまいましい雪だな。これでは柳生屋敷を見つけることも簡単には出来ん」

「若はここにござれ。手前が一走りして柳生様のお屋敷を探して参ります」

才兵衛も調子を合わせる。仲々の役者だった。

「馬鹿を申せ。凍え死んでしまうわ。歩いている方がよっぽどましだ」

「しかしお代官さまも酷なお方ですな。選りに選ってこんな日に査察を命じられるとは」

才兵衛が食事のあと片づけをしながら、恨めしそうにいった。

「おかしらのむごさは、今に始ったことではない」

次郎右衛門が腰をあげた。

ほとんど同時に、うっすらと雪のつもった茂みから、八人の男が立った。いずれも大きな白い布切を手に下げている。この布切一枚で雪の野に忍んでいたのである。見事といえた。それはまた、彼等が揃《そろ》って忍者であることを示していた。

「大殿のもとに御案内申し上げる」

その中の一人がいった。この男が遠聴の術者なのは明らかだった。常人ではこれだけの距離で次郎右衛門と才兵衛の会話をききとることは出来ない。

「お主ら、何者だ」

次郎右衛門は驚愕《きょうがく》の表情を見せていった。これも芝居の続きである。

遠聴の術者と見られる男が苦笑した。

「芝居は御無用に願いたい」

なんとこの男は、次郎右衛門と才兵衛の芝居を先刻見抜いていたのだ。

「芝居だと？」

次郎右衛門が問い返すと、

「二人だけの話にしては、ちと声が大きすぎ申した」

要するに二人共芝居が下手くそだといっているのだ。

今度は次郎右衛門が苦笑した。

「柳生の門弟か？　それにしては忍びのように見えるが……」

「もともとは伊賀の忍びにござる」

男はにべもなくいって、背を向けて歩きだした。本気で柳生屋敷へ案内するつもりのようだった。

それにしても仲々の鋭さである。次郎右衛門は、衣服を着替えたことまで見抜かれていないようにと、腹の底で願った。


次郎右衛門は初めて柳生石舟斎に会った。柳生屋敷の表座敷である。

永年の浪人暮しのせいか、屋敷のたたずまいは質素なものだった。

「今時分、何故《なにゆえ》の大和代官の査察か。江戸で宗矩が何か致したのかな」

石舟斎も鋭い。この査察が並のものでないのを、早くも見抜いている。

「手前共はお代官のお指図のままに動くだけですから……」

次郎右衛門はとぼけた。又とぼけるしか法がなかった。

「それはどうかな」

石舟斎は微笑している。

「大久保長安殿がわざわざ甲斐から、お手前のような地方巧者《じかたこうしゃ》をこの里に差し向けられたについて、いわくがない筈がない」

今度こそ次郎右衛門は本気で驚愕した。石舟斎は自分を甲斐の者だと知っている！

「忍びを供につれた手代など、そうたんとはおりませぬよ、雨宮殿」

次郎右衛門は偽名を使っていた。それをこの老人はあっさり見抜いている。

〈こりゃァ只《ただ》の兵法使いではないな〉

完全にしてやられた。これでは賄賂など差し出すわけがなかった。長安の二番目のもくろみはあっさりはずれたことになる。

「宗矩は仕官を求めて全国を流浪《るろう》し、苦労を重ねております。そのためか出世を急ぎすぎるきらいがある。出世のためなら何でもする。しかしそれは柳生の総意では全くない。お帰りになったらその点を充分大久保殿にご説明願いたい」

石舟斎の顔は誠意にあふれていた。

子を見ること親にしかず、というが、石舟斎の宗矩を見る眼は確かだと次郎右衛門は思った。だが、

「確かにお伝え致す」

次郎右衛門にはそうしかいいようがない。まさか、そんなことをいっても全く無駄なんです、とはいえないではないか。

石舟斎はその微妙な感じを、次郎右衛門の僅かな表情の動きから読みとったようだ。俄《にわ》かに厳しい表情になって、暫《しばら》く無言で次郎右衛門の顔を見つめていたが、やがて意外な言葉をぽろりと吐いた。

「お手前、切支丹《キリシタン》か？」

この当時、切支丹はまだ禁止されていない。豊臣秀吉の禁制によって、バテレンの布教活動は一時は衰えたものの、家康が征夷大将軍になって以来、逆に大幅に緩和されている。

慶長三年（一五九八）十二月、秀吉の禁教令にも拘らず、日本に踏み止って潜伏し、布教につとめていた宣教師が捕えられ、伏見城に引き立てられた。当然死刑と覚悟していたこの宣教師ジェロニモ・デ・ジェスス（フランシスコ会）は、意外にも家康に温かい言葉をかけられた上、許されている。秀吉の死後僅か四ヵ月目のことだ。家康は後に貿易将軍の異名をとったほど、外国貿易に熱意を示したが、これもその現れだったに違いない。

だからこの石舟斎の問いに、次郎右衛門がどう答えようと、公儀の罰を受ける心配はないのである。だが次郎右衛門は真実切支丹ではなかった。

石舟斎は頷《うなず》いて、更に驚くべき言葉を吐いた。

「大久保長安殿は切支丹ですが、お手前はご存知かな」

次郎右衛門にとっては信じることの出来ない事実である。

大久保長安の生活のどこをとっても、切支丹の匂《にお》いはない。何よりも豪奢《ごうしゃ》なことが好きで、それに輪をかけて女が好きである。石見銀山や今度の佐渡金山の査察にゆく時は、二百五十人もの供からなる大行列を引きつれてゆくのだが、そのうち七、八十名は召使いの侍女だったと『当代記』にもある。途中の宿舎は代官所だったが、これも豪華なつくりにし、連夜飲めや唄えやの大宴会がくりひろげられたという。こんな切支丹がいる筈がなかった。

切支丹、特にイエズス会は、男女の道に厳しかった。当時の日本の社会通念は性に関する限り極めておおらかだった。何人の妾《しょう》を持とうと自由だし、売春も男色も罪悪視されることはない。イエズス会はこの習俗にまっこうから反対した。一夫一婦という観念を日本へ持ちこんだのは実はイエズス会だったのである。

豊臣秀吉や、信長の息子信忠などが、多数の妻を持つのを淫蕩《いんとう》として咎《とが》めなければ切支丹信者は激増するだろうに、といったことは余りにも有名である。

「長安殿は奈良の出だ。そして奈良のことに関する限り、わしら柳生の者が知らぬことは何一つない」

次郎右衛門が理由をあげて長安切支丹説を信じ難い旨《むね》を伝えると、即座に石舟斎がこう切り返して来た。

これを大言壮語と聞き流すことは出来ない。確かにそういえるだけの力を柳生家は持っている。奈良と柳生の里は目と鼻の距離だ。現在柳生は奈良市街地の東四里（約十六キロ）ほどの場所である。しかも柳生家はこの土地に永い。恐らく鎌倉期に小柳生庄の荘官だった大膳永家《ながいえ》が柳生一族の祖だったというから、ほぼ四百年である。更に、隣接する伊賀・甲賀の忍びが門弟の中に多いとなれば、石舟斎は居ながらにして奈良の動静をくわしく承知していた筈である。

「長安殿の父御大蔵太夫《おおくらだゆう》七郎殿が、既に切支丹だった」

イエズス会の宣教師ガスパル・ビレラが二人の日本人をつれて京都に入ったのは永禄二年（一五五九）八月である。ザビエルが入京して十年目だ。関西の切支丹伝道はこの時をもって始る。だが仏僧たちの攻撃はすさまじく、ビレラたちは一時京都を離れて堺と奈良を中心に河内・和泉・大和に布教の焦点を移した。この時、猿楽師大蔵太夫七郎は切支丹に帰依《きえ》したと石舟斎はいう。

「心底からの帰依であったのか、新知識を吸収するための方便だったのか、それは知らぬ。特に御子息長安殿については、お手前のいわれる通り、到底切支丹とは思われぬ節が多い。しかし……」

切支丹ならでは知りえない知識を長安は身につけている、と石舟斎は言葉を続けた。例えば、近頃評判の石見銀山と佐渡金山の大成功である。その成功の原因が長安の指図による坑道の掘り進め方と、鉱石の新しい精錬法にあるのは明かだった。これはどう見ても我が国古来の技術ではない。南蛮渡来のものとしか思われない。長安は武田家の地役人だった頃、確かに黒川金山にも関わりを持った。だが当時の黒川金山に、この新しい技術は使われていないのである。だからこの技術はそれ以降に長安が習得したとしか思えない。

「誰からそんな術を習うたと思う？　我が国にそんな知識をもった山師がいたのなら、とっくの昔に名をあげている筈ではないか」

石舟斎のいう通りだった。手代として、時に隠密として諸国を歩いている次郎右衛門だが、そんな新知識をもった山師の話など聞いたことがない。とすれば確かに、この知識の伝達者は切支丹の宣教師以外には考えられなくなる。そして、これほど重要な技術を宣教師が伝えてもいいと思う相手は、切支丹の信者以外にはこれまた考えにくいのである。

次郎右衛門は沈黙した。

ようやく事実の重さが心にこたえて来たためである。それほど石舟斎の言葉には説得力があった。

大久保長安が、石舟斎のいう通り切支丹だとしたらどうなるか。次郎右衛門たち手代にとっては、別にどうという変りもない。おかしらはおかしらなのであり、自分たちはその手足になって働くばかりである。

だが為政者にとっては、事はそれほど単純ではない。端的にいえば征夷大将軍になったばかりの家康にとっては、これは大変な事実である。

天下の惣《そう》代官と呼ばれ、そのあずかる土地が四百万石に達するといわれても、代官は代官であり、大名ではない。四百万石は公儀の土地であり、長安個人の所有物ではない。代官の身分はあくまで一介の直参旗本にすぎない。手足になって働く多数の手代はいても、それは部下であって、家臣ではない。長安が代官の地位を失えば、次の代官に仕えるだけだ。長安個人に生命を賭《か》ける者などいるわけがない。又だからこそ家康は安心して、長安を次々と要職につけるのである。

だが長安が切支丹だったらどうなるか。切支丹はかつての一向宗一揆《いっき》がそうであったように、恐ろしいばかりに結束が固い。長安はその役職を利用して切支丹集団のために尽すだろうし、切支丹集団は長安に頼り、長安の力を強力にするためなら、一身を捨てるだろう。結局はそれが宗門の繁栄につながるからだ。

この当時の日本全国の切支丹の数は八十万といわれる。老人と女子供を除いても、二十万から三十万の男共が長安の背後にいることになる。これは途方もない戦力である。大大名といえどもこれだけの人数の動員力はない。いるとすればそれは家康ただ一人だ。つまり長安は密《ひそ》かに、家康に匹敵する戦力を貯《たくわ》えていることになる。軍資金も豊富にある。長安個人の財力でさえ巨額にのぼるだろうと噂《うわさ》されているのに、宣教師は南蛮貿易で莫大《ばくだい》な利を得ている。武器についても同様である。鉄砲・大鉄砲（大砲）・煙硝・弾薬、すべて宣教師を通じていくらでも手に入る。

そこまで考えて来た時、不意に次郎右衛門は目もくらむような衝撃を受けた。

卒然として長い間の疑問が解けたのである。

鬼っ子忠輝に、何故利にさとい長安があれほど肩入れして来たか、という疑問の解答がそこにあった。

長安は武将ではない。今日まで遂《つい》に一度も戦ったことがない。そんな人間が二十万の軍勢の指揮官になれるわけがない。氏素姓が正しく万人に大将の器と認められる男、しかも家康に刃向うだけの動機を充分に持った人物。それが他ならぬ忠輝だったのだ。

問題は長安がどれだけ本気かということである。いや、切支丹が、といいかえた方がいいかもしれぬ。彼らがどれだけ本気でこの国に切支丹王国を築こうとしているかがこの遠大な計画が計画だけで終るか、それとも現実に実行に移され、この国にもう一度天下分け目の合戦を引き起すことになるかの境い目になるだろう。

忠輝の運命もそれによって激変する。

〈鬼っ子は所詮《しょせん》尋常の生を生きることは出来ないんだな〉

それが次郎右衛門の正直な感懐だった。同時にあの奔放自由な幼い鬼っ子に、強い哀れみの念が湧《わ》き上って来た。

〈邪魔をしなければならぬ〉

なんとなくそう決意した。

〈出来る限りおかしらのもくろみをぶち壊し、阻止しなければならぬ〉

だが具体的にどうすればそんなことが可能であるか。

ことはすべて予想である。正確な予想であることを次郎右衛門は直感しているが、何の裏付けもない。一片の幻想にすぎぬと笑いとばされれば、それまでである。いつの時代でも、下級の者が上級の者の罪を訴えることは難しい。まして戦国期の特徴である下剋上《げこくじょう》の思想を抑えこむことによって、徳川政権の永続を狙っている家康にとって、これは許すべからざる罪になるだろう。従って告発は解決策にはなりえない。

とすれば要は忠輝本人である。当の忠輝が長安の、いや切支丹の陰謀によって指導者の地位につくように望まれた時、断乎《だんこ》として、いやだ、といえるだけの判断力を持つことが必要なのである。

だが、果してそんなことが出来るか？

次郎右衛門は忠輝の守り役ではなく、側近の一人ですらない。ただの手代である。忠輝の教育にかかわることなど出来る道理がない。

〈祈ることしか出来ないな〉

次郎右衛門は絶望の中でそう思った。

〈自分に出来ることだけしよう〉

それしか法がない。手代として出来ることは、川中島藩の治政を見守り、必要に応じて目立たぬように介入することしかない。恐らく長安は、自分の腹心を忠輝の側近に配する筈である。城代家老だろう、と次郎右衛門は推理した。その男を蹴落《けおと》すことは、次郎右衛門にも出来る。切支丹という名目ではなく、領国政治の上で不正乃至《ないし》は失態がある、といい立てて、告発し追放することは、隠密方手代にとっては容易である。そうやって危険人物を忠輝の側近から排除することによって、長安のもくろみを少しでも妨害してやろう。

その決意を固めた時、石舟斎が再び強烈な攻撃をかけて来た。

「雨宮殿。いかがで御座ろう。この事実とわが領内の隠田の事実と、なんとか相殺ということに相成りませぬか」

　石舟斎はぬけぬけとそういったのである。

　次郎右衛門は思わずまじまじと、この老剣聖の顔を見つめてしまった。

〈馬鹿にしている〉

　咄嗟《とっさ》に次郎右衛門はそう感じた。

　髭と月代を剃ったのも、髪を結いあげたのも、着衣を改め、旅塵《りょじん》にまみれた衣服を土中に埋めたのも、すべてが無駄な行為だったのである。この柳生の里の住人どもは、五日間に亘《わた》る次郎右衛門の動きを、どこからかは不明だが、しっかりと見張っていたに違いなかった。

　恐らく石舟斎は、配下からの報告で、逐一、次郎右衛門たちの行動を追いながら、じっくりその意味を考え、それに応ずる対策を思案していたに違いない。咄嗟の対応にしては、いい出した事実が重すぎた。

「ははあ、隠田がおありですか」

　次郎右衛門はせいぜい素ッとぼけて、そういった。またそういうしか法がなかった。

「というほどのものではないことは、雨宮殿の御視察になられた通りでござる」

　石舟斎はもう次郎右衛門を見張っていたことを、隠そうともしない。

「二十数年以前に、農夫どもが苦しまぎれに開墾した、猫の額ほどの耕地にござる。柳生の土地は、それほど貧しゅうござってな」

今日でも柳生の里の七十パーセントは山林だといわれる。三千石の禄高《ろくだか》だが、とてもそれだけの実収はなかった。それでも領主は、禄高に見合う年貢《ねんぐ》を徴収しなければやってゆけない。しわよせは当然農民一人一人の肩にかかってくることになる。だからこそこの土地の農民の次男三男は、剣を勉び、忍びの術を習うのである。農業以外の収入がなければ、とても生き永らえてゆくことの出来ぬ土地柄だった。

「確かにわれらは隠田のあることを承知しております。しかし二十年ぶりに領主に戻ったわれらとしては、それを潰せとはとても申せませぬ。またお上に届けることも出来ぬ。事情はお分かりの筈じゃ」

公称の禄高が増えれば軍役もまた増える。そうなればいやでも年貢を増徴せねばならぬ。それでは農民たちが隠田を作った意味がなくなるのである。

「われらの苦衷をお察しの上、大久保殿によしなにお取り継ぎくだされたく、伏して御願い致す」

石舟斎は若い次郎右衛門の前に、文字通り平伏してみせた。その姿は恭敬だが、実質は強烈な脅喝そのものだ。柳生新陰流の勁烈《けいれつ》な剣のよって来る所以《ゆえん》を、次郎右衛門は改めて実感したといっていい。

〈この勝負、おかしらの負けだ〉

次郎右衛門はそう判断した。恐らくは天下への野望に燃える大久保長安にとって、今、切支丹であることを暴露されるのは、下手をすれば致命傷になりかねない。たかが柳生家三千石と引き換えでは、とても割には合うまい。

次郎右衛門は全面退却の覚悟をきめた。

だがせめてその前に、いうべきことはいわねばならぬ。脅喝に対しては、こちらも脅喝で酬《むく》いておく必要があった。

「切支丹の件ですが……」

先ず事実を確認しておかねばならない。

「江戸の宗矩殿も既に御承知のことでしょうか」

宗矩が知っているのなら、事はいずれ公《おおやけ》になる。長安と宗矩の利害が相反する限り、いずれはそうなるにきまっていた。それならこの取引きは全く成立しないことになる。長安は切支丹である事実が引き起す損害を承知の上で、只今即刻、柳生家を潰しにかからねばならぬ。

石舟斎は素早く次郎右衛門の決意を読みとった。その決意を押し止めるように、両手を上げてみせた。

「いやいや。誰一人知る者はおりませぬ。あくまでこの老人一人の胸にあること。新次郎にさえ申してはおりません」

新次郎とは新次郎厳勝、石舟斎の長男である。二度の合戦に参加して、二度鉄砲で重傷を負った。二度目の傷は腰で、生涯まっすぐに歩くことが出来なくなった。いくら剣の腕がたっても、そんな身体では仕官することは出来ない。一生、柳生の里に埋もれて暮すしかなかった。この新次郎厳勝の子が、後に尾張柳生の祖となった兵庫助利厳である。石舟斎は何故か新陰流の一子相伝の道統を、江戸の宗矩ではなく、この兵庫助利厳に与えている。

「そしてお情けによって、柳生が無事に存続出来ますれば、この事実は手前の胸の中で死に絶えることになり申す」

「御家来の方が御承知なのではありませんか」

次郎右衛門はあくまで慎重である。その事実を調べあげて来た配下がいるにきまっている。その連中の口を塞《ふさ》がねば、秘匿《ひとく》は完全にはならない。

「何代、何人もの配下の報告書を綜合《そうごう》して、手前が推察し、突きとめた事実でござる。

他に知る者は、絶対にない」

次郎右衛門は石舟斎の言葉を信じた。煮ても焼いても食えないような、したたかな男の約束ほど確かなものはない。彼等はそうした約束の重みを充分承知しているからだ。人のいい人間ほど、約束という点では信用出来ないのである。

次郎右衛門は才兵衛と共に、即日、柳生を立った。


おかしら大久保長安が、たとえ一瞬の間とはいえ狼狽するさまを、雨宮次郎右衛門は生まれて初めて見た。

柳生石舟斎のいった『切支丹』という言葉が、この狼狽を招いたのである。この時初めて次郎右衛門は、石舟斎の推理の正しさを実感したといっていい。

「馬、馬鹿なことを！」

長安ほどの男がほとんど喚《わめ》いた。

「何をでたらめなことを申すか。天下の柳生石舟斎ともあろうものが……」

「やはり左様ですか。手前も虚言だろうとは思いましたが……」

次郎右衛門はぬけぬけととぼけてみせた。

「ではこの取引きは成立たぬ旨、即刻、柳生へしらせてやりましょう」

「待て」

長安が手をあげてとめた。

「何もこちらから返事をしてやる必要はない。もともと柳生を滅すのが目的ではないのだ。隠田の事実をつきつけ、宗矩殿を牽制《けんせい》すれば足りる」

「しかしそれでは石舟斎殿のおどしに屈したようにはとられませんか」

「あちらがどうとろうと当方には痛くも痒《かゆ》くもない。それに、たとえ虚言にせよ、切支丹などと噂されては迷惑極まる」

長安がやっと本音を吐いた。

「成程」

次郎右衛門は短かく答えただけで、長安の眼をじっと見ている。

「このこと構えて他言無用。無論承知しているだろうが……」

長安もじっと次郎右衛門を見返した。その眼の底に、何やら危険な炎がちらちらしているのを、次郎右衛門は感じた。

〈まかり間違えば、殺す気だな〉

そう思いながら、次郎右衛門は不敵にもにやりと笑ってみせた。

「御懸念《けねん》には及びません。手前はまだ生きていとうござる」

殺されては困るといったのだ。これは長安の秘密を守るというだけの意味ではない。殺されないようにこちらも万全の用意をする、という意味だ。端的にいえば、自分を殺しにかかれば、直ちに長安の秘密も公けになる。そのように手配する、といっているのだ。おどしに対してこちらもおどしで応《こた》えたわけである。これは柳生石舟斎のとった手段であり、次郎右衛門はそれを真似《まね》ただけだった。

不意に長安が大声をあげて笑った。

「この度の旅で、腕をあげたな、次郎右衛門」

この腕とは剣の腕でも地方巧者としての腕でもない。人と人とのつき合いにおける腕である。

「柳生新陰流を目のあたりに見ましたから」

次郎右衛門は微笑して応えた。

鳥居四郎右衛門は行脚僧《あんぎゃ》の姿で大川端に立っていた。

年の暮を間近に控えて、川にははしけの往来がはげしい。西国からの荷も、北国からの荷も、この大川の川口まで大船で運ばれ、はしけに積み換えられて川を遡《さかのぼ》るのである。

四郎右衛門はこの年の始めの雪中の忠輝襲撃に於《お》ける大失敗にもかかわらず、切腹もせず、柳生家を放逐《ほうちく》もされていない。ただ柳生道場の師範代の職は解かれ、住居も柳生屋敷にはない。いわば一種の放し飼いである。これは忠輝暗殺遂行に専念しろという宗矩の厳しい意思表示だった。生計のための金は、毎月始めに柳生家の下人が四郎右衛門の侘《わ》び住居まで届けて来る。必要となれば二十人の剣士がいつでも駆けつけて来ることになっている。更に探索のため、常時三人の伊賀忍びが四郎右衛門と行動を共にしている。住居も一緒だ。この三人は四郎右衛門の配下であると同時に目付役でもある。苛《か》酷《こく》な扱いといえた。

どういう形でもいい。忠輝を殺すまでは、四郎右衛門はこの苛酷な生活からのがれることが出来ない。当然焦《あせ》りに焦ったが、遂に暗殺の好機を見出すことが出来ぬままに、今年も暮れようとしていた。

忠輝が正に『鬼子』の名にふさわしく神出鬼没であることが、この結果を産んでいる。この十二歳の『鬼子』の行動には、今風にいえば一定のパターンがない。今日の行動によって、明日の行動を予測することが出来ないのである。気紛れを絵に描いたようなものだった。こんな相手は常時二十人の刺客をひきつれて追尾し、一瞬の隙《すき》をついて襲うという形でしか暗殺は不可能である。だが二十人もの男たちに尾行されて気付かぬほど忠輝は鈍くない。気付いたら最後、猿のような身軽さで、民家の屋根を走り、或《あるい》は橋の上から走行中のはしけに跳び降り、あっという間に姿をくらましてしまう。手も足も出ない感じだった。

それが先月あたりから、忠輝の行動が型にはまって来た。毎早朝、江戸城を抜け出すと広場にたむろする傀儡子《くぐつ》一族のもとに行く。そこで着衣を替え、傀儡子たちと朝食を共にし、あとは雪という娘をつれて広場をぶらつくか、大川の川口あたりまで遊びにゆく。夕暮になるとまた傀儡子一族と食事をとり、暗くなってから城に帰ってゆく。

〈徳川家の若殿にどうしてこんな馬鹿な暮し方が出来るのだ〉

四郎右衛門が呆《あき》れ返ったほど型破りな暮しぶりだった。だがこのお陰で暗殺のめどがついた。早朝、城を抜け出したところか、夜、城へ帰る時を襲えばいいのだ。四郎右衛門は当初、食事中を襲って傀儡子もろとも殺そうかと思ったが、三人の伊賀者に強硬に反対された。傀儡子一族は揃ってすぐれた『いくさ人《にん》』であり、伊賀・甲賀の忍びといえども戦いは避けるという。

この日、四郎右衛門は最後の結着をつけるつもりだった。忠輝が城へ帰る夜を狙うべく、既にすべての手配をすませている。

彼自身と三人の忍びは、朝からぴったりと忠輝に貼《は》りついていた。変装はそれぞれ違う。四郎右衛門は行脚僧。三人の忍びのうち、耳助は大道研師《とぎし》、飛助は猿回し、足助は水売りになっている。この四人が交替で忠輝を見張っている。時に服装を取替え、役を替って芸の細かいところを見せていた。またそうしなければ危険なほど、忠輝は敏感なのだ。

二十人の剣士たちも、既に忠輝の帰途に配してある。あとは夜になるのを待つばかりだった。

飛助が猿を背負って、橋の袂《たもと》で店を開いている耳助の前にしゃがみこんだ。

「どうも妙だ。気づかれているような気がしてならぬ。それらしいやりとりは聞こえないか」

耳助はその名の通り遠聴の術者である。天性と習練によって、聴覚が異常に発達している。この橋の袂から、橋の中ほどで愉《たの》しげに語らっている忠輝と雪の会話を聞くぐらいのことは、易々たる業《わざ》だった。

「いや。らちのないことばかり話し合っているよ。絶対気づいてはおらぬ」

「そうかな。じゃあこの胸さわぎは何だろう」

飛助は跳躍の術に長《た》けている上に、異常に勘が鋭い。異変が起る前に、必ずざわざわと胸が騒ぐのである。この勘働きのお陰で飛助本人は勿論《もちろん》、仲間たちも、何度も、ない命を拾っている。だから耳助も本気で首をかしげた。今までに聞きとった忠輝と雪の会話を思い出し、分析しているのだ。

「やはり何のしるしもないな。気づいていない」

きっぱりといった。

だが耳助は間違っていた。忠輝も雪もとうに彼等の存在に気づいていたのである。

「今日は四人よ」

「いつものことさ」

「そうかな。いつもと気配が違うわ。殺気がある」

勿論、忠輝と雪はこの会話を口で話していたわけではない。それなら耳助が聞いた筈である。どんなに囁《ささや》くように喋《しゃべ》っても、この距離では耳助の耳に捉《とら》えられてしまう。なんとこの二人は手話で話していた。二人は今日の手話のように大きな動きではなく、相手の手に指でかすかにサインすることで、かなり細かな内容まで伝え合うことが出来るのだった。これは古くから傀儡子一族に伝わる隠密の会話法である。誰にも庇護《ひご》を受けることもなく、何代にもわたって天下を漂泊し続けて来た一族の、護身の法の一つだった。忠輝はそれを完全に自分のものにしていた。

「いっそ今夜は泊っていったら？」

雪は声に出していった。雪はとうの昔に忠輝を恋する身になっている。いや、一番初めに忠輝に四郎右衛門たちの尾行をしらせた時から、恋していたといえよう。傀儡子族の女は総じて早熟である。亭主のいる身でも平気で他の男と寝るし、売色も何の抵抗もなく行う。それほど性についての考えが自由だったし、女の地位が男より高かったともいえる。

雪は勿論まだ未通女《おぼこ》である。だがそうした一族の中で育ったから、性に関しての知識は豊富だったし、身体も充分に成熟していた。端的にいえば、雪は忠輝に抱かれたいのである。忠輝によって女になりたいのだ。それなのに忠輝は一向に手を出してくれない。朝から夕暮までずっと一緒にいても、何一つしない。いくら傀儡子族の娘でも、昼日中から、しかも自分から誘ってそうした関係になることは難かしい。夜ずっと一緒にいてくれたら……。それが雪の切なる願いだった。

「母者が待っている」

忠輝の答えは簡単だった。いつでもこうなのだ。母のお茶阿だけが、忠輝の泣きどころだった。

雪は不服そうに沈黙した。

「一晩じゅう、ずっと一緒にいたい」

今度は手話でこう伝え、ひしと身体を寄せた。雪はいい匂いがした。千姫とは全く違う野生のけだものが持つ健康な、だが濃密な匂いである。

一瞬、忠輝はくらっとして、無意識に雪の身体を抱きしめ、思いきり口を吸った。

雪は忠輝の首に手を回し、忠輝の舌を己れの口中に引きこみ舌を絡《から》めた。先輩格の娘たちから教えられた媚術《びじゅつ》の一つである。

大胆にも橋の真中で口づけをしている少年と少女の姿は、さながら一幅の絵だった。

〈やってくれるわ〉

耳助は包丁をせっせと砥《と》ぎながら感心したように首を振った。本音をいうと耳助はこの少年と少女が気に入っている。永い尾行と観察の揚句、自然とそんなことになった。こんないい少年を殺さねばならぬのが、なんとも残念だった。

幾分恨めしそうに、おかしらである四郎右衛門の方を見た瞬間、耳助はぎょっとなった。

異変が起っていた。

四郎右衛門の前に一人の武士が立っている。これは耳助にも見覚えのある柳生の門弟の一人だった。それはそれでいい。別に異常でもなんでもない。異変は四郎右衛門の方に起っていた。顔が朱を塗ったように真赤になっている。激怒の表情である。態度も今にも摑《つか》みかかりそうな喧嘩《けんか》腰だった。

「ふざけるな！　今更そんなことが出来るか！」

これが耳助の耳に届いた四郎右衛門の言葉だった。

使者の応対はにべもないものだった。

「使者の口上は既にお伝えした。異論あらば殿に申されよ」

冷くいい捨てて、そのまま踵《きびす》を返した。

「馬鹿な！　そんな馬鹿な！」

四郎右衛門が呟《つぶや》くのを、耳助ははっきり聞いた。だが、忠輝と雪に気をとられて、肝心の使者の口上を耳助は聞いていない。

これは大久保長安の脅喝の直接的な効果だった。長安はこの日の昼すぎに柳生屋敷を自ら訪れている。なにげない世間話の間で突然自分が忠輝の附家老であることを告げ、若の身に何事かが起れば、自分は必ず相手の家を潰《つぶ》してみせると豪語した。

「この国の隅から隅まで、手前の目の届かぬ場所はござらぬ。柳生の庄の隠田もしかり。なにほどの広さでもないが、書き上げに洩《も》れている以上、柳生家の申し開きは無用」

長安はその隠田の位置と広さ、収穫高をすらすらとあげてみせた。

書き上げとは各領主が幕府に自分の封地の石高を報告したものであり、幕府はこれに対して御朱印を下附して、その石高を認めるのである。それが違っていれば虚偽の報告をしたことになり、厳罰が下されるのは当然だった。

宗矩は胆《きも》をつぶしたといっていい。すべて初耳なのである。だが考えてみれば、宗矩は柳生の里のことなど何一つ知らなかった。だから何をいわれようと反論の仕様がないのである。分っていることはただ一つ。絶対に忠輝を殺してはならぬということだった。

大久保長安は只今の時点で家康の寵臣《ちょうしん》第一といっていい。その男に睨《にら》まれて、家が立ってゆくわけがなかった。しかも宗矩は、僅《わず》か一刻《とき》前に鳥居四郎右衛門からの要請を受け、二十人の刺客を送り出したばかりである。ひょっとすると長安は、そのすべてを見抜いているのかもしれない。宗矩は総身にびっしょりと冷汗をかいた。慌《あわ》てて中座すると、暗殺中止の指令を四郎右衛門に発したのだった。

だが今の四郎右衛門にそんな指令が受け入れられるわけがない。忠輝暗殺はもはやただの任務の域を超えていた。鳥居四郎右衛門という一個の武士の、いわば意地と化していた。坂道を転り落ち始めた毬《まり》に停まれと命ずるようなものだ。とめてとまらぬのが武士の意地である。

〈死ねばよかろう〉

四郎右衛門は腹を括《くく》った。使者の口上は簡単で、まさかこれが柳生家の命運に関わる大事とは思えなかったためだ。

〈必ず殺してやる〉

もう一度その決意を繰り返した。宗矩の使者は二十人の刺客の伏せている場所を知らない。連絡の仕様がないのである。四郎右衛門さえ口を噤《つぐ》んでいれば、暗殺は当初の予定通り行われる筈だった。

耳助は四郎右衛門と使者の奇妙なやりとりに小首をかしげたが、ことがそれほどの大事とは夢にも思わなかった。そして惨劇の幕がようやく上ろうとしていた。

いつものように手を振って闇《やみ》の中に消えてゆく忠輝の姿を見送りながら、雪の胸が何故《なぜ》か騒いだ。この夜だけは何としても離れたくなかった。初めて口を吸った昂奮《こうふん》の名残かとも思ったが、異常なほど不安が胸をしめつけるのである。

雪の決断は早い。すぐさま忠輝を追って走り出した。忠輝の姿は見えないが、帰りの道筋は知っている。忠輝の身軽さを思うと、全力疾走しても追いつくかどうか不安だった。

濠端《ほりばた》に出て、もう駄目かと思った時、前方の闇の中で忠輝の声が響いた。

「誰だ?」

雪は咄嗟に地べたに伏せた。その声が自分に向けられたのではないことを、一瞬に察したからである。

次いで金属の触れ合う鋭い音と共に、

「柳生だな」

再び忠輝の声がした。

雪は這《は》ったまま前進した。空をすかすようにして声の方向を見た。これは闇夜に物を見る基本的な法である。果して空を背景に黒々とした男たちの姿が浮んだ。

服装はまちまちだった。侍姿と職人姿がほぼ半々。町人や僧侶《そうりょ》の姿もある。だが手にしている武器は揃《そろ》って武士の持つ大刀だった。町人の持つ脇差《わきざし》や匕首《あいくち》ではない。驚くべきことに手槍《てやり》を持った男までいる。その総数を二十の上と雪は読んだ。

雪の予測した通りだった。今日の柳生者の監視は尋常ではなかった。人数も多かったし、気組がどこか違っていた。今、忠輝をとり囲んでいる二十人余りの男たちからも、一様に激しい殺気が放射されている。

〈あの人は殺される〉

雪は忠輝が常人を超えた剣の達者であることを知らない。『鬼っ子』で膂力《りょりょく》が強く、恐ろしく身の軽いことは知っていたが、そんなものでこの激烈な殺気をかわせるとはとても思えなかった。

今度も雪の決断は早かった。

〈死のう〉

自分が死んで忠輝を逃がそうと決心したのである。

逃がすとしたらどの方向か。

〈お濠しかない〉

雪は忠輝が河童のように水練に達者であることを知っていた。つい先だっても大川で長い時間泳いで見せ、雪を仰天させた。十二月の水の冷たさを、この『鬼っ子』は全く気にもかけないのである。

「水の中はぬくいんだよ」

忠輝は無造作にそういった。大川の水がぬくいなら、流れのないお濠の水はもっとぬくかろう。だがこの刺客たちはそう思うまい。

忠輝が逃れるとしたら濠に跳び込むのが一番だった。

忠輝もまた今夜の柳生者たちの気組が、前とは全く違っていることに気付き、幾分とまどっていた。

〈何故こんなに必死なんだ?〉

理由が分らない。前の襲撃が千姫のためであることは、母の解説で理解出来た。秀忠がそんな命令を出した気持も、分らないではない。だが今度はなんの覚えもない。刺客を向けられるようなことは、何一つしていないのである。千姫の婚儀以降、忠輝がしたのは傀儡子一族のもとに毎日通ったことだけだ。まさかそのために刺客を差し向けられるわけがなかった。

「わけはなんだ?」

飛んで来る棒手裏剣を、休賀斎形見の鉄扇で叩《たた》き落しながら、忠輝は喚いた。

返事はなく、また夥《おびただ》しい棒手裏剣が飛んで来る。今夜の柳生者は前回で懲《こ》りたと見えて、絶対に近づいて来ない。遠巻きにして手裏剣を投げるだけである。

〈こんなことでわしを斃《たお》せると思っているのか?〉

忠輝がそう思った瞬間、柳生者の隊形が変った。今までの半円の囲みから完全な円形の囲みになった。それも二重。一重が十人である。棒手裏剣の飛来もやみ、輪を作った者たちが全員抜刀した。うしろの輪の中に四人、手槍を構えた者がいる。

どうやら手裏剣は、その形を作るのに都合のいい地形まで、忠輝を誘導するのが目的だったようだ。

前列の十人が走りだした。それも横にだ。つまり輪が回りだしたことになる。輪は回りながら縮小し、忠輝をその中に閉じこめている。回っている者は一様に片手斬りに剣を振るって円内の者を斬《き》る。

〈面白いな〉

忠輝はにこっと笑った。確かに面白い戦法である。このままじっとしていれば、円内の忠輝は十人の片手斬りを受けてなますになる。但《ただ》し、じっとしていれば、だ。輪の外に逃れるには、一角を切り開くか、跳び越えるか、それとも這って脚の間を抜けるか。その三つしかない。忠輝の跳躍力をもってすれば、高々と跳んで逃れることは容易だった。

問題はうしろの輪の十人である。この十人は動かない。跳んで着地する前に一斉に襲う気だった。そのために手槍が四人もいる。空中にいる時に襲われては防備は不可能である。

といって一角を切り開くのも、這い出すのも、この二列目の十人のいる限り難かしい。正に恐るべき襲撃隊形だった。これが柳生の裏業で『虎乱』と呼ばれる形であることを、忠輝は知らない。

〈跳ぼう〉

そう決心した。果して空中で防ぎの剣が使えぬものかどうか、試してやろう。

その時、絶叫が上った。雪が斬られたのである。

この時までに雪は首尾よく濠端側ににじり寄っていた。そしてそこで問題の隊形を見た。胸の底が冷くなった。それは雪の眼には完璧《かんぺき》な殺人の輪に映った。いくら身の軽い忠輝でも、二重の輪は跳び越せない。そして輪と輪の間に着地すれば殺されるだけだ。

雪は即座に、自分の役目はこの外側の輪を破ることだと理解した。相手が殺せなくてもよかった。動揺させ混乱を起こさせるだけで充分だ。忠輝ならその一瞬の隙をのがすまい。

雪はウメガイを抜いて立った。手槍を構えた町人態の男の背後に音もなく近づくと、左手で男の腰に抱きつき、右手のウメガイを力まかせに突き立ててえぐった。刃は肝臓に達した。手槍の男は声もなく死んだ。ほとんど即死。苦労してウメガイを引き抜くと、右隣りに立っていた男に横から抱きつきながらもまた刺した。男は刺されながらも雪を突きとばし、刀を振った。雪は左袈裟《けさ》に肩を割られ、あまりの衝撃に絶叫した。

忠輝はその声を雪と知った。知った瞬間、正確にその方向に跳躍していた。

雪は見事に役割を果した。その方角の輪は既に破れていたからだ。一人は死に、一人は重傷で地に膝《ひざ》をついていた。更に二人が雪に注意を向けていた。その二人を、まだ空中にあるうちに忠輝は殺した。一人の首には鉄扇に仕込まれた短刀が刺さり、一人は脇差の抜き討ちで頭蓋《ずがい》を斬り割られていた。

「雪！」

抱き起して、口を吸った。一瞬の失神から醒《さ》めた雪が叫んだ。

「逃げて！　お濠へ跳ぶのよッ！」

「馬鹿をいえ。お前を置いて誰が逃げるか」

喚きながら忠輝は翻転して更に二人を斬った。怒りがこみ上げて来た。

「みんな殺してやる」

それは野獣のみが持つ凄《すさ》まじい爆発力だった。忠輝自身、自分がどう動いたのか分明でない。まして柳生者には忠輝の姿はほとんど捕捉も出来なかった。それほどの迅速さで、忠輝は走り、跳び、斬った。いつか二刀を握っていた。無意識に相手の剣を奪ったのである。

驚嘆すべきことが起った。残り十四人の柳生の刺客全員が、ほんの数瞬の間に悉《ことごと》く斬られたのである。もとより忠輝も無事ではない。そこかしこを斬られている。だがいずれも浅傷《あさで》だった。

忠輝は鳥居四郎右衛門の前に立った。耳助・飛助・足助の三人はとうに消えている。彼等の受け持ちは探索であって殺人ではない。

「またお前か」

忠輝がいった。四郎右衛門は己れの最期《さいご》を知った。ぺっと唾《つば》を吐いた。

「鬼ッ子め！」

それが四郎右衛門の最後の呪詛《じゅそ》になった。次の瞬間、頭から臍《へそ》まで斬り下げられていた。

忠輝は止血のため、雪の上半身から着衣を剝《は》いだ。小ぶりだが形の良い乳房がとがっていた。

「いや」

雪が乳房を蔽《おお》おうとしたが、もう手が動かなかった。傷は左乳房の上まで及んでいた。出血のとめようがない。忠輝は印籠《いんろう》の血止め薬を嚙《か》み、唾液《だえき》で溶かしては傷口にすりこみながら絶望していた。悲しみとやり場のない怒りが、忠輝の心を引裂いた。

「死ぬな。頼むよ。死なないでくれ」

夢中で口を吸った。その時だけ、雪は生返ったように見えた。腕をあげ忠輝の首に絡めようとしてみせたが出来なかった。

「お乳も……吸って」

辛うじていった。忠輝は雪の左乳房を口に含んだ。甘やかないい薫《かお》りがした。

「気持いい」

雪は呟き、女にして欲しかったのに、と囁いた。忠輝は遅疑なく雪の前をまくり、脚を開かせた。一瞬、どうしていいか分らなかった。無闇に割り込むと、雪が最後の力を振りしぼるようにして、忠輝を導いてくれた。貫いた。雪の眼から、どっと涙が溢《あふ》れた。

「もう死んでもいい」

短かい律動の末に忠輝が果てるのと、雪の死は一緒だった。強い痙攣《けいれん》が忠輝を摑んだのが、そのしるしだった。

忠輝は雪の屍《かばね》を抱き上げ、闇の中をゆっくりと歩いた。黒い道が無限に続いているように忠輝には思えた。

傀儡子の長の小屋に入った時も忠輝は雪を抱いたままだった。

「わしは雪と契《ちぎ》った」

そういっただけで坐《すわ》りこんだ。傷の手当を受ける間も雪を放さない。無理に放させようとすると凄《すご》い眼で睨んだ。強行すれば殺される。誰もがそう信じ、諦《あきら》めた。そのまま朝を迎えた。

葬儀は何もなかった。仲間の者たちが来て一人一人雪に触れてゆくだけだった。短かい別れの言葉を告げてゆく者もいた。その間じゅう忠輝は雪を抱いていた。

最後に大川の州《す》に薪《まき》が積まれた。その時、初めて長が忠輝から雪をとり上げようとした。老人とは思えぬ強い力だったが、忠輝はさからった。

「雪は満足しています。倖《しあわ》せで綺麗《きれい》な顔をごらんなさい。この顔のまま焼かなくてはなりません。雪もそうして欲しい筈です」

この言葉が初めて忠輝に手を弛《ゆる》めさせた。

組み上げられ油をまかれた薪は、轟々《ごうごう》と音をたてて燃えた。その炎の中で、雪は倖せそうに笑っているように見えた。そして眼ばたきもせずに雪の屍を見つめて立つ忠輝の顔は、炎に映えてさながら赤不動のように見えた。

「傀儡子一族は、いついかなる時でも、あなたさまのものです。必ずおそばにおります」

長が低い声で誓った。長は忠輝の身分を知っていた。

城に戻った忠輝は花井三九郎を呼び、童子髪を刈らせ、月代《さかやき》を剃《そ》らせ、生れて初めて侍姿になった。

麒《き》麟《りん》

忠輝が歴史の表舞台に登場するのは、これより二年後の慶長十年四月十一日、宮中に参内《さんだい》して従四位下右近衛権《ごんの》少将に叙任された時である。これは秀忠が征夷《せいい》大将軍になる五日前のことだ。忠輝は十四歳。

秀忠は首尾よく後継者争いに勝ち、兄秀康、弟忠吉をおいて、二代将軍となり、晴れて徳川家を継ぐことが出来たわけである。

家康が何故《なぜ》子息の中で最も凡庸だといわれた秀忠をわざわざ後継者に選んだのか、今となっては正確なことは誰にも分らない。だが推量することは出来る。

家康は政権を伜《せがれ》に譲る気が全く無かったのである。候補とされた三人の伜は、家康の眼から見ればどれも危っかしくて、とてもこの大事な時期に政権を委《まか》せられる男たちではなかった。だから死ぬまで実質的には自分が政権を握っているつもりでいた。それならなにも征夷大将軍の職をたった二年で辞めることはなかったように思われるかもしれないが、これはこれで当初からの予定だった。

天下は回り持ち、というのが戦国武将に共通した思想である。天下の覇権は親が子に伝え代々相続してゆくものではない。その時その時で実力のある者がこれを握るのだというわゆる下剋上《げこくじょう》の精神だ。家康はこの思想をなんとかして絶ち切りたかった。もはや戦国は終り、新しい平和と秩序の時代が来たのだと、武将たちにも世人にも告げたかったのである。それには自分に力のある間に、世代交替を行わねばならない。反抗する者を即座に潰《つぶ》すためには、そうするしかなかった。

それに大坂城にいる豊臣秀頼の問題がある。淀君が家康の征夷大将軍就任をなんとか我慢出来たのは、秀頼が幼なかったためだ。秀頼さえ成長したら、自家の家老である家康から将軍職をとり上げ、秀頼に与えるつもりでいた。その思惑を木《こ》っ端微塵《ぱみじん》に打ち砕くためには、早い時期に伜に将軍職を譲ってしまう必要がある。

そして将軍職を譲りながらも、自分が大御所として実際の政権を握り運営してゆくためには、秀康のように覇気の塊に似た男は困る。ことごとにぶつかるのは眼に見えているからだ。忠吉は病弱にすぎる。そうなると結局のところ秀忠しかいない。秀忠なら、たとえ実質が伴わなくても、征夷大将軍になれるだけで嬉《うれ》しい筈《はず》だった。将軍になってからも、家康の傀儡《かいらい》として、いいなりに動くだろう。

これが家康の秀忠を後継者に選んだ理由ではないかと思われる。

事実秀忠は跳び上らんばかりに喜んだ。喜びの余り、早速馬鹿なことをしでかした。将軍職就任のため京へ上るのに、なんと十余万の軍勢を率いて江戸をたったのである。京・大坂の人々はすわ戦争かとふるえ上ったという。

家康の叱責《しっせき》に秀忠は源頼朝の例に倣《なら》っただけだと弁解したといわれるが、この行動はそれでなくても秀忠将軍就任で衝撃を受けた大坂城の淀君の態度を一層硬化させることになった。

家康は今更ながら秀忠の愚かさに愛想のつきる思いだっただろうと思う。

家康は二年前の将軍就任の時から、豊臣秀頼を平和裡《り》に自分の幕下に引き入れるために、全力を尽くして来た。千姫と秀頼の婚儀もそのためであり、慶長九年八月十四日、豊国社の臨時大祭に秀頼と共に臨席したのもそのためである。

この将軍交替の時にも、家康は前々から入念な根回しをしていた。太閤秀吉の正妻だった高台院を説得し、高台院自ら大坂城に行って秀頼と淀君を口説き、この機会に京に上り伏見に来て、秀忠に祝辞を述べさせようと計ったのである。淀君も正妻である高台院には弱い立場にある。八割方承知に傾いた。それにこれは極めて簡単で有効なやり方でもあった。お目出とうと一言いうだけで、ことごとしく臣従の誓いなどすることもなく、その実をあげることが出来るのである。秀頼が大坂から伏見へ来るというだけでそれだけの効果があった。京・大坂の住民たちはそれを見て平和の到来を知り、安心する筈だった。

その計画がこの十余万の軍勢のお陰で一挙に吹きとんでしまった。世人はこれを合戦の支度ととり、秀頼は伏見城に入った途端に殺されるだろうという注意が諸方から淀君のもとに届いた。秀頼の死んだ大坂城は脆《もろ》い。豊臣恩顧の大名たちも、肝心の秀頼が死んだのでは、驕慢《きょうまん》でいやな女である淀君のために、家を失う覚悟で兵を動かすわけがない。精々金で浪人たちを雇うことしか出来ない大坂城なら、秀忠の率いて来た十余万の軍勢だけでも攻め落すことが出来るのではないか。

元々秀頼を城から出したくない淀君である。高台院への遠慮から渋々承知しかけていたにすぎないのだから、渡りに舟とこの案を拒否してしまった。

かくて家康苦心の計画はつぶれ、京・大坂は騒然となった。今にも合戦が始るかもしれないというので、戦争慣れした住民たちは老人・女・子供を疎開《そかい》させ、財産まで安全なところに移した。街道という街道はこれら避難の民衆で混雑し、それを見た人々がまた慌《あわ》てて避難にかかるといった最悪の情勢になった。

関ヶ原合戦に遅れた時以上の愚劣な行為である。家康は激怒したが、今更将軍を継がせた秀忠を廃することは出来ない。さし当ってはこの事態をどう処理するかが問題だった。

向うが来なければ、こちらが行くしかない。旧主の遺児である秀頼に、秀忠将軍就任の事実を報告せずにはすまされない。問題は誰を使者として立てるかだった。

家康は永年の側近であり、家臣というより友人に近い本多弥八郎正信を呼んで事を諮《はか》った。

本多正信は武将型の男ではない。若い時に戦場に出たことはあったが、一度徳川家を離れ帰参してからは、常に戦場の後方にあって、参謀役をつとめるようになった。参謀であり、外交官であり、内務大臣である。そういう一風変った存在だった。秀忠の代になって関東総奉行をつとめた男でもある。

正信は家康の愚痴に似た長い話を黙々と聞いていたが、やがていった。

「どうしても秀頼殿を生かしておきになるおつもりですか」

「当り前だ。なんのためにわしが苦労していると思う」

「旧主君の遺児を殺したという悪名がこわいのですか」

世の中の動きがそうさせるのさ。お前には分らんのか。世人はほとほと戦乱に倦《あ》きている。どんな形でもいい。平和をもたらしてくれる人間を、世人は受け容《い》れる気でいるのさ。徳川の治政を永続きさせるためにはわしらは世人の期待に応《こた》えるしかない」

それは家康の時代の欲求を読みとる眼の確かさを示すものだった。応仁の乱以来、思えばあまりに戦乱の世が続きすぎた。もううんざりだと世人が思いだしても不思議ではなかった。そして合戦の名人といわれながら敵を殺すことの嫌いな、この家康という不思議な武将ほど、時代の渇仰に応えられる人物はいなかったといっていい。

「成程」

本多正信は短かくいって又沈黙した。

家康も今度は黙っていた。

「そういうことなら、大坂城への使者はお一人しかいませんな」

やがて正信がぼそっといった。

「そうかね」

「そうですよ。秀頼殿をおびやかすことなく、御母堂さまにも、合戦などとは露ほども思わせぬお方。つまり秀頼殿とあまり齢《とし》の変らない……」

「子供を使者に立てろというのか」

「御意、上総介さまを措《お》いて、このご使者をつとめられるお方はおりませぬ」

上総介とは忠輝のことだ。この着想は奇想天外といっていい。だが理屈は通っている。この年豊臣秀頼は十三歳である。十三歳の少年のところに、どんな武将が使者に立ったところで、こわい大人が来たとしか思われまい。忠輝は十四歳、しかも家康の子であり、秀忠の弟だ。決して相手をあなどっていることにはならず、しかも一つちがいの少年なら秀頼も親しみ易《やす》い筈だった。家康は暫《しばら》く思案した後でいった。

「だがあれは鬼っ子だぞ」

この言葉がどんな意味で発せられたのか、家康自身にもよく分かってはいない。ほとんど無意識に口をついて出てしまったのである。

鬼っ子という言葉には、不幸をもたらす者という語感がある。そんな子を大事の使者に立てては事はしくじると咄嗟《とっさ》に感じたのか。それとも鬼っ子は人に恐怖心を与えるから、秀頼や淀君をおびえさせる、といいたかったのか。

本多正信が珍らしく強い視線で家康を見据えるようにした。

「なんだ?」

何故か咎《とが》められたような気がして、家康が訊《き》いた。

「いい加減になされ」

正信の語調が激しい。

「ン?」

「鬼っ子という言葉はそろそろお忘れなされ。只今の上総介殿は、誰が見ても一箇の麒麟《きりん》ですぞ。信康・秀康さま御幼少のみぎりとそっくりじゃ。失礼ながら秀忠さまよりずんと頼もしげな武将にお育ちになることは必定」

要するに正信は秀忠が嫌いで忠輝の方が好きなのである。家康が苦笑して、結局そういうことではないかというと、正信は首を横に振った。

「麒麟を敵に廻しては徳川《とくせん》家の未来はない。手前が申し上げているのはそれだけのことです」

いつまでも『鬼っ子』と呼んで差別を続ければ、やがては忠輝の心中に叛意《はんい》が生ずるであろう。秀忠の陰険な政治にあきたらない野心的な武将たちが、忠輝の叛意を煽《あお》りたてることも考えられる。そして家康亡《な》き後、もし忠輝がその気になって蹶起《けっき》したら、武に弱く、譜代の武士の間でも人気のない秀忠に果して抑え切れるかどうか疑問である。いつまでも『鬼っ子』と呼び続けることは、そうした事態への種をまくことになる。本多正信はそういっているのだった。

さすがの家康が沈黙した。やがてぽつんと訊いた。

「あれにはそれほどの人気があるのか」

「あります」

言下に正信は答えている。

「若い者は別して上総介さまが好きなようです」

忠輝の奔放さ直截《ちょくせつ》さが若者に好かれるのは栃木城以来のことである。江戸城へ移ってからも、於江《おごう》の方《かた》とのいきさつは、普段からこの驕慢な女をうとましく思っていた多くの若者たちにとって、胸のすくような快事であり、彼等はひそかにこの『鬼っ子』さまに絶大の拍手を送ったものだ。

そして今や忠輝は風貌《ふうぼう》挙措ともに、昔日《せきじつ》の怪童ではない。奥山休賀斎に剣と共に仕込まれた学問・礼法は見事な結実を示し、涼しげで端然たる若武者に育っている。麒麟と呼ばれるゆえんであった。

お茶阿の方は忠輝の変貌をすべて奥山休賀斎のお陰だと信じ、休賀斎に忠輝をあずけるきっかけを作ってくれた秀忠にまで感謝していたが、真実は違う。休賀斎が下地を作ってくれたのは確かだが、変貌の直接のきっかけになったのは雪の死だった。

忠輝は生れて初めて愛する者の死を経験した。しかも雪は死の直前に女になることを望み、忠輝にとっても雪にとっても初めての交わりをかわしたのである。死につつある者との交わりは、初心の忠輝にとって、強烈すぎる衝撃だった。死の痙攣《けいれん》の中で強力に捉《とら》えられ放射しながら、忠輝は雪の生命と共に、自分の幼年期が死んだことを実感した。

幼年期というのは人間の一生の中で一つの完結した時代である。完結したといったのは、そのままの形で次の少年期にすべりこんでゆくのではない、ということだ。そこには明かな断絶がある。

少年期は性を中心とした不安と混乱の時代である。その中で幼年期の静穏と純潔が、そのまま生きのびることは不可能だ。幼年期の終りに、理由もなく自殺する子供がいるのは、この新しい『疾風怒濤《どとう》（シュトルム・ウント・ドランク）』の時代に入ってゆくことに、強い不安と恐怖を覚えるためだ、と心理学者は教えている。

忠輝は恐らく最も劇的な形で、この時代の交替を経験したことになる。

忠輝自身がそんなことを考えたわけがない。ただわけもなく、自分がもう今までの自分ではないことを痛感しただけである。そして二度と後戻りすることは出来ないことも。忠輝が我から童子髪を切り元服したのは、その思いのためだった。髪型が変ると気持まで変るのは何も女性だけではない。男も髪型に合わせて意識を変える。

そして忠輝は端正な少年に一変した。勿論《もちろん》野生の奔放さと活力を失ったわけではない。ただそれはどこか身体《からだ》の奥深くに沈潜してしまった。平常の挙措振舞からは見事なまでに野獣の荒々しさが消え、舞いの名手と剣の使い手だけが持つ、しなやかな優雅さが目立った。事実、忠輝は舞いの名手になった。それも舞いの師匠だった花井三九郎が時として驚嘆するほどの芸である。野生の獣のもつ本性的なしなやかさが、舞いのしなやかさと重なったことが、この驚くべき効果を上げたのだが、それは能楽師上りの花井三九郎の理解を超えた。

かつては『鬼っ子』の特徴とされた切れ上った大きな眼も、今では高貴さのしるしのように見えるのだった。

慶長十年五月十一日、新将軍徳川秀忠の名代《みょうだい》として、威風堂々大坂城に乗込んでいった上総介忠輝は、お茶阿の方がうっとりとして思わず涙を流したほど、凜々《りり》しい若武者の姿だった。

大坂城の人々がこの使者としての忠輝にどんな感情を抱いたかは不明である。ただ秀頼が非常に喜んだことは、記録に残っている。

淀君をはじめとする大坂城の家臣団は、恐らく忠輝を好意の目では見なかったのではないだろうか。

確かに忠輝は秀忠の弟であり、その意味では名代に立って少しもおかしくはない。従四位下右近衛権少将という低からぬ官位も持ち、体軀《たいく》も堂々たる偉丈夫である。問題は年齢だった。十四歳という年齢は、大事の使者としてはいかにも稚《おさ》なすぎた。それでなくても淀君はじめ大坂城の面々は、今度の秀忠征夷大将軍就任という事実に激甚な衝撃を受けている。それは秀頼が成長さえすれば、自動的に家康から征夷大将軍の座が譲られるという甘い考えに終止符がうたれたことである。将軍の座は徳川家が代々世襲してゆくという意志を、家康は確然と示したからだ。淀君は底なしの絶望の底に落ち、家臣たちは己の前途が完全に塞《ふさ》がれたことを実感した。現代風にいうなら、豊臣という会社は突然、成長産業ではなくなったのである。縮小されることはあっても、絶対に大きくなることのない傍系会社のようなものだった。

本来なら家康を責め、詫言《わびごと》の一つも、いわせなければ気のすまないところだが、今の状況でそんなことが出来るわけがない。豊臣家と徳川家では軍事力が違いすぎた。

後はせいぜい、秀忠就任の挨拶《あいさつ》に来る使者に当ることぐらいしか出来ないのに、それが十四歳の少年だという。十四歳の少年に徳川家の無道を説いたところで何になろう。愚痴としか思われず、淀君の方が天下の笑い者になるのがおちである。いわば肩すかしを食った格好になる。それだけに余計腹が立った。表立って文句がいえぬ相手となれば、いびるしかない。つまりいじめである。そして古来女ほどいじめの上手な者はいない。淀君以下の女房衆は、それこそ手ぐすねひいて、忠輝の到着を待ち構えていた。

忠輝は見事に秀忠の新将軍就任の挨拶を伝え、使者の役を果した。いかにも涼しげな若武者ぶりで、一点の非も見られない。秀頼は齢にしては大柄な少年だったが、忠輝はそれに輪をかけた堂々たる体軀で、下座に坐《すわ》っても全く見劣りしない。むしろ秀頼を圧倒するような印象さえ与えた。それが余計、淀君の心の中の憎しみをかきたてた。

使者としての口上が終り、供応の宴に移ったところで、淀君のいじめが開始された。

「おことの母御は、金谷の宿の鍛冶《かじ》屋の女房だったというが、まことか」

「左様」

忠輝はじろりと淀君を見た。

忠輝に動揺はない。職業に貴賤《きせん》の別があるなどと生れてから考えたこともないのだから、これは当然であろう。それがどうした、というように平然と淀君を見返している。淀君が小面憎《こづらにく》いと感じたのも、これまた当然の成行《なりゆき》だった。言葉が益々露骨に鋭くなった。

「家康殿も物好きな殿御《とのご》よな。下賤の女子のどこがそれほど良いのか……」

これは性的な意味を含んだ、それこそ下賤卑俗なあてこすりだったが、忠輝に通じるわけがない。

忠輝は小首をかしげたが、それは下賤という意味がよく分らなかったからである。

「それはわしにも分らぬが、少くとも母者は於江の方よりはずんといい女子だな」

淀君はいきなり横っ面を張られたような感じがした。於江の方は淀君の妹である。この少年はこともあろうに浅井一族の姫を鍛冶屋の古女房に劣るといったことになる。

「そなたの齢で女子のよしあしが分ろうか」

思わずきつい調子になった。

「そうだな」

忠輝はあっさり認めた。

「でも於江の方は敵の伜の嫁になったが、わしの母者は立派に元の亭主の仇《あだ》をとったぞ」

淀君は声を飲み、蒼白《そうはく》になった。まわりの女房衆は愕然《がくぜん》とし、思わず身体を慄《ふる》わせた。

忠輝は意識してかどうかは不明だが、淀君の最も痛い点を突いたのである。

淀君を筆頭として於江の方も含むお市の方と浅井長政との間に生れた三人姉妹は、一人残らず敵将の妻になっている。中でも淀君は、柴田勝家に再嫁《さいか》したお市の方を攻め殺した豊臣秀吉の妾《しょう》になったわけだから、そのひけ目が一段と強い。淀君の驕慢さはその暗いひけ目の裏返しとも思われる。忠輝は正確にそのひけ目をついたことになる。

淀君の眼が吊《つ》り上りぎみになった。これが今日でいうヒステリーの爆発を示す前兆であることを、女房衆は一人残らず知っている。思わず首をすくめた。

「山の井」

淀君が女房衆の一人を呼んだ。

『金棒ひき』の仇名のある女だ。稀代《きたい》のお喋《しゃべ》りの上に、巷《ちまた》の噂《うわさ》に精通している奇妙な女房である。

「そなた、この御使者について、面白い噂を聞き込んで来たと申しておったな。ここで披露してみませぬか」

　つまり悪口雑言をいえというのだ。

　山の井が一礼して、忽《たちま》ち立板に水と喋りはじめた。

「松平上総介忠輝さまは鬼子じゃと申しまする。お生れの節、色あくまで黒く、目はさかしまに裂け、あまりに恐ろしげな御様子に、さすがの家康さまが、捨てよとお命じになったとか……」

〈またか〉

　正直のところ忠輝はうんざりした。これは栃木城以来、耳にたこが出来るほど聞かされ続けて来た話である。今更聞いて動揺するわけがない。正直腹も立たなかった。だが、新将軍の名代として来た自分に、わざわざこの悪口雑言に等しい噂話を聞かせる意図が分らない。この馬鹿な女は、使者をさげすむことによって、新将軍秀忠をもさげすもうとしているのだろうか。もしそうだとしたら、許すわけにはゆかない。忠輝個人としては別に何とも思わないが、それでは使者としての役目が果たせないからだ。

　とはいっても、まさかこのえらぶった女を斬《き》るわけにもゆくまい。

〈おどしの一手か〉

忠輝はせいぜい薄気味の悪い顔を作ってにたりと笑うと、淀君にじかにいった。

「一つ落ちているな。わしの腕には魚の鱗《うろこ》があるんだ。見せましょうか」

いうなり、つと立って、淀君の真ン前に進んだ。この場にいる何人も気がつかなかったが、この足さばきは新陰流の極意である。ごく自然でさりげなく、はっと気がついた時にはもう一足一刀（一歩踏み出せば斬れる）の間合いに踏みこんでいるというものだった。だから淀君が気がついた時は、忠輝はほとんど膝《ひざ》と膝を接して眼前に坐っていた。

忠輝はそこで故意に凄《すさ》まじい殺気を放射してみせた。淀君はまともにその殺気を浴び、失神しそうになった。

〈間違いなく殺される〉

その思いだけが頭の中に充満した。のがれようにも身体が動かない。切れ上った、つまりは逆しまに裂けた大きな眼が、淀君の眼をひたと見ている。深い淵《ふち》に吸いこまれてゆくような眩暈《めまい》があった。

忠輝が動いた。

〈もう駄目！〉

淀君は死を覚悟した。殴り殺されるのか、脇差《わきざし》で刺されるのか、それは知らない。

だが死ぬことは確実だった。既に胸に冷い刃物が入って来る感触さえ感じた。

「ほらね」

忠輝がいって左腕をまくって見せた。

違った。殺されるのではなかった。事実、あの凄まじい殺気は嘘《うそ》のように消えていた。

若い獣のような男の体臭が、淀君を我に返らせた。

「ほら、見えたでしょう」

もう一度、忠輝がいった。そして淀君は明かに魚の鱗といえるものを、陽に焼けた腕に認めた。

「た、たしかに」

淀君が辛うじていった時、秀頼が突然叫んだ。

「無礼者！」

忠輝は秀頼を見た。自分に向けられた言葉だと思ったからだ、だが平気だった。無礼はもとより承知である。だがそれをいうなら淀君の方が先に無礼だった。忠輝の方は売られた喧嘩《けんか》を買っただけである。

淀君はただでさえ蒼《あお》い顔を、更に蒼白にした。とんでもないことになった。一瞬、そう思った。秀頼は母をかばうために、忠輝を無礼討ちにするつもりかもしれない。だがこの鬼っ子が黙って斬られるわけがない。淀君は山の井から忠輝の信じられぬほどの武勇の数々を聞いている。現に今、自分を襲った殺気も尋常ではない。秀頼は簡単に返り討ちになるだろう。

だが二人の思惑ははずれた。

秀頼はさっと立つと山の井に近づいて、その頬を思い切り張った。無礼者、という言葉は山の井に向けられたものだったのである。

「あッ」

山の井は叫んで突っ伏した。動顛《どうてん》していた。秀頼が女房衆を殴るなどかつてない事だったからだ。

「御使者への悪口は、わしを辱《はず》かしめるものだ。許さぬ。手打ちに致す。正之助!」

これは太刀持ちの小姓を呼んだものだ。太刀持ちが一瞬ためらって淀君を見た。それが余計秀頼を怒らせたらしい。つかつかとって返すと、いきなり小姓の持った太刀を抜き放った。秀頼は本気だった。

「なりませぬ!」

淀君が叫んだが耳もかさず山の井の方へ向かう。その途中で忠輝の横を通った。

忠輝の動きは誰の目にもとまらなかった。ただ気がついた時は、秀頼の下げていた白刃は、いつの間にか忠輝の手に移っていた。

秀頼が棒立ちになって、目を瞠《みは》っている。どうやって刀を奪われたのか皆目《かいもく》わからなかったのだ。身体に触れられた感触もない。まして力を加えられた感じなど全くなかった。だが現に刀は忠輝の手にある。

害意のない証拠に、忠輝はにこりと笑った。

「女を斬っても仕方がないでしょう」

「しかし……」

「他愛ない軽口ですよ。気にもならぬ。わしは鬼っ子に生れてよかったと思っているんでね」

からっとした口調だった。いい終ると無造作に白刃を放った。一座の者がぎょっと身体を硬くした瞬間、白刃はぱちりと音をたてて、まだ小姓の捧《ささ》げていた鞘《さや》の中に収った。まるで曲芸を見るようだった。

「鬼っ子でなくて、こんな真似《まね》が出来ますか」

一同、声を飲んだ。恐ろしさで身体がすくんだ。

不意に秀頼が大声で笑いだした。

「本当だ。鬼っ子って本当に素晴しいんだ。千のいう通りだ」

千とは勿論千姫のことである。


雨もよいの、どんより曇った空だった。

またじとじとした梅雨がやって来る。

忠輝はこの季節が嫌いだった。天が人に意地悪をしてこんな季節を作ったような気がする。豊作に必要な季節だと母のお茶阿はいうが、忠輝には納得がいかない。夏がどれほど暑くても、冬がどれほど寒くても、そんなことは平気だった。それぞれに気持がいい。厳しさは嫌いではなかった。だがこの梅雨だけは駄目だ。身体から頭の中にまで黴《かび》がはえそうなうっとうしさが、何ともたまらない。

忠輝と秀頼は大坂城内の広い庭園の中にいた。秀頼が誘ったのである。

厳しく命じたので供の者は一人もついて来てはいない。山の井を手打ちにするといって白刃を抜いたのが効いていた。今日の日まで秀頼がこんな手荒な態度を見せたことは一度もなかったのである。

〈鬼っ子が秀頼を変えた〉

淀君はそう信じ、恐怖に慄えた。今更ながら家康の恐しさを感じた。

だがこれは淀君の思い過ごしである。秀頼は別に忠輝の影響で変ったわけではない。強いて影響を与えたというなら、それは千姫だった。

千姫は秀頼の嫁として大坂城に入って以来、何度となく忠輝のことを話した。もっともそれは必ず秀頼と二人だけの場に限られたから、淀君は知らない。千姫の話はすべて忠輝への讃歌《さんか》だった。広い江戸城で、たった一人の味方。不可能を可能にする超人。何よりも、母淀君の妹で、同様に驕慢な於江の方へのはばかることのない抵抗。それが秀頼の心をしかと捉えた。是非一度会ってみたいと思った。それがかなえられたのである。大袈裟《おおげさ》にいえば欣喜雀躍《きんきじゃくやく》といったところだった。その喜びを淀君がつぶした。

だから秀頼の怒りは本物だった。怒りの対象は山の井ではない。淀君だった。だが母だけは秀頼にもどうにもならない。それだけに手打ちといった過激な手だてになったのである。

「わしは母が嫌いだ」

ぼそっと秀頼がいった。秀頼にとってこれは驚天動地の言である。永いこと心の中でくすぶってはいたが、口に出したのはこれが初めてだった。

だがこの鬼っ子は眉《まゆ》一筋も動かさない。平然といった。

「そうだろうな」

まるでそれが当り前だというような調子だった。しかもこう付け加えた。

「わしも父と兄が嫌いだ。時々殺してやりたくなる」

秀頼は仰天し、同時にぞくぞくするほど嬉しくなった。こんな危険なことを平気でいい合える他人がいるなどと、今まで考えたこともなかったからだ。

「どうして父上が嫌いなんだ？」

「わしを棄てたから」

答は簡単だった。そういえば忠輝の答はいつも直截で簡単だった。いつでも本心しかいわないからだ。こんなことで生き永らえてゆけるのだろうかと、秀頼は忠輝のために心配になった。秀頼の回りに、こんなにずけずけと本当のことをいう人間は、一人もいない。

「家康殿を怒らせたら、只《ただ》ではすむまい」

秀頼が思案深げにいうと、忠輝は笑った。

「たいした違いはないさ。どうせわしは鬼っ子だ」

本当に何とも思っていない様子が、ありありと出ている。秀頼は感嘆したといっていい。千姫のいう通り、これは常の人ではなかった。いつでも破滅と隣り合った生き方を平然と生きている男である。

〈自分なら気が狂うだろう〉

秀頼は自分の弱さを感じた。これも生れて初めてのことだ。同時に、

〈これほど思いのままに生きられたら、いつ死んでも悔いはあるまい〉

そうも思った。ひどく羨《うらやま》しかった。自分も大坂城というものさえなかったら、こういう生き方が出来たかもしれぬ。十三歳の少年の思いにしては大人びていすぎるかもしれないが、男は年齢とかかわりなく、状況によって成熟する生き物である。常時いくさを意識せずには生きてゆけない状況の中にあった秀頼を、今日の少年と比較することは出来ない。

「千に会いたいな」

忠輝がいった。使者に立つようにいわれた時から、ひそかに考えていたことである。

「千も会いたがっている。でも、わしがとめた」

「何故?」

「あとで母にいじめられる」

それでなくても猜疑《さいぎ》心《しん》の塊りのような淀君が、忠輝に会った千姫を放って置くわけがなかった。ほとんど細作《スパイ》扱いにしていたぶり尽くすのは目に見えていた。

「そうだな。あのお袋さまではな」

忠輝が納得したようにこくんと肯《うなず》いた。

庭園の一隅に高い木が聳《そび》えていた。その木を見ているうちに、忠輝の心は千姫への思いで溢《あふ》れそうになった。昔のように千姫をおぶって、あの木に登りたかった。

突然、忠輝が走り出した。秀頼が驚いて見ている間に、その木の幹に駆け登り、枝に手をかけたと見る間に、猿のように枝から枝へとんで、忽ち高みに姿を隠した。またたく間に忠輝は木のてっぺんに達した。

「絶好の物見の木だな」

声が降って来た。

「やあ、千が見えるぞ」

これは冗談である。座敷にほとんど閉じこめられている千姫が見えるわけがなかった。

木の下に立って聞いていた秀頼は、忠輝の冗談にそこはかとない悲しみを感じとった。

〈泣いているんじゃないのか〉

秀頼がそう思ったほど、その声はうるんでいたのである。

勿論秀頼は、忠輝と千姫の間に流れる感情が恋だなどとは全く考えてもいない。事実それを恋と呼ぶには、二人とも稚なすぎた。それに千姫は忠輝にとって姪《めい》に当る。血のつながった男女の間に、そんな感情が流れることもあるなど、秀頼の理解の外にあった。

歳頃の接近した叔父と姪というものは、兄妹のようなものなんだな、というのが、秀頼の理解の限界だった。

奇声が湧《わ》いた。忠輝が何ということなく力一杯喚《わめ》いたのである。思わずぎょっとなった秀頼の眼前に、忠輝がまっさかさまに降って来た。頭を下にし手を伸ばした跳びこみの型だった。

「危い！」

秀頼が叫んだ時、忠輝は地上寸前で巧みに翻転して足から着地していた。秀頼はわれしらず溜息《ためいき》をついた。忠輝は正に天狗《てんぐ》だ、と思った。飛翔の術を身に付けていると伝説にいう天狗にしか、こんな融通無碍《ゆうずうむげ》な身の動きは出来ない筈である。

「お前と戦うのはいやだな。天狗相手じゃ勝てるわけがないもの」

秀頼が恨みっぽくいった。あまりの力量の差を見せつけられると、人は天を恨むに至る。

「戦うわけがないじゃないか」

無造作に忠輝がいった。忠輝はこの千姫の夫が気に入っている。武士社会の住人で、鬼っ子は素晴しい、と言下にいったのは、秀頼が初めてなのだ。それだけで忠輝はこの少年を味方と感じている。味方と戦うわけがなかった。

「そうは行くまい」

秀頼の言葉はまだどこか恨みっぽく、すねているような感じさえあった。

「お前の父上と兄上は、いつかこの大坂城を攻めるにきまっている。そうなったら、お前だって一緒に攻めて来ないわけにはゆくまい」

秀頼の方が年下なのに理屈っぽい。

忠輝がちょっと首をかしげた。これは思案しているのである。父と兄がたった今、大坂城を攻めないのは何故か。どうせ攻めるなら、秀頼が成人する前に攻めた方が有利だろう。それをしないのには理由がある筈だった。

〈昔の主君の子供を殺したくないんだ〉

それ以外に考えられなかった。家康は本性は冷血なくせに、非道とか無道とか呼ばれるのを、ひどく嫌う一面がある。

「いくさにはならないよ。なってもわしはご免だ。お前と戦ったりはしない」

「誓うか」

「いいとも」

忠輝はこの約束がやがて自分の生命《いのち》とりになるとは、まだ気付いてはいない。二人はがっちりと手を握り合った。

忠輝は二刻《とき》（四時間）近く大坂城にいた。存分に秀頼と語り合い、義兄弟の誓いまで交した。

もっとも、この義兄弟の仲は秀頼がいい出したものだ。忠輝には兄弟という感覚が全くない。結城秀康、秀忠、松平忠吉、武田信吉の四人が、兄になるわけだが、一番年下の武田信吉（武田家を継いだのでこの姓になった）でさえ、九歳の年長である。しかも信吉は病弱で一昨年の九月十一日に二十一歳の若さで死んでいる。松平忠吉は十二歳、秀忠は十三歳、秀康に至っては十八歳の年長で、しかも秀康と忠吉はそれぞれの領国にいて、忠輝とほとんど顔を合わせない。兄弟という感覚が忠輝に欠如していたのは、むしろ当然であろう。

ちなみに弟の方は、すぐ下の五郎太丸（後の尾張藩主義直）がこの年六歳、次の長福丸（後の紀州藩主頼宣）が四歳、鶴松（後の水戸藩主頼房）が三歳である。家康は忠輝の場合とはうって変って、この三人を溺愛《できあい》し、片時も自分の手もとから放さなかった。その上、この時点で既に五郎太丸は甲斐二十五万石、長福丸は水戸二十五万石、三歳の鶴丸でさえ翌年、常陸下妻十万石を与えられている。忠輝が信濃松代で十二万石なのと比較すれば、家康のこの三子への偏愛、惑溺《わくでき》と忠輝への差別待遇が明白に分る筈である。

そんな忠輝だから、秀頼が義兄弟になろうといい出しても格別のこととは思ってもいない。むしろべたべたした感じで鬱陶《うっとう》しいな、と思ったほどだ。だが秀頼にとってはひどく大事なことらしいのが、その顔色の輝きからも分る。まあ、仕方がないか。そんな軽い気持で、秀頼に要求されるままに、小柄《こづか》で左小指を裂き、お互いに相手の血をすり合った。

忠輝の供として大坂城に入ったのは花井三九郎である。二刻も出て来ない忠輝に、いい加減心配もしたが、下城の途中、この義兄弟の仲をしらされて、心の底から仰天した。大変なことになった、と緊張しないわけにはゆかなかった。

確かに秀忠の使者という役目は立派に果した。秀頼と二刻近くも親しく語り合えるほど昵懇《じっこん》になったのも、家康の意にかなったものといえよう。だが義兄弟の契《ちぎ》りを結ぶとは行き過ぎである。何といっても秀頼は徳川家の潜在的な敵なのだ。いつかは戦い、滅ぼさねばならぬ男である。その時、義兄弟という立場にいることが、有利であるわけがない。

だがすんだことをあれこれあげつらっても何の役にも立たない。花井三九郎はせめてその仲を家康に報告しないようにと忠輝に懇願した。折角の手柄をふいにする恐れが多分にあるからだ。

忠輝は鼻で笑っただけだった。

忠輝は花井三九郎にいわれた通り、義兄弟の件は家康に報告しなかったが、より驚くべきことを告げて、聞いていた三九郎を蒼然とさせた。例の不戦の誓いである。もし家康と秀忠が将来秀頼を攻めることがあっても、自分はそのいくさに加わることはないと誓ったから、念のため申上げておきます、と平然といってのけたのである。

どれほどの雷が落ちるかと案じた三九郎の予想に反して、家康は大声をあげて笑い出した。同席した本多正信もにやにや笑っている。一人、秀忠だけが嶮《けわ》しい顔をしていた。家康は笑いながら訊いた。

「お前はさぞ本気でそう誓ったのだろうな？」

「はい」

忠輝は当然だというように応えた。

「では秀頼殿も心からお前の誓いを信じただろうな」

「はい」

忠輝はいぶかしげに家康を見つめた。一体何がいいたいんだ？

「上出来だ」

家康は満足そうだった。

「それで秀頼殿も、暫くは安心していられるだろう。お袋さまが何を吹き込んでも、腹の底からは信じまい。それが大事なことだ」

これは忠輝への言葉ではない。秀忠に向けていったのである。

「そなたは気付いていないだろうが、豊太閤の蓄えた金銀は、気の遠くなるほど莫大《ばくだい》なものだ。わしも精々つとめてはいるが、まだまだ遠く及ばぬ。それにな、問題は天下の諸大名もまたそれを知っているということだ」

忠輝には理解の外にある内容である。金銀の値打ちがこの少年には全くわかっていないのである。

秀忠も充分には理解出来ないらしく、ぼんやりした表情だった。家康が焦《じ》れた。

「分らんか。関ヶ原以降のわしらのやり口は、どうやって大大名の内所を苦しくさせるかということだった。あの者たちにあり余る金を持たせてはならぬ。金があればいくさを起したくなるからだ」

秀忠が頷《うなず》いた。

「内所の苦しくなった大名たちが、大坂町人から金を借りるのは一向に構わぬ。町人共は金の力で武士を抑えられると思っている阿呆《あほう》共だ。つまりは大名の敵だ。だから構わぬ。だがもし、大名共が秀頼殿から金を借りたらどうなる？」

秀忠がはっとした顔になった。家康のいわんとするところがやっと分ったのである。

「わしが大坂方の家老なら喜んで貸してやるな。金で縛られた大名はいやでも豊臣家につく。後世に悪名を残したくなければ、そうするしかない。そうさせないためには、大名の内所が苦しくなる前に、大坂城の金銀を使い果たさせるしかない」

事実、家康がこれ以後、あらゆる手段を使って、豊臣家がその莫大な金銀を浪費するように仕向けたことは歴史に明かである。そのほとんどが寺社への寄進・修復・新築のためであった。神仏にすがっても豊臣家を昔の隆盛に戻したい、という淀君の気持を、巧みに操ったわけだ。

「金銀を使わせるためには秀頼殿母子を安心させる必要があろう。いついくさが始まるか分らないと感じながら、金を浪費する馬鹿はおらぬ。その意味で忠輝の不戦の誓いは、まことに当を得た処置だった。そなたもそんな難しい顔をせず、ほめてやらなければいかんな」

この言葉には、十余万の大軍を率いて京に上って来た秀忠への、強烈な皮肉が含まれている。勿論秀忠はその棘《とげ》を充分に感じとった。侮蔑《ぶべつ》や皮肉には恐ろしく敏感な性質なのだ。だが口惜しいことに今は反発することが出来ない。自分の馬鹿さ加減を露呈することになるからだ。それだけにほめられている忠輝がねたましく憎かった。

「使者の働き大儀」

秀忠は忠輝にそういっただけである。横柄《おうへい》ともいえる口調だった。家康は忽ち秀忠の心理を察し、本多正信と顔を見合せてにやっと笑った。正信も笑い返す。この二人の古狸《ふるだぬき》にとって、秀忠の思考を読むことなど児戯に類する。逆にのほほんとした顔で坐っている忠輝の心の中の方が難解だった。心の中が全く表情に出ない。忠輝が極めて正直なのは分っているのだが、この少年の正直さはしばしば大人の思惑を大きくはずれるのである。

この時もそうだった。忠輝は父が不戦の誓いをただの方便ととっていることに気付いた。忠輝は生れてから方便のための嘘をついたことがない。口に出したことはすべて本気なのだ。この不戦の誓いも、忠輝としては心からのものだ。絶対に守り切るつもりでいる。父も本多正信も思い違いをしている。そう指摘しようかと思ったが馬鹿馬鹿しくなってやめた。いずれ実際に戦う時になれば分る筈である。父はさぞ怒り狂うだろうが、誓いという言葉にかけた重さが違うのだからなんとも仕方がない。

〈その時はその時のことさ〉

忠輝はそう思っている。何事も先どりして考えたり悩んだりするのが大嫌いだった。明日のことなど人間風情《ふぜい》に分るわけがない。また分らないからこそ、生きるのが楽しいのではないか。現実にぶつかってみて、知力と体力の限りを尽くして対応すればいい。それで駄目なら死ねばいい。忠輝にとって人生は極めて簡単で楽しさに溢れたものだった。予測や不安でその楽しさを消してしまう人間の気持が分らない。

忠輝が上々の首尾で使者の報告をすまし退出すると、花井三九郎は所用を口実に伏見城を出た。

伏見の町は人々の往来でごった返していた。この度の将軍宣下のために、秀忠は十万余の軍勢をつれて来ているし、西国の大名も悉《ことごと》く部下を引きつれてこの伏見の町に集って来ているのだから、これは当然の結果である。町の人口は平常の何百倍にもふくれ上っていた。

その雑踏の中を三九郎が行く。

三九郎は伊達《だて》な男である。といって近頃巷《ちまた》にはやる目をむくような奇抜な服装をしているわけではない。むしろ地味な黒っぽい小袖《こそで》に袴《はかま》をつけ白足袋をはいているだけなのだが、その姿が馬鹿に伊達に見える。つまりは姿がいいのだ。背筋がぴんと通り、痩《や》せぎすで、能で鍛えたためか、ふとした身振りにそこはかとなく優雅さが漂う。どんなに雑踏の中を歩いていても、ぶつかる人間がいないのはそのためであろう。相手の方が三九郎の姿の良さに気おくれして、ふっと身体をよけてしまうのである。だから三九郎はこの人ごみの中をほとんど脇目もふらず、まっすぐに歩いてゆく。

やがてその姿はある寺の山門に吸い込まれていった。

この寺も御多分に洩《も》れず誰かの宿舎として借り上げられているらしく、境内に人の往来が激しい。三九郎は相変らず人々に目もくれず、まっすぐ庫裡《くり》に向った。

庫裡の入口はひっそりとしていた。慌《あわ》ただしさがここだけは避けていったような様子だった。ただ三九郎が戸口に立つと、どこからともなく侏儒《こびと》が一人現れ、じろりと三九郎を見た。体軀《たいく》は子供並みなのに、頭は大きく、しかも分別くさい大人の顔である、その上、身軀に似合わぬ長大な刀を斜めに背負っている。それがどちらかというと滑稽《こっけい》な印象を与えるのは、侏儒の顔がどこか『ひょっとこ』に似ているからである。

間違っても人を害するような人間には見えないところが、この男の取り柄だった。本名は誰も知らない。皆が『ひょっとこ斎』と呼んでいる。だがその言葉に侮蔑の意味はない。この名で呼ぶほどの者なら、この侏儒がとりわけ主人に重用されていることを知っているし、また恐るべき剣技の持ち主であることも知っていたからだ。

この侏儒の剣は抜刀術である。後にいう居合術だ。この長大な剣を目にもとまらぬ早さで抜き、雨のしずくが軒から落ちて地につくまでに優に五回は斬る。実戦になると、その短かい身体を更にかがめて、地を這《は》うような姿勢から、一瞬に相手の両脚を切断するという。

「おいでかな」

三九郎が聞くと、侏儒は黙って戸を開けた。

ひょっとこ斎の案内で奥に入ると、目当ての人物が若い女三人を相手に南蛮加留多《かるた》に興じていた。大久保石見守長安である。

「やあ」

三九郎の顔を見るなり気さくに声を掛け、手を振って女どもを追い払った。侏儒は廊下に出て襖《ふすま》を閉めた。そこで見張りを務めるつもりだ。

「無事にすみましたか」

長安が訊《き》く。使者の件を訊いたのは明らかである。三九郎は大坂城での忠輝の行動を、細大洩らさず報告した。長安はその間じゅう、うんうん頷きながら聞いていたが、やがて愉快そうに笑った。

「やりましたな。いやぁ見事なものだ。正に麒麟の名に背かぬ快挙だ」

「左様」

三九郎も微笑した。

「大御所さまの覚えも目出度うございました。これで上総介さまの行く先も明るさを増したと申せましょう」

「その通り。いつまでも十二万石の小大名では、あちらへの印象も薄い。なんとか五十万石以上の太守になって貰《もら》わねばな」

長安が奇妙なことをいった。『あちら』とは何を指すのか、この会話を聞いただけでは誰にも分らない。

だが三九郎にはすぐ分ったらしく、妙に翳《かげ》のある表情になった。

花井三九郎はもともと長安の部下ではない。お茶阿の方の期待に実直に応え、忠輝を人並みの家康の子として養育することに精魂傾けて来ただけである。その間で何度も長安の世話になった。実は三九郎の方から長安を頼ったふしもある。

三九郎から見れば、長安は何よりも先《ま》ず大和猿楽大蔵太夫の子息である。三九郎も同じ猿楽の徒の出ではあるが、大蔵太夫とは格が違う。それにしても猿楽師同士となれば、武士とは根底的に違う理解の深さがある。現代風にいえば世界観が同じだからだ。三九郎が長安を頼ったのは当然だった。

長安は長いこと心底を見せることなく、ただただ三九郎の願いに応じ、忠輝のためを計って来た。それが忠輝が川中島十二万石の領主になったあたりから変って来た。長安は自分の遠大な構想を少しずつ少しずつ洩らしはじめたのである。

それは三九郎のような律義な男にとっては気の遠くなるような、華麗で、それだけに又恐ろしい幻想だった。夢ならば醒《さ》めて欲しいと思うような考えだった。だが以来長安は厳然として三九郎に君臨し、夢を現実に変えるべく着々とその歩みを続けていた。三九郎のような男にとって今更その長安を裏切ることは出来ない。それに長安を裏切ることは忠輝を破滅させることになりかねなかった。

今のところ三九郎は長安のいいなりに動いている。少くとも自分だけは長安と生死を共にする気だった。だが事破れた時、忠輝だけは破滅の渦からはずして置きたいと願った。ここから花井三九郎の終生の悲劇が始まる。

一方で大久保長安の巨大な陰謀に心から加担し、積極的に行動さえしながら、他方では忠輝が一切そのことに関係していないという明白な証拠を積み重ねてゆく。以後の三九郎の行動を簡単に要約すればそういうことになる。つまり自分一人が腹を切ればすむ、という状態を常時、意識的に作ってゆくのだ。それも長安の眼をかすめながらやらなければならない。至難の業といえる。その至難の業をやりとげることが、三九郎の忠輝への忠誠であり、愛であったといえる。

事実、三九郎は義弟（妻の弟）である忠輝を個人としても愛していた。父家康に排除され甚だしい差別を受けた『鬼っ子』への不愍《ふびん》が、いつか愛情に変ったのだ。だがそれだけでは、これほどまでの忠誠の理由にはならない。

三九郎は忠輝の血に希《ねが》いをかけていたのである。忠輝の血とはお茶阿の方の血だった。つまり『道々の者』或《あるい》は『公界往来人《くがい》』と呼ばれ、『主を持たじ持たじ』の独立心を強固に維持し、戦国の騒乱の只中で、『敵味方の沙汰《さた》に及ばぬ』といわれた中立公平な自由往来人の血である。

お茶阿の方の生家は鋳物師《いもじ》であるが、この職業は一時代前までは天下を自由に漂泊する職人、即《すなわ》ち『公界往来人』の一人だった。三九郎もまた本来、芸能者として天下を流浪《るろう》した『公界人』猿楽師の一人だ。いわば同じ自由人の血が流れている。

その自由人の血は忠輝にも流れている筈《はず》だった。三九郎はその血を守ることに生命を賭《か》けたといっていい。家の子郎党を成立の基盤とする武士社会は、当然厳然たる身分制の社会である。その中に生きる自由人はやがて圧殺されることになろう。家康の部下になってみて、三九郎はそのことを痛感するようになった。自由人にとっては息も塞がる思いのこの身分制社会に風穴をあけてくれる人物として、三九郎は忠輝に希《のぞ》みをかけたのである。

だが忠輝が真の『自由の保護者』になるためには、何よりも力を持つことが必要である。武士身分社会に抵抗する者をその傘下《さんか》にかかえこんで平然としている懐《ふとこ》ろの広さ（つまり裕福さ）と同時に、幕閣の圧力をはね返せるだけの実力が必要だった。それには川中島十二万石では小さすぎる。まして旧長沢松平家の家臣団だけでは、戦闘集団としても弱小すぎる。なんとかして幕閣でさえ、武力で攻撃することを躊《ため》らうような強力な戦闘集団を作りあげねばならぬ。それが花井三九郎の悲願だった。

そこに大久保長安の、いわば乗ずる隙《すき》があった。正確にいえば隙に乗じたとはいえまい。実のところ長安の思いは三九郎と全く同じだったからである。

大久保長安の父大蔵太夫七郎は、観世流の世阿弥《ぜあみ》元清の女婿《じょせい》となり、その芸を伝えたといわれる高名な金春《こんぱる》七郎禅竹《ぜんちく》の孫である。父の代に金春流から分れて播州《ばんしゅう》大蔵

（現兵庫県明石市大蔵町）に仕み、大蔵流を名乗り苗字《みょうじ》も大蔵と改めた。

本来金春一族は秦氏《はた》を名乗っている。禅竹も秦氏信であり、長安の父七郎は秦信安、長安自身も秦長安が本姓だ。秦氏は帰化人である。中国からといい、朝鮮からといい、伝承は様々だが、要するに大陸からの帰化人が、所々流転の後、近畿地方一帯に定着するようになったものだ。

これらの帰化人の裔《すえ》は本来『道々の者』であり『公界往来人』である。大蔵太夫七郎が甲斐まで流れて来たのもそのためだ。

大蔵太夫七郎が子供二人を武士にした理由は何だったのだろうか。残された記録は一切なく、今となっては推量するしかないが、七郎の心願は子の長安にそのまま伝えられたと考えていいのではないか。

七郎が仕えた当時の武田信玄は、越後の上杉謙信と並んで、日本でも最強の武将だった。北条早雲も、それより後の織田信長も、比較にならない強さを持っていた。この二人の武将の領国がもっと京都に近かったら、天下の権は確実にこの両者のどちらかの手に帰していた筈である。

織田信長が生涯この両者の動きを警戒し、恐れたことは、歴史の上で明かである。

七郎はその信玄の最盛期に甲斐に来た。代々の『公界往来人』として、信玄についての諸国の武将の評価を知悉《ちしつ》している。この君こそ天下を取る君だと信じたとしても無理ではあるまい。

そして信玄が天下を取った時、自分に果して何が出来るか。長い放浪の間に七郎が見たものは、自分と同じ『公界往来人』である職人衆、船頭衆の崩壊であり、自由を奪われてゆく姿だった。

戦国期の武将たちにとって、これら『公界往来人』又は『道々の者』くらい始末に負えぬ者はなかった。彼等にとって領国の国境いは重要である。生命を賭けて奪いとったものだからだ。その国境いをこれら『公界往来人』たちは軽々と越えてゆく。『諸国往反勝手』のあかしと伝統を持っているからである。彼等から税金をとり立てることも出来ない。それだけならまだしも、大事な年貢《ねんぐ》の対象である農民まで、ともすると彼等を真似て『逃散《ちょうさん》』つまり村をあげて国境いを越え他国に逃れるという非常手段をとる。それに武器製造その他に職人は絶対必要であり、何としても確保しておかなければならない。

武将たちがその城下町にひとしく職人町を作ったのはそのためであり、『公界往来人』たる職人を一ヵ所に定住させ、束縛するためであった。

同じ『公界往来人』として、そうした形で拘束され、自由を奪われた職人たちの姿を見すごすことが大蔵太夫七郎には出来なかったのではないか。だが一介の猿楽師では、いかに主君が天下をとったところで、彼等の身の上を救う力はない。その力を持つには武士になるしかない。それが七郎の本心だったのではなかろうか。

このため七郎は芸の伝承を諦《あきら》めてまで二人の子を揃《そろ》って武士にしたのではないか。兄の新蔵信重の方は武田二十四将の一人、土屋右衛門尉《じょう》昌次の与力、つまり戦闘員に仕立て、弟の長安の方は蔵前衆といわれる役人にしたという点にも、父七郎の深い思惑が秘められていたように思われる。

思いもかけぬ武田家の没落によって、いくさ人だった新蔵は壮烈な戦死をとげたが、弟の方はしぶとく生き残り、天下人家康に仕え次第に重用されて遂《つい》に『天下の惣《そう》代官』（『岐岨《きそ》風土記』）と呼ばれるに至った。自分の知行《ちぎょう》は僅《わず》かだが、そのとりしきる天領は百六十万石とも二百万石ともいう。石見銀山に次いで佐渡金山の奉行となり、双方の鉱山から途方もない産出量をしぼり出している。当然自分が蓄積した金銀も莫大な筈だった。

長安がはっきりと父大蔵太夫七郎の遺志を継ごうと決心した時期がいつ頃なのかは正確には分らない。だが慶長三年八月の太閤秀吉の死以降であることは確かである。一つには秀吉の生前に家康が天下を取る予測をするのは困難だったし、いま一つにはキリシタン・バテレンたちの力が秀吉のバテレン追放令によってどん底まで沈んでいたからである。

　秀吉の死を知ったバテレンたちは、早速これを祖国であるポルトガル乃至《ないし》スペインに報告したが、その中に次のような言葉がある。『冬の厳しい寒さで萎縮《いしゅく》し、まさに枯死しようとしていた野原に、突然夏が来て、花が咲き出したかのようだ。永年、暴君（秀吉のこと）の迫害に苦しみ萎縮しきっていたこの新しいキリスト教徒たち（日本人キリシタン）にとって、彼の死は喜ばしい夏の訪れであり、暴君を恐れて、胸中に望みを秘めていた多くの諸侯・諸士は、それを表明し始めた』。

　主としてポルトガル人宣教師から成るイエズス会も、スペイン人宣教師から成るフランシスコ会の托鉢《たくはつ》修道会も、新しい布教の希望に燃えたことは確かである。彼等の喜び方が余りに露骨だったので、キリシタン大名たちはバテレンたちに、太閤の死を喜ぶような態度はつつしむべきだと注意したと、イエズス会の東インド巡察師であるヴァリニャーノはその報告書の中で書いている。

　だがバテレンたちのそれほどの歓喜にもかかわらず、彼等を支え援助してくれるような有力なキリシタン大名は既にいなかった。ましてキリシタン大名が秀吉に替って天下をとることなど、考えられもしなかった。

大友宗麟の嗣子《しし》義統《よしむね》も、長崎奉行寺沢広高も既に棄教していたし、大村純忠の嗣子喜前《よしさき》もこれから八年後に棄教することになる。黒田如水もこの時期には熱心なキリシタンではなくなっていた。典型的なキリシタン大名だった高山右近は、既に加賀前田家に預りの身で何の力も持っていない。唯一《ゆいいつ》キリシタンの教えを守っていた大大名は小西行長ぐらいだろうか。

イエズス会のグスマンの著書によれば、この時期バテレンが期待をかけていたのは、織田信長の孫に当たる岐阜城主秀信だったという。この秀信は慶長五年、家康の会津征討に従軍するように命じられながら、行列を華々しく見せることに凝ったあまり準備に手間どり、出発の期日に遅れてしまった、という人物である。そのために石田三成に誘われ関ヶ原合戦では西軍に属し、緒戦で福島正則らの率いる三万余の軍勢に攻められ、あっという間に城を落され、降服して高野山に入り命を断った。武将としてとてもひとかどの男とはいえなかったし、まして天下人になれる人材ではなかった。そんな男に大きな期待をかけざるをえなかったところに、当時のバテレンの悲劇があった。

『有力な領主にしてキリシタンである者は誰もいない』

と家康が天下を取った後でバテレンは祖国に報告しているが、正にこれが真相だったのである。彼等が唯一頼りに出来た小西行長は、関ヶ原で敗れ処刑されてしまったからだ。

一方、丁度関ヶ原合戦の始る慶長五年、オランダ船『リーフデ号』が豊後の佐志生《さしぶ》に漂着した。当時豊臣家の大老だった徳川家康は、早速その乗組員たちを大坂に送らせ面会した。

オランダはスペイン領ネーデルランドの北部七州が独立を宣言して新たに出来た国であり、カトリックに敵対するプロテスタント教国である。スペインは勿論《もちろん》のことポルトガルもオランダとは敵対関係にある。何よりもプロテスタントであることが許せないのである。

だからオランダ船漂着の報《しら》せは、スペイン・ポルトガルのバテレンにとって大きな衝撃だった。キリシタンについてどんな具合の悪いことをいわれるか分らなかったからだ。イエズス会のバテレンたちは懸命になって、オランダという国は海賊の国であり、海賊に入国を許しては海外貿易は破綻《はたん》すると日本人をおどして回ったが、この運動は全く逆効果になり、家康はリーフデ号の乗組員の一人であるイギリス人ウイリアム・アダムスと深い親交を結ぶに至った。神について語らず、科学と数学と技術のみを語るアダムスの冷静な人柄が、家康の心に深い信頼を呼び覚したためだ。

家康には勿論キリシタンへの信仰はない。だが秀吉の死と同時に天正のバテレン追放令を緩和したのは確かである。特に彼が天下を取った慶長五年から十一年までは、キリシタンの最盛期とさえいえる。局地的な迫害はあったが全般的には平穏な日々だった。毎年本国に送られるイエズス会の日本年報には、この間、判で押したように、

『本年は平穏であった』

と書かれている。

慶長十二年、日本イエズス会管区長フランチェスコ・パシオは、長崎から遠く駿府、江戸まで出かけて家康と秀忠に謁見《えっけん》を許されている。従来の日本では考えられぬ自由だった。

家康の願いは海外との貿易と技術の導入にあった。ウイリアム・アダムスは南蛮技術の高度さをはっきり家康に教えてくれた。宗教を押しつけることしかせず、こちらの要求する貿易と技術の派遣については一向に積極的な姿勢を示さぬバテレンとスペイン・ポルトガルに対して、家康が漸《ようや》く立腹しはじめたのは無理からぬことだった。

一方、スペイン・ポルトガル両国にとっては、日本が東南アジアの貿易に参加してくることは望ましいことではない。それでなくてもオランダとイギリスの攻勢によっ

て、この地区の貿易は大打撃を受けているのである。しかも日本の武力をもってすれば、スペイン領フィリピンやポルトガル領マカオを攻撃し奪取することも充分可能であろう。その恐怖が両国の態度を曖昧《あいまい》にさせた。これもまた両国の立場を考えれば無理とはいえない。

この家康とスペイン・ポルトガル両国の利害の不一致を、一番身近かに感じていたのは日本にいるバテレンたちだった。彼等はこの不一致がやがて自分たちの布教活動に大きく影響して来ることを予感し恐れた。

バテレンたちにとっては、国が一つの政権によって統一され治安が保たれている時よりも、いくつかに分裂し乱れに乱れている時の方が布教に便利である。十六世紀メキシコにいたイエズス会のホセ・デ・アコスタは、

『最初のスペイン人がアステカ帝国に来た時、インディオ自身が徒党に分かれ、大きく分裂していたために、彼等の中に援助者を見いだしたことも主なる神の大いなる摂理であった』

と書いているし、中国通のバテレン、サンチェスは、

『中国で謀反《むほん》が多くなればなるほど、我々にとって大きな利点となる』

と書く。日本についても考え方は同じだった。現在の状況を変えるには、天下の主

（将軍）の考えが変るか、奇蹟《きせき》が起るか、さもなければ、『国内の戦乱によって、諸地方の状勢が変化し、日本が多くの国々に分裂すること』が望ましいとイエズス会管区長マテウス・デ・コウロスは元和七年三月十五日付イエズス会総長あての報告書の中で書いている。

九州に始り、主として関西にその勢力圏を拡めたイエズス会に対して、かなり遅れて来日したフランシスコ派の托鉢修道会は、その遅れをとり戻すために、主として関東、特に江戸の布教に力を注いだ。そしてイエズス会がイタリア人とポルトガル人のパードレを中心としたのに対して、托鉢修道会の中心はスペイン人だった。

スペイン人が異常に誇り高く、天性征服的であり、宣教師でさえ武力による征服を口走る傾向が強かったことは、先に引用した日本イエズス会管区長マテウス・デ・コウロスがイエズス会総長にあてた報告書の中で、スペイン人パードレの日本退去を命じて欲しいと要請していることで明かである。

大久保長安がひそかに接触を求めた相手は、実にこの江戸に来ていた托鉢修道会のスペイン人パードレたちだった。当時、彼らの伝道所は浅草の近くにあったと思われる。医師を兼ねたパードレも居り、診療所を開いて貧しい人々の病気治療に当っていたようだ。宣教師たちの常套《じょうとう》手段である。

このパードレの中に新来のフライ・ルイス・ソテーロというとびぬけた才能の持ち主がいた。慶長八年に来日すると、またたく間に難かしい日本語を修得し、事実上日本に於ける托鉢修道会を代表して活躍するようになった。他に地位が上のパードレはいても、結局はソテーロの通訳によらなければ日本人と話をすることが出来ない。そして双方の話をどのようにひん曲げようと、それはソテーロの自由だったのである。

ソテーロの人物について日本の歴史家たちの意見はまちまちであるが、これを綜合《そうごう》するとおおむねこの卓抜な人物のイメージが浮び上って来ると思う。

ソテーロを『半狂僧』とも『空想と事実との分別を失った者』とも呼んだのは姉崎正治博士である。

『僧侶《そうりょ》にしておくのは惜しいほどの策略家』

と書かれたのは幸田成友博士だ。

また浦川和三郎司教は、

『極度に熱情性の人で、この性の人になると、自分の夢想したことをも直ちに事実として物語る傾向がなきにしも限らない』

と記していられる。

ソテーロは後に寛永元年七月、仲間たちと共に大村湾に沿った刑場で焚殺《ふんさつ》の刑に処されて殉教し、聖人の列につらなっている。

その俊秀のソテーロが、宗門のために最も大きな期待をかけたのが、ほかならぬ大久保長安だった。俊秀は俊秀を知る。野心家は野心家を知る。齢《とし》こそ違ったが、ソテーロは長安の、そして長安もソテーロの途方もない野望を感じとったのである。二人はそれぞれ相手の野望と地位を利用しようとした。それがやがて忠輝の人生に大きなひずみを起こさせることになった。


「明年はいよいよ伊達家との御縁組でございます」

三九郎がいった。これはなんと七年前の慶長三年に調《ととの》っていた伊達政宗の長女五郎八《いろは》姫との婚儀である。正式の婚約は翌慶長四年正月、今井宗薫《そうくん》の媒酌によって成立した。大大名相互の婚姻は勢力の拡大化につながるので、必ず五大老・五奉行の評議の上にするという秀吉の遺命に背いた婚約だったため、石田三成は宗薫を捕えたという、いわくつきのものであった。そのためもあって、こんなに遅れたのである。

奥州随一の大大名伊達政宗の婿《むこ》になることは、忠輝にとって百万の味方を得るに等しい。そしてそれは大久保長安にとっても同様だった。

「まことに目出度い限りですな。できれば引出物をお贈りしたいが、まだちと時機が熟さぬ」

長安は心から残念そうにいった。

「引出物はどちらでしょう」

「越後福嶋七十万石」

「ええッ」

三九郎はのけぞるほどの驚きを示した。越後福嶋は確かに現在の忠輝の所領と隣接してはいるが、堀越後守忠俊の所領である。その石高は一般に七十万石というが、他に六十万石、五十五万石、四十五万石、三十二万石、三十万石の諸説がある。

「しかし越後守さまが……」

三九郎が当然の疑問を口にすると、長安は薄く笑った。

「二代様は大名廃絶がお好きでな」

これは嘘《うそ》ではない。秀忠の時代にとりつぶされた大名の数は、家康時代を上回る。だが今長安のいった意味は違う。秀忠の名にかこつけて、自分が手を加えれば大名の改易などぞうさもないといっているのである。

三九郎は今更ながら慄然《りつぜん》とした。それが表情に現れたのだろう。長安はからかうようにいった。「これくらいのことで驚いては困りますな。われらの仕事はもちっと大きゅうござる」

その眼は少しも笑ってはいない。氷のように冷たく、厳しかった。

同じ頃、雨宮次郎右衛門は相も変らず才兵衛と共に、伏見の町に入ろうとしていた。忠輝の成長に伴い、川中島の所領を漸く長沢松平の家臣たちが直接統治することになり、今迄《まで》代行していた長安直属の代官手代たちが引きあげることになった。その報告を長安にするため、一つは大和の代官所が新しい職場になる旨《むね》の内示があったことを確認するための旅だった。

「若」

才兵衛が突然、次郎右衛門の袖を引いた。町はずれの野っ原だった。明らかに傀儡《くぐ》つ子と分る一団が車座になって賑《にぎ》やかに食事している。その中になんと忠輝の姿があった。

「あれがあの鬼っ子さまか」

次郎右衛門は深い感慨を籠《こ》めていった。

『鬼っ子』忠輝に昔日《せきじつ》の野性児の俤《おもかげ》はない。今そこにいる忠輝は、匂《にお》うように雅《みやび》な、しかも凜《りん》とした若殿である。そのくせ傀儡子一族の男女の中にまじってなんの違和感もない。生まれつきの傀儡子のように、伸び伸びと自然《じねん》である。傀儡子女の色っぽい冗談に大口を開けて笑い、旺盛《おうせい》な食欲を見せて、鍋《なべ》の中のごった煮をむさぼり食っている。時には手づかみの乱暴さだが、それが少しも不作法に見えないところが不思議だった。

次郎右衛門も才兵衛もほとんど恍惚《こうこつ》としてその忠輝の食べっぷりを見つめていた。傀儡子の一人が何かいい、忠輝がこちらを見た。見る見るその顔に喜色が浮んだ。はね起きるなり猛然と走って来た。

「次郎右衛門！　才兵衛！」

ほとんど抱きつかんばかりに近よって、二人の肩を叩《たた》いた。

次郎右衛門は顔をしかめた。骨にひびくばかりの打撃である。えらい力だった。ちっとも変らないいな。相変らず諸国を歩き回っているのかね。まだ強いかい（これは才兵衛にいった言葉だ）、など、立て続けに喋《しゃべ》りまくりながら、忠輝は二人の回りをぐるぐる回った。嬉《うれ》しさが全身から溢《あふ》れ出ていた。

次郎右衛門も才兵衛も意外の思いに茫然《ぼうぜん》としている。二人は忠輝のために随分つくしてはいるが、すべて陰働《かげばたら》きである。忠輝が知っているわけがない。二人の間で忠輝の話は頻繁に出るが、それも本人の知ったことではない。だから忠輝がこの二人を見るのはなんと栃木城以来初めてなのである。八年の星霜がその間に流れている。それなのにこの喜びようはどうだ。次郎右衛門は胸の奥がじーんと熱くなって物がいえなかった。才兵衛など大粒の涙をぽろぽろ流している。

「めしをくってゆけ。うまいんだぜ」

忠輝は二人の手を引っぱって鍋の前に座らせた。傀儡子たちも温かく二人を迎えた。忠輝の知己というだけで仲間と認めてくれたようだった。

〈なんという人なつこさだ〉

一片の警戒心もなく一片の差別感もない。気にいれば即仲間なのだ。いや、身内といった方がいいかもしれない。だから八年会わなくてもこれほど簡単に仲間づき合いが出来るのであろう。

ごった煮はうまかった。何が入っているか知らないが、微妙な味わいと香料の薫りで口に入れると陶然となる。酒もうまかった。

結局次郎右衛門主従は、日の暮れるまでこの一座とつき合うことになった。最後には忠輝が立って女たちと共に踊った。内心の喜びを爆発させるような激しい踊りだった。

忠輝の宿舎は伏見城である。次郎右衛門たちはお頭《かしら》大久保長安の泊っている寺にゆかねばならない。

「朝ゆけばいいじゃないか。今夜は城に泊れ」

忠輝はそういい張ってきかない。

「それとも此処《ここ》でごろ寝するか」

薪火《まきび》を囲んで皆が身を寄せ合うようにして眠るのだという。

「城なんかよりよっぽど気持がいい」

忠輝が本気でそういった。まさか川中島十二万石の大名にそんなことが出来るわけがない、と次郎右衛門は思ったが、これはとんだ思い違いだった。忠輝の家臣たちはとっくにこの『鬼っ子』さまの奇行に慣れてしまって、一晩城を空けるくらいの事は日常茶飯事だと思っているという。

「うるさくいうのは三九郎だけさ」

今日はそのうるさい三九郎が出掛けたので、すかさず城を抜け出して来たのである。

「三九郎は長安さんの寺だよ」

忠輝は怪物大久保長安を長安さんと呼ぶ。江戸城へ戻って以来、それほど頻繁に長安は顔を出していた。

「花井さまがお頭に……」

「ここんとこしょっ中会っているな」

もっとも三九郎は忠輝に見破られているとは知らない。長安と会うには、いつも秘密めかして、供の者もつれずにそっと出てゆくという。

次郎右衛門は緊張した。川中島藩筆頭家老花井三九郎が、附《つけ》家老である長安に会う必要があることは理解出来る。だが秘密めかして供もつれずに行くというのは異常だった。

〈お頭と花井殿はつながっている〉

そうとしか考えられない。三九郎は自他ともに許す忠輝の忠臣である。常住坐臥《ざが》忠輝のことしか頭にないといっていい。己れの野望のために忠輝を自在に操ろうとしている長安にとって、こんな便利な人物はいない。三九郎が長安と同じ野望を抱いているとしたら、それを忠輝に納得させることは易々たる業である。

次郎右衛門は危険の大きさを悟った。さすがはお頭だ、と感心する一方で、

〈花井殿を落さねばならぬ〉

そう決意した。落すとは失脚させることだ。忠輝をお頭長安の野望に巻き込ませないためには、そうするしか仕方がない。

〈楽じゃないな〉

花井三九郎は忠輝の義兄に当る。お茶阿の方の信頼も厚い。それを失脚させるのは容易ではなかった。

「キリシタンともこのような仲間づき合いをなさっていられますか」

傀儡子たちを見回しながら、次郎右衛門はさりげなく訊いた。忠輝の人なつこさは、時に危険な面を持つ。

「キリシタン・バテレンは面白いよ。眼が青いし、言葉が変だ。だが鬼だというのは嘘だな」

忠輝は楽しそうにいった。

次郎右衛門は驚愕《きょうがく》した。お頭長安の事を運ぶ素早さに感嘆し、且《か》つ恐怖を感じた。

「バテレンにお会いになったんですか」

「去年から五、六度かな」

次郎右衛門は唸《うな》った。

「名前は？」

「ソテーロ。浅草の小屋に人を集めて説法をしている。巧《うま》く喋れないので、それだけで汗みずくさ。仲間が医者で病いを癒《なお》す。癩《らい》者にも親切だ。いい男たちだよ」

ソテーロは鷲鼻《わしばな》でスペイン人独特の堂々たる顔立ちだが、背は低く、小肥《こぶと》りである。

それが日本語が出て来ないのでつまったり焦《い》らだったりしながら、正に必死の形相で説教する姿は、真率さに溢れ、仲々の迫力だった。顎《あご》の先からぽとぽと汗をしたたらせながら、言葉の足りない分を身振りで補おうとして盛んに手を振り、真赧《まっか》に上気した顔を振る。その度に汗が周囲に飛び散るのである。説教壇の近くにいる信者は、その飛沫《ひまつ》を浴びることになる。一同辟易《へきえき》しながらも、その熱意に打たれるのだった。

ソテーロと同行したイルマンは医術を修め薬も豊富にたずさえて来ている。教会（といっても忠輝のいうように只《ただ》の小屋だが）の隣りに診療所を開き、無料で病人を診、投薬した。初めのうちは気味悪がって誰も近づかなかった。

一日ソテーロがそのイルマンをつれて早朝人足溜《だまり》へ出かけてゆき、顔色の悪い者、怪我《けが》をしていながらいい加減な処置しかしていない者を見つけ出しては、片っぱしからイルマンに手当させ、薬を与えさせた。手当を受けた人足はてき面によくなった。噂《うわさ》が噂を呼び、忽《たちま》ち診療所の前に長蛇の列が出来た。

イルマンはいやな顔一つ見せず、献身的に診療し治療し投薬した。ソテーロも説教の時以外は治療を手伝った。手当をしながら極力会話をする。決して説教はしなかった。底辺の人々の暮し向きについて質問を発するだけである。そうやって日本語に慣れ、日本人の生活習慣を身につけていった。このお陰でソテーロの日本語は急速の進歩を見せたが、様々な階層、様々の出身地の言葉が入り混り、当初は聞く者が吹き出すような極めて異様な日本語だった。

「手前の聞きますところによりますると、そげんべらぼーなこたァねぇ、阿呆《あほ》かいな、と申すことでござりまする」

というような調子なのである。忠輝はそれが面白くて、退屈すると出かけてゆく。ソテーロの珍無類の説教を聞き、ついでにイルマンに医術の手ほどきを受けている。この当時の武将にとって、医術は武芸同様、修得する必要のある技術の一つだったからだ。

現に父家康も医術にくわしく、薬はすべて自分で調製したものしか飲まなかった。これは一つには医者による暗殺を防ぐためである。諸大名間で、相手が病気と聞くと、見舞いがわりに高名な医者をさし向けるのが一つの習慣だったが、これを利用して毒殺された者の数も決して少なくはない。万事に細心で用心深い家康が、現代から見れば無茶とも思える病気対策をとったのも、無理からぬところがあったわけである。

家康は息子秀忠がさしむけた医者に対してさえ、診療を拒否している。実の子供といえども信用しない厳しさが、戦国の世を生き永らえるために必須《ひっす》の心構えだった。

忠輝にソテーロを引き合わせたのは、実のところ大久保長安だが、自分で直接引き合わすといった危険な方法はとっていない。長安はただそりげなくソテーロの話を忠輝に聞かせただけである。特にその珍妙な日本語について、例をあげながら語った。忠輝の好奇心さえかき立てれば、余計なことをしなくても、忠輝自身で会いにゆくことを熟知していたからである。そして事はもくろみ通りに運んだ。次郎右衛門は根ほり葉ほり問いつめることによって、事のいきさつのすべてを知った。いよいよ長安の巧妙さに舌を巻いた。

ソテーロは只の一度も忠輝をキリシタンにしようとはしていない。キリシタンの教えが唯一無二の真実だとも、仏法・神道の教義が神に背くものだともいっていない。ただそのおかしげな日本語を駆使して、キリシタンの教えを忠輝の意識の中に浸透させる作戦を選んだ。

長安もソテーロも、忠輝をいわゆるキリシタン大名に仕立てるつもりは毛頭なかった。秀吉のバテレン追放令以来キリシタン大名は香《かんば》しからざる存在と化している。棄教を命じられながら断乎《だんこ》としてこれを拒み、遂に領地を召し上げられて加賀前田藩にお預けの身となっている高山右近が、そのいい例である。

公然たるキリシタン大名は今やキリシタンにとって一文の得にもならない。それどころか却《かえ》って障碍《しょうがい》になる。奇妙で非情な論理であるが、長安とソテーロが透徹した現状分析の揚句引き出した結論はそうだった。自身がキリシタンである必要はない。ただキリシタンを理解し、その存在を許し守ってくれる寛容さがあればいい。それがとりあえず長安とソテーロの忠輝に期待したものだった。

その意味で彼等の意図は既に七割方成功しているといっていい。忠輝は少なくとも既にキリシタンの教えを理解していた。それがなんら国にとって危険なものでないことを充分に理解していた。当時の十四歳の少年で、それだけキリシタンに関する知識を持った者は、日本中を探してもそうそうはいない。まして徳川家康の御曹子《おんぞうし》の中には皆無だった。大久保長安の野望の第一歩は、成功裡《り》に終っていたといっていい。

「忠輝さまは……」

危く『鬼っ子さま』は、といいそうになって次郎右衛門は独りで苦笑した。

「アダムスという南蛮人に会ったことはおありですか」

これは勿論、家康の顧問になっているイギリス人ウイリアム・アダムスのことだ。

後に慶長十六年に家康に拝謁したオランダ使節の手記によれば、

『アダムス君はこの国の領主や王侯たちも到底うけないほどの寵遇《ちょうぐう》をこの主君（家康）からうけている。彼は、すこぶる元気で、また経験に富み、きわめて実直な男だからである。彼は屢々《しばしば》皇帝《エンプロル》と言葉を交えるし、またいつでもその前に近づくことが出来る。これほどの寵遇をうけている人は極く少ない……』

というほどのものだった。

アダムス自身の手記によれば、彼は家康に幾何学と数学を教えたらしい。駿府城或は江戸城の一室で、幾何学の図形を案じている六十代の家康を想像してみて欲しい。巷間《こうかん》伝えられる『狸親爺家康《たぬきおやじいえやす》』の思いもかけぬ側面が、鮮明に浮び上って来る筈である。六十歳を越して尚《なお》、見たことも聞いたこともない幾何学を学ばんとする人間が、現代においてさえどれだけいるか。貪欲《どんよく》ともいえる当代第一級の知識人家康の姿がそこにはある。

「見たことはある。いつも父上と一緒だから、話をしたことはないな」

「なんとかそのアダムス殿と話の出来るようになりませんか」

と忠輝は答えた。

「何故《なぜ》だ？」

「お役に立つと思います」

次郎右衛門は知っている限りのアダムスについての知識を披露した。

アダムスが水先案内ばかりでなく船長もつとめたことがある程の航海術の達者であること。天文学の造詣《ぞうけい》深く、砲術の心得もあり、造船技術にも詳しいこと。そして何よりも、ポルトガル・スペインのバテレンと同じキリシタンでありながら、異った教義を信じ（プロテスタントのことである）、しかも彼の方が公平寛大な物の観方《みかた》に徹していること。だからこそ家康の厚遇を得ているのだ、ということ。

語り進むにつれて、忠輝の目が輝いて来るのを次郎右衛門は感じた。ウイリアム・アダムスというイギリス人への忠輝の興味が、急速に高まった証拠である。

〈これでよし〉

次郎右衛門はそう思った。一度関心をかきたてられれば、忠輝が自分で道を開き、アダムスと話をする機会を摑《つか》むことは確実だった。次郎右衛門はお頭長安のやり口を真似《まね》たのである。

次郎右衛門の考え方は、毒をもって毒を制するということである。一旦《いったん》頭脳に吸収されてしまった知識を忘れろというのは無理な話だ。その知識に毒が含まれているのなら、それと同質の（つまり南蛮の）、だが相反する毒を持った知識を吸収させることでバランスをとり、より高度な知識へと昇華させるしかない。

次郎右衛門はそう信じた。忠輝が好きだという一念から出たものだが、次郎右衛門のこのやり方は教育者としても極めて妥当な、しかもすぐれた方法だったと思う。若者の頭脳は制限によって成熟はしない。より多くの知識の吸収によってのみ、次第に成熟してゆくのである。

この夜、次郎右衛門と忠輝は夜の明けるまで、焚火《たきび》のそばで語り明かした。次郎右衛門はお頭大久保長安の野望とその危険について一言も喋らなかった。花井三九郎についての危惧《きぐ》も同様である。正確にいって話す必要を認めなかった、といった方がいい。

話をかわすうちに次郎右衛門は、忠輝が人のいいなりに行動することの絶対にない少年であることを確信したからである。

うわべは穏かで嘗《かつ》ての異風をとどめぬ尋常な若殿ぶりになってはいたが、一皮下には今もって野性の血が脈々と流れている。いや、表面が尋常になった分、その血は余計に濃くなった観さえある。人は何とでもいえ。俺は俺の野性の眼で見、信じたようにしか行動しない。そういった激しさが感じとれた。

それに忠輝の眼は大人をしのぐ鋭さを持っていた。特に武士という偏《かたよ》った精神の持主には到底期待出来ぬ、ひろい視野を持っている。それは傀儡子一族や、江戸の底辺にある町民と親しく交わることによって培《つちか》われたものなのだろう。人間という奇妙な生き物についての深い洞察と寛容さがそこにはあった。それは家康自身は別としてその子息たち、結城秀康、秀忠、松平忠吉の三人の誰もが絶対に持っていない現実的な人間観を、この十四歳の少年が持っていることを証明するものだった。

次郎右衛門はその事実に驚愕し、同時に感動さえしていた。

次郎右衛門自身、並の武士ではない。戦闘集団の構成員ではなく、いわば裏方として、地方《じかた》役人一筋に生きて来ている。代官手代という役職は、農民、町人、鉱夫、各種職人など、多く庶民たちとの交流なしには成立たないものだ。様々な人間と膝《ひざ》つき合せて話し合うことで、次郎右衛門の人間観は並の武士とは根底的に違って来ている。

次郎右衛門にいわせれば、武士の人間観は偏っている。およそ現実的ではない。ある意味でいい気なものなのである。実のところ次郎右衛門は腹の底で、普通の武士を馬鹿にしていた。冗談じゃない。人間はそんな簡単なものじゃありませんよ。そういってやりたくなる場合が多いのである。それが忠輝だけは違っていた。

この十四歳の少年は、大人も顔負けの人間通だった。

あいつはこういう駄目なところはあるが、でも根は生真面目《きまじめ》な男なんだよ、とか、あの男は口では立派なことをいうが、することは下劣でいやな男なんだ、とかいう。これは傀儡子一族についての紹介の言葉だったが、同じ調子で秀忠や秀忠側近の家臣についても語るのである。

忠輝にとって傀儡子も幕閣のお偉ら方も同じなのだった。そして計る物差はただ一つ、人間として高貴であるか下劣であるか、ということである。そこに少年らしい潔癖さは認められるが、その判定に到るまでの観察の鋭さは瞠目《どうもく》に値いした。

次郎右衛門は安心したといっていい。いかに怪物大久保長安といえども、この少年に己れの意志に反した行動をさせることは出来まい、そう感じたからである。もっともそれだけですむ問題ではなかった。忠輝は一藩の藩主である。忠輝自身に何の落度がなくとも、藩の動きが幕閣の意向に反すれば、責任上当然罰を受けることになる。その意味で、花井三九郎の行動には常に注目していなければならぬ、と次郎右衛門は痛感した。

朝が来た。

別れを告げる前に、才兵衛が忠輝に無心があると、恥ずかしそうにいった。才兵衛は一晩中ほとんど口を利《き》いていない。忠輝と次郎右衛門の語らいを、黙々と聞いていただけである。それが初めて口を利いた。

「いいよ。何が欲しい？」

忠輝が無造作に訊《き》いた。

「立合いが所望でござる」

次郎右衛門は苦笑した。才兵衛はまだ栃木城での敗北が忘れられないでいるのだ。もう一度立ち合ってみなければ、納得がゆかないのだ。手練《てだ》れの忍びらしい執念が、そこには感じられた。

忠輝が莞爾《かんじ》と笑った。

「いいとも。俺もやってみたいと思ってた。あれから大分工夫したな」

才兵衛があれ以来更に術の研鑽《けんさん》を積んだことを、忠輝は見抜いている。これは並大抵のことではなかった。忍びとして一応術の完成を見た者が、中年に到《いた》って更に新たな術の完成を目指して修行するのは、現実的にいって、至難の業《わざ》である。それを才兵衛はやった。そのこと自体が、才兵衛がすぐれた忍びであることを証明していることになる。

忠輝と才兵衛の立合いは、近くの川原で行われた。傀儡子の全員が見物に来た。

夜はようやく明けて来たところである。川面が朱色に輝きはじめていた。

〈今日はいい天気になりそうだ〉

何故ともなく次郎右衛門はそう思った。久しぶりで気分が晴れ晴れとしていたためかもしれない。

忠輝と才兵衛は三間《げん》（約五・五メートル）の距離を置いて相対した。

忠輝は脇差《わきざし》を差しただけで、左手には奥山休賀斎形見の鉄扇を握っている。両手をだらりと下げ、何の構えもない。極めて自然な立ち姿である。

次郎右衛門は兵法者ではない。一通り剣を使うというくらいで、名人上手からは遠い腕である。そのほとんど素人《しろうと》に近い次郎右衛門が見てさえ、忠輝の姿は自然で余裕があった。優美とさえいえそうな姿なのである。しかも鋭い剣気がその姿をひどく危険なものにしている。触れれば即座に斬《き》られる。だが触れない限り、忠輝の方から斬ってくることはない。それが確かに感じられるような危険さだった。

これは明かに昔の忠輝の危険さではない。あのときの忠輝の強さは、意想外の、しかも凄《すさ》まじい速さを伴った先制攻撃に大きく依存している。剣でいうなら攻めの剣、新陰流にいう殺人刀《せつにんとう》だった。今の忠輝は受けの剣、同じ新陰流でいえば活人刀である。戦うもよし、戦わざるもよし。だが戦うとなれば相手に先に仕掛けさせ、その仕掛けに乗って斃《たお》す剣だ。

〈こりゃァ途方もない強さだ〉

次郎右衛門さえそれを実感した。自分ならこの姿だけで気押《けお》され、刀を抜くことも出来ないに違いない。そう思った。

才兵衛も当然それを感じている筈《はず》である。次第に顔色が蒼《あお》くなって来ている。向い合っているだけで、なんともいえぬ重圧をかけられているのである。

だが才兵衛は忍びである。忍びはどんな兵法の達人と闘う破目になっても、必ず生命を拾ってみせ、まかり間違えば相手を斃してみせるという、強烈な自負を持つ。だから一歩も退《ひ》かない。じりじりと間合をつめた。三間の間合が二間半になり、二間になった。

気付かないうちに忠輝も動いている。滑るようななにげなさであった。二間が一間半になった。

嘗ての才兵衛ならここで跳んでいる。ましらの才兵衛の仇名《あだな》通り、空中を高々と飛《ひ》翔《しょう》しながら、棒手裏剣と直刀の攻撃を敵の頭上から浴せかけるのが才兵衛の特技である。栃木城の闘いでは、才兵衛の跳んだ以上の高さを忠輝が跳び、意表をつかれた才兵衛が敗北した。だからこの闘いでは才兵衛は跳ぶまい、と次郎右衛門は思っていた。

果して才兵衛は逆に身をかがめて、低い位置から斜め上方に棒手裏剣をたて続けに投げた。上を打ち下を打ち中を打つ。一本ごとの高さに変化がある。これは忠輝の跳躍を封じたものだった。一種の弾幕を張ったわけだ。高低にわけて打たれた手裏剣をかわすことは危険である。打ち落すしかない。忠輝は左手の鉄扇で悉《ことごと》く打ち落した。

だが才兵衛はそれを読んでいる。そして驚くべき第二の攻めを用意していた。

才兵衛の左手が背後に廻った。後ろ腰に一見棒としか見えない物が差されてある。それを抜いた。かしゃっ、という音と共に刃が開いた。これは鎌《かま》だった。それも通常の鎌とは違って特殊な形状をしている。刃の部分が異様に広く大きい。

才兵衛は右手で棒手裏剣を投げ続けながら、左手でその異様な鎌を投げた。鎌は大きな抛物線《ほうぶつせん》を描いて飛んだ。

〈投げ損じた〉

次郎右衛門は一瞬そう思った。鎌は忠輝の脇を大きく迂回《うかい》するように飛んだからだ。

驚くべきことが起った。鎌が戻ってきたのである。忠輝の遥《はる》か背後まで飛びながら、そこで突如方向を変じ、正にまうしろから忠輝の背に向ったのである。

現代の人間ならこれがブーメランであることを知っている。だが当時の日本人にこの知識はない。才兵衛は全く独自の工夫でこのブーメランを作り出したのである。正に必殺の武器といってよかった。

〈やられる〉

次郎右衛門の血が凍った。

傀儡子たちも同じ思いだったのだろう。自然に叫んだ。

同時に更に棒手裏剣を放ちながら、才兵衛が跳んだ。昔より高い飛翔だった。忠輝がこれに対抗して跳べば、鎌はその腰か脚につき刺さる筈である。跳ばなければ、頭上からの才兵衛の攻撃は避けられない。

果して忠輝は跳んだ。だがその跳んだ方向が異様だった。高く後方に向って跳んだのである。しかも跳びながら足の爪先《つまさき》で飛来する鎌をつかんだ。忠輝は足を手と同様に動かすことが出来る。鎌の刃を足指で挟んでとめると、すぐその足を振って才兵衛めがけて鎌を放った。鎌は今度は下から上に向けて才兵衛を襲った。

才兵衛は慌《あわ》てた。彼は鎌の特性を知っている。上に飛んだ鎌は反転して頭上から降って来る。それもまっすぐ落ちて来るのではなく、まるで意志を持つかのように斜めに下降して来るのである。空中にいて一瞬の間にその鎌の角度を計算するのは難かしい。才兵衛は抜刀し頭上に構えた。

今や攻撃するどころの話ではなかった。飛来する自分の武器をはずすのが精一杯である。斜め右から下降して来た鎌を、刀で叩き落しながら、才兵衛の身体《からだ》もぶざまに落下した。

地べたに身体を叩きつけながら、さすがに反動を利用して立った才兵衛の目の前に忠輝が立っていた。鼻と鼻をつき合わせんばかりの距離だ。この距離では才兵衛には何も出来ない。忠輝の鉄扇が才兵衛の腹にくいこんでいる。本来なら仕込んだ匕首《あいくち》がくいこんでいる筈だった。才兵衛の完敗である。

「参りました」

才兵衛が息をはずませながらいった。

忠輝の方は涼しい顔で笑っている。

「恐ろしい得物《えもの》を作ったなぁ。元に戻って来る鎌なんて初めて出会ったよ。さすが才兵衛だなぁ」

傀儡子たちが、やっと呪縛《じゅばく》から解かれたように一斉に手を叩き、忠輝を、そして才兵衛を讃《たた》えた。彼等は何人《なんぴと》の庇護《ひご》も受けることなく天下を流浪《るろう》して歩く漂泊集団である。屢々身を守るために闘わなければならない。半弓・吹矢・独特の短剣が彼等の武器であり、忍びに匹敵する足の早さと身軽さが、彼らの身上だった。だから彼らには才兵衛の攻撃の素晴しさがよく分るのである。忠輝の強さは既に充分に知っている。こちらの方は逆立ちしても及ぶところではないと諦《あきら》めている。だがその忠輝をおびやかした才兵衛の方は自分たちと同じ唯《ただ》の人である。だからこそ余計称賛の対象になるのだった。

長《おさ》らしい老人が忠輝に近づき、何かいった。忠輝は頷《うなず》き、才兵衛に長の言葉を伝えた。

「もし許して貰《もら》えるなら、その鎌をよく見せて欲しいと長がいっている。出来れば同じ物を作らせて欲しいそうだ」

「殿とこの連中とのかかわり合いはどれほどのものでございましょう」

才兵衛が尋ねた。当然である。自分の苦心して作り上げた新しい武器を、ゆきずりの者に見せてやる馬鹿はいない。

「身内同然」

驚くべきことを忠輝は平然といった。

「俺がゆくところはどこへでもついて来る。俺を守ってくれているのだよ」

次郎右衛門は驚愕したといっていい。職分柄、全国を旅している次郎右衛門は、傀儡子の何たるかを知っている。彼等は完全な自由の徒であり、絶対に主を持つことがない。この集団の諜報《ちょうほう》力と戦闘力は、忍者さえ戦いを避けるというほどの凄まじさを持っている。それが忠輝を守っているという。ありえない話だった。勿論《もちろん》主従の関係である筈がない。強いていえば、忠輝がいったように身内である場合だけであろう。

ともあれ傀儡子一族を護衛にしているとはこれほど頼もしく豪勢な話はない。目の前にいる集団の人数は少いが、この一族は全国に拡《ひろ》がっていて無類の結束力を誇っている。しかも彼等独特の連絡法によって、短時日の間に全傀儡子族と意志の疎通《そつう》が出来るという。

彼等は戦闘を好まず、表立って合戦に参加することはないが、織田・豊臣政権の頃の一向一揆《いっき》には一揆方として参戦したらしい。信長・秀吉を悩ませた一向一揆の果敢にして執拗《しつよう》な戦いぶりは歴史に明かである。その強さは決して本願寺法主《ほっす》の力だけではない。底辺でそれを支えた彼等自由の民の力が大きかったのである。

「喜んでお教え致す」

才兵衛が応《こた》え、早速長と共に一族の細工人らしい男に鎌の説明を始めた。

忠輝は楽しそうにそんな三人を見て微笑している。

次郎右衛門はふっと溜息《ためいき》を洩《も》らした。今更ながら忠輝の異能ぶりに感じ入ったのである。

〈このお方は大丈夫だ〉

そう思った。自分ごとき者が躍起《やっき》になって守ってやらなくても、その不思議な能力で次々と頼もしい味方を増やしていっているではないか。思いがけないことに、ちらりと嫉妬《しっと》の如《ごと》き感情さえ湧《わ》き上って来た。

〈だれもこの人を傷つけることは出来まい〉

そう思う一方で、何か正体の知れぬものが次郎右衛門に囁《ささや》く。

〈だから危いんだよ〉

そうなのだ。確かにだから危いのである。誰もが忠輝を好きで、誰もが忠輝を守ってくれるように見える。だがそのことは、それと同数或《あるい》はそれ以上の、忠輝を嫌い憎む人間の存在の証《あか》しでもある。世には、その人物が人に好かれるというだけで憎む者もいるのだ。そういう連中は、

〈寄ってたかって、このお方に罪をなすりつけようとする〉

次郎右衛門はそうした人間の汚なさと狡猾《こうかつ》さをいやというほど見て来ている。しかもその手の人間は位の高い者に多いのだ。

〈矢張《やは》り放って置くわけにはゆかない〉

次郎右衛門は改めて自分の責任を感じたといっていい。力で抑えることの出来ぬ人間の悪意について忠輝に教えることは無意味であろう。信じないにきまっているからだ。陰から忠輝を導いてその邪悪な意志から引離し、或は人知れずその意志をつぶしてゆくよりほかに道はないのである。

奇妙な話だった。次郎右衛門には本来そこまでやる義理も責任もないのである。だが何故かやらなければ気がすまない。そうさせる何かをこの少年は持っているのだった。

「奈良代官所にゆく必要はない。お主は暫《しばら》くわしの手許《もと》にいて貰うことにする」

お頭大久保長安からそういわれた時、一瞬、次郎右衛門は自分の気持を読まれたのかとぎょっとした。忠輝を守護するのにあんまり都合のいい立場でありすぎたからだ。だがそれは次郎右衛門の考えすぎだったようだ。長安はすぐ続けていったのである。

「いつ、どこででも使える切れ者が、今のわしには要る。お主ほどの者はほかには居らぬ。別して才兵衛つきとなると尚更だ」

確かに今の長安は忙しすぎた。鉱山《やま》関係だけでも佐渡のほかに伊豆の金山も開拓しなければならない。全国の代官領に目を光らせ、忠輝の藩の面倒を見、その上キリシタンとの内密の関係も深めねばならぬ。身体がいくつあっても足りなかった。

今度の次郎右衛門の地位は、いわば遊軍である。常時長安の手許に待機していて、必要があればすぐどこへでもとんでゆく。恐ろしく忙しい職務には違いないが、そのかわり長安の手の内をかなりの程度まで読み取ることが可能である。キリシタンとの交渉も腹心の諸大名との取引も、目にし耳にすることが出来る。次郎右衛門の胸は躍った。だがうわべはさりげなく、

「承知つかまつりました」

と頭を下げただけである。

「以後わしと行動を共にして貰おう。但《ただ》し目立ってはいかぬ。とりあえずこの寺の近くに宿をとっておいた。別命があるまでそこでぶらぶらしていたらいい。今のうちに骨やすめをしておくことだ。動き出すと又忙しくなる」

自分からの命令は必ずひょっとこ斎を通じて行なう。ひょっとこ斎以外の人間の指示は一応疑って必ず自分の確認をとるように。長安はそういって次郎右衛門を下らせた。

廊下に出た次郎右衛門はどきっとして足をとめた。

ひょっとこ斎と才兵衛が、廊下の手前と向う側に分れて坐《すわ》りこんでいる。それぞれ長安と次郎右衛門の護衛なのだから、二人揃《そろ》って廊下に坐っていることに別に不審はない。だが黙りこくって目ばかり光らせている二人の様子が異常だった。

二人とも全身の力を抜いて、一見だらしのないような楽な姿勢をとっている。何も知らない者が見たら、二人とも護衛としてはだらけすぎているように感じたろう。だが実はこの虚脱したような状態こそ、術者にとっては最も緊張した時であることを次郎右衛門は知っている。緊張しているからこそ、故意に力を抜いているのだ。これは次に来る極度の緊張、つまり闘いへの予備行動なのである。嵐《あらし》の前の静けさというのに似ていた。その証拠に、廊下にはぴりぴりするような殺気が充満している。その凄まじい殺気がまず次郎右衛門の足をとめさせたのである。

「行くぞ、才兵衛」

次郎右衛門は出来るだけさりげなく声をかけた。緊張が弛《ゆる》み、殺気が一瞬に消えた。

才兵衛とひょっとこ斎はほとんど同時に立った。

「宿に御案内つかまつる」

ひょっとこ斎が慇懃《いんぎん》にそういったが、一向に歩き出さない。才兵衛が先に動くのを待っているのだ。才兵衛も動かない。

「お手間をかけます」

次郎右衛門はそういいながら、わざと才兵衛とひょっとこ斎の間に入った。これで才兵衛は背後から襲われる不安がなくなったわけである。初めて歩き出した。その後を次郎右衛門が。案内する筈のひょっとこ斎は最後尾にいた。

〈どうやって案内する気だ〉

ひょっとこ斎の警戒ぶりに感心しながらも次郎右衛門はちらりとそう思い、何故か笑いたくなった。

才兵衛もひょっとこ斎もここまで警戒し合う必要はないのである。お互いに相手の力量を感じとった揚句の始末なのだろうが、何もそうまでする必要があるのか、と思う。術者同士の意地の張り合いのようなものか。

その瞬間、次郎右衛門はあっとなった。

ひょっとこ斎の姿が突如として廊下から消えたのである。庭に跳んだのだと気付くまでに、少々の間が必要だった。

才兵衛の動きも見事といえた。咄嗟《とっさ》に膝をつくなりくるりと振り返り、その時にはもう右手に棒手裏剣を握り、左手は後ろ腰に差した鎌の柄にかかっていた。しかも眼はぴたりと庭に立ったひょっとこ斎にそそがれている。

ひょっとこ斎の身体から不意に緊張が去った。照れたようにつるりと顔をなでていった。

「やめようや。敵というわけじゃない」

才兵衛も苦笑して棒手裏剣を帯に戻した。

「それもそうだな」

「山門でお待ち致す」

ひょっとこ斎は次郎右衛門に声を掛けると飄々《ひょうひょう》と去った。

「驚いたな。ちゃんと草履《ぞうり》をはいていたよ」

次郎右衛門がいうと、

「忍びの心得です」

才兵衛は自分も懐《ふとこ》ろから草履を出して見せた。なんとも用意周到なことで、次郎右衛門はぎゃふんとなった。

「あの男、稀代《きたい》の剣士との評判だが……」

「忍びです。恐らくは伊賀」

前にも書いたが伊賀は柳生に近い。だから伊賀忍びには柳生新陰流を勉《まな》ぶ者が多かった。

「柳生新陰流か」

「普通の新陰流ではないでしょう。あの身体を活《い》かした、途轍《とてつ》もない難剣かと思われます」

ひょっとこ斎は侏儒《こびと》である。小児並みの背丈の者に脚を狙《ねら》われたら、通常の背丈の剣士は防ぐのに苦労しなければならない。後年柳剛流という特に脚打ちを狙う流儀が生まれて、難剣として多くの剣士に嫌われたことは有名である。

「石舟斎殿があの者の師ではないか」

もしそうだとしたら、長安がキリシタンであることを石舟斎が知っていても少しも不思議ではない。一方長安はとんでもない諜者《ちょうじゃ》を身内に抱えていることになる。

「調べて見ましょう」

才兵衛が平然といった。余程ひょっとこ斎に敵意を抱いたらしい。

「気をつけろ。才兵衛が斬られては困る」

「難剣は研究されると逆に弱味になります」

これは真実である。異風のものは虚をつく時だけが恐ろしい。


慶長十一年十二月二十四日、忠輝は妻を娶《めと》った。忠輝、この年十五歳。新婦である五郎八《いろは》姫、十三歳。

五郎八姫は伊達政宗とその正室愛《めご》姫の間にもうけられた第一子だった。政宗には当時既に側室の飯坂氏との間に男の子一人がいた。幼名兵五郎、後に分家して宇和島藩十万石を得た伊達秀宗である。

愛姫は三春城主田村清顕《きよあき》の娘であり、史上に名高い征夷大将軍坂上田村麻呂の後裔《こうえい》である。名門中の名門といっていい。政宗は愛姫から伊達家の後継ぎとしての男の子の出産をよほど強く期待していたのではないか。それが女の子だったという失望と、この次は是非男を生んで欲しいという熱望が、生れた姫の命名に露骨に表われているように思う。五郎八という漢字は明らかに男のものだからだ。

伊達藩の正史である『伊達治家記録』も文禄三年六月の項にはっきりと次のように書く。

『御男子ノ称ヲ以《もっ》テ名付ケ玉ヘルハ、此《この》御方（愛姫のこと）ノ御腹ニ、嗣君《しくん》誕生シ玉ハン事ヲ預《あらかじ》メ祝シ玉フト云々《うんぬん》』

五郎八姫が生れたのは京都の聚楽《じゅらく》屋敷だった。関白豊臣秀吉の、

『女中衆三年間可有在京《ざいきょうあるべし》』

という人質政策によって、愛姫は天正十八年の秋以来この地に住んでいたからである。

以後の五郎八姫は、まるで当時の大名の家族の典型のように住いを転々とする。秀吉が聚楽第を破壊して伏見に隠居城を造ると伏見に、秀吉が死んで大坂城にいた秀頼が後を継ぐと大坂へ、そして関ヶ原合戦に勝って天下を取った徳川家康が伏見に移ると再び伏見へ、更に慶長八年には江戸へと目まぐるしい程の移動ぶりである。

この大坂にいた当時の慶長四年一月に、五郎八姫と忠輝の婚約が調《ととの》えられている。忠輝八歳、五郎八姫六歳。これは徳川家康と伊達政宗の同盟を意味する。大名の私的

縁組と同盟を固く禁じた秀吉の文禄四年に出した『御掟《ごじょう》』への公然たる違反である。家康はこの時ほとんど同時に、己れの養女二人と福島正則の子正之、蜂須賀家政の子至鎮《よししげ》との同様の同盟的婚約を調えたのだから、大坂は正に騒然となった。秀吉なきあと、遺子秀頼を守り立てるべき五大老の筆頭家康が、自ら秀吉の掟《おきて》を破って見せたのだから、これは当然だった。監察の立場にいた五奉行、前田玄以・浅野長政・石田三成・増田《ました》長盛・長束《なつか》正家は、血相変えて追及に乗り出したが、家康は平然としていた。

〈やれるものならやってみろ〉

そういう姿勢なのである。まかり間違って戦いになっても一向に構わぬ。初手からそのつもりなのである。

これはいわば家康の秀頼方に対する戦争誘発だったともいえる。事がこじれる方が家康にとっては都合がいいのだ。こちらから戦さを仕掛けることは出来ない。幼い秀頼に無体に戦さを仕掛けたと思われては、天下大衆の反応がよくないのである。だが仕掛けられた戦さを買うことは出来る。そして戦さとなれば、家康の率いる三河戦闘集団は当時天下一の精強な軍団だった。

石田三成は、

『軍勢ヲ早速発スベシ』（『伊達治家記録』）

と強硬に家康を討つことを主張したが、増田長盛にとめられたという。戦闘経験の少ない官吏石田三成の計算の甘さと強気は、既にこの時から露呈していたというべきであろう。

とにかく、この問題は三中老の必死のとりなしで一応ことなきを得たが、忠輝と五郎八姫の結婚はその初めから波瀾《はらん》ぶくみだったといえる。

五郎八姫は婚儀を半年後に控えた六月、江戸の伊達屋敷から仙台に向った。他家の嫁になる前に一目領国の城下町を見て置きたいと望んだのではないか。或は政宗の親心だったのかもしれない。姫はこれまで一度も陸奥《むつ》に行ったことがなかったのである。

仙台では侍屋敷でも町家でも残らず灯籠《とうろう》を吊《つる》して姫を歓迎したという。

七月十五日の盂蘭盆《うらぼん》の夜、姫は青葉城本丸の眺瀛閣《ちょうえいかく》に登った。これは城の東の崖上《がけ》にせり出し、京都の清水寺のいわゆる『舞台』のように櫓《やぐら》を組んだ御懸《おかけ》造りの数寄屋《すきや》風の建物である。

崖のすぐ下には広瀬川が巡らされてある。そしてその向うに、夥《おびただ》しい灯籠に夜を彩《いろど》られた仙台の町並が拡がっていた。

この夢幻めいた夜景を見おろす十三歳の五郎八姫の胸中を、どのような思念が去来したかは今となっては知る由《よし》もない。だがそのどこかに夫となるべき忠輝のことがあったことは確かであろう。

「小侍従」

姫が背後にひっそりと立つ女を呼んだ。小侍従の局《つぼね》と呼ばれ、姫が生れると同時に付けられた、いわば保母である。元々は愛姫の父三春城主田村清顕が側室に生ませた大槻右衛門の娘で、愛姫が政宗に嫁いだ時、付人としてついて来た身だった。五郎八姫にとっては叔母のような存在で、いつでも打明けた話の出来るたった一人の女性だった。

「上総介さまは鬼子だったそうな。鬼子とは恐ろしげな顔をしているのでしょう」

「めっそうな。どなたがそのような恐ろしいことをお耳に入れました?」

「兄上」

これは二歳年長の秀宗のことだ。

「色あくまで黒く、目は逆しまに裂け、腕にはお魚の鱗《うろこ》がおありになるんですって」

「出鱈目《でたらめ》です。わたくしの伺ったところでは世にも涼やかな若殿ぶりでおわすとか」

「本当に?」

姫の言葉にすがるような思いが感じられる。おびえているのは明かだった。

「わたくしもこの目で見たわけではございませんが……」

小侍従は一応逃げ道を作った。本当に見ていないのだから仕方がない。

「でも何人ものお人から、そう伺っております」

「本当だといいけれど……」

心細そうに姫がいった。小侍従の胸にいじらしさがこみ上げて来る。大名の嫁入りとはなんとむごいものよ、と腹の底から思った。父親の都合で年端《としは》も行かぬ頃から婚約させられ、性格は疎《おろ》か顔形さえ知らぬ相手に嫁いで行くのである。時には同じ父親の都合で離婚させられ、また別人に嫁入りさせられることなどごく当然と思われた時代なのである。

「大丈夫でございますよ。姫の旦那《だんな》様におなりになるお方は、ご立派でやさしい殿御にきまっております。聖母マリアさまが必ず必ず姫を守って下さるに違いありませぬ。わたくしが毎日毎日お祈りしているのですもの」

小侍従が素早く十字を切った。

驚くべきことに、小侍従はキリシタンだったのである。これはソテーロの長い手が、忠輝と同時に五郎八姫にものばされていたということだ。もっともさすがにまだ姫自身には及んでいない。

ソテーロは先《ま》ず姫の側近から始めた。

五郎八姫の生涯の付人は、小侍従のほかにもう一人いた。橋本洞庵重豊という医師である。洞庵は父子二代の医師だ。父は京都で医家を開いていたが、縁あって愛姫の父田村清顕の病を癒《なお》したことがある。それがきっかけになって伊達家に仕えることになった。子の洞庵も医業を継ぎ、五郎八姫誕生と同時に付人となったのである。

その洞庵が一日、評判を聞いて浅草に近いフランシスコ会の診療所を訪れたことがある。

そこでは優れた医師であるブルギーリョス修道士のもとで、夥しい貧しい病者の診察と治療が行われていた。パードレ・ソテーロも例の珍妙な日本語を駆使して汗をぽとぽとたらしながら手伝っている。その献身ぶりもさることながら、ブルギーリョス修道士の適確な診察と見事な処置が、洞庵を感動させた。同じ医師としての自らの無力ぶりがしたたかに胸にこたえた。洞庵は医術修得のため手伝いをさせて欲しいとソテーロに申し込み許された。半年が過ぎ洞庵の医術は格段の進歩を見せた。そして彼はキリシタンになっていた。

小侍従の局は二年前のその当時三十九歳である。この頃の慣わしとして、殿様のお手がつきでもしない限り、お局は終生処女のままである。政宗は別段道心堅固な男ではないが、正妻の付人に手を出すほど意地汚なくはない。たかが女のことで妻と揉《も》めなくとも、他に処理しなければならぬ揉めごとは山ほどあった。

小侍従は心ばえこそ抜群だが、決して美女ではなかった。だから城中の武士の噂《うわさ》にのぼることもない。いわば忘れられた女である。誰よりも本人がそのことをよく知っていたし、それで別段不足もなかった。

だが女は愛する動物だという。いくら愛には無縁の女でも、誰かを愛さずにはいられないという意味だ。小侍従もその点は同じだった。消極的な女は必ず手近の男を愛の相手に選ぶ。小侍従は自分では意識しないままに洞庵を愛するようになった。洞庵は年下で堅物で妻子持ちだった。不義の相手に出来る男でもなければ、小侍従にもそんなつもりはかけらもない。だが五郎八姫同様、自分の愛の翼の下に抱えこんで、常時保護の手をさしのべられるように用意しているだけで満足だった。

愛する者の心の動きに敏感なのは女の常である。小侍従は忽《たちま》ち洞庵の入信に感づいた。じわじわと問いつめて、キリシタンになったと知った時は、のけぞるほど驚いた。だが信仰をくつがえすほどの力が、自分のどこを探してもないことを彼女は知っている。小侍従の出来ることはたった一つだった。自分もまたキリシタンになることだ。

それによって初めて、小侍従は洞庵と共に死ぬことが出来る。

それに『いえずす・きりしと』の花嫁という観念と、優しく悲しげな聖母マリアの御姿が彼女を魅了した。彼女が洞庵に続いて、洞庵以上に熱烈なキリシタンになるのに時間はかからなかった。

ソテーロは賢明にも小侍従にも洞庵にも決して姫に入信をすすめてはならぬと、厳しくいい渡した。伊達家の姫君が入信したということの衝撃度は、忠輝の妻が入信した衝撃度に較《くら》べて遥かに大きい。それは肝心の婚約さえこわす危険があった。婚儀がすむまでは、せいぜいキリシタンの教義に対して素直に受け入れられるようにしておくくらいが安全だった。

小侍従と洞庵は相談の結果、小侍従の入信のみ五郎八姫にしらせ、洞庵はキリシタンとは無縁の人間であり続けることにした。姫の教化という面で、洞庵より小侍従の方が遥かに適任だったからである。

そして二年。今や姫は小侍従から日夜姫のためにマリアさまに祈っていると告げられても少しも驚かなくなった。それだけでも当時の女性としては大変なことである。そればかりではない。姫は婚儀の日がクリスマス・イブであることも知っていた。

慶長十一年十二月二十四日、五郎八《いろは》姫を乗せた輿《こし》は江戸桜田の伊達藩上屋敷を出て、竜の口の川中島藩上屋敷へ向った。

御輿は政宗の片腕といわれた伊達安房成実《しげざね》が宰領し、御貝桶《かいおけ》を捧《ささ》げるのは伊達家の宿老原田甲斐宗資《むねすけ》、御太刀目録は今泉山城清信《きよのぶ》と佐藤勝左衛門重信、御輿副《ぞえ》は瀬上《せのうえ》丹後時綱《ときつな》と橋本大炊《おおい》（諱名《いみな》不明）と『伊達治家記録』にある。

貝桶とはこの頃の嫁入り道具の一つで、左右の貝がぴったり合うことから和合の象徴とされ、豪華な蒔絵《まきえ》のほどこされた六角形のもの二つだったようだ。三百六十個の貝が左貝と右貝に分けておさめられ、貝の一つ一つの内側に絵が描かれていたという。

これらの人々の中で瀬上丹後はそのまま忠輝の家臣になり、八百石を賜ったという。

婚礼の輿は両家の中間で、花嫁側から花婿《はなむこ》側に引き渡されるのが例である。この婚儀の場合はそれが細川家のあたりだったようだ。受け渡しもとどこおりなく終り、輿は無事松平屋敷に着いた。

五郎八姫は松平家の老女に手をとられて、婚礼の席に向いながら、ひどくもどかしい思いをしていた。花婿の顔が一目見たかったのである。花嫁は眼を自分の爪先に据え、終始伏目で進まねばならない。仮りにも眼を上げて花婿を盗み視《み》るなどと、はしたないことが出来るわけがない。

それでも姫は見たかった。ほかの場合とは違うのである。この花婿は或る者は『鬼子』といい、或る者は美丈夫という。外貌《がいぼう》一つとっても矛盾した人物なのだ。何といおうと自分の夫になる男である。化け物か、尋常の男か、それくらいは早く知りたいのが道理ではないか。これから先の自分の一生は、誰でもない、この男一人にかかっているのである。一目見たいのは当り前ではないか。

もう我慢出来なかった。

姫はちらっと眼だけ上げて、花婿の席に坐った人物を視た。

〈よかった！〉

小侍従のいった通りだった。花婿は化け物どころか、涼しく凜々《りり》しげな若者だった。確かに両眼は多少釣り上がっているようだが、それがかえって精悍《せいかん》さを強調しているかに見えた。

姫が素早く眼を伏せようとした時、忠輝がにこっと笑った。明らかに姫に笑いかけたのである。

〈気がつかれたんだ〉

身体じゅうがかっと熱くなった。

盗み視しているのに気づいたに違いなかった。それでなくて笑いかけてくるわけがない。

〈なんと思われただろう?〉

熱くなった身体が逆に冷たくなった。

〈はしたない女子だと思われたに相違ない〉

婚儀の席にもつかぬ前から、花婿を盗み視する花嫁など、下々は知らず、大名の娘にいるわけがなかった。

〈もう駄目!〉

泣きたくなった。これで何も彼《か》もおしまいかもしれなかった。花婿が席を蹴立《けた》てて引っこんでしまったら……。考えるだけで胸が苦しくなった。自害するしかない。この場を去らず、すぐ自害せねば……。

老女が手を下に引くようにした。いつの間にか席に着いていた。老女は坐れといっているのだと気がつくのに、一瞬の間があった。裾《すそ》をさばいて坐った。

いつ花婿が立つかと息をとめて思った。

だが忠輝に動く気配はない。

〈では許して下さったのだろうか〉

そういえば、あの笑いには蔑《さげす》みの気配はなかった。いたずらを見つけた時のような、温かな笑顔だった。

〈見ーつけた〉

なんだか子供のようにそういっているかのようだった。

姫はそろそろと、とめていた息を吐き出した。小侍従のいう通りだった。聖母マリアさまがわたしを守っていて下さった。

〈有難うございます、マリアさま。この御恩は決して忘れませぬ〉

泣けて来そうで困った。婚礼の席の涙は不吉であろう。

〈涙をとめて下さい、マリアさま。お願いします。お願いします。マリアさま〉

懸命に涙を耐えながら、姫は夢中で祈った。あとの儀式は姫にとってすべて夢の中で過ぎてゆくようだった。


忠輝の方はこの嫁とりについて何の感慨も持っていなかった。大人になるための、たかが一つの段階にすぎない。大体、八歳の時にきめられた花嫁などというものに、どんな意味があるというのか。

それは要するに、徳川家と伊達家が姻戚《いんせき》関係になり、軍事的に手を結んだというだけのことである。大久保長安も花井三九郎も、伊達家を後楯《うしろだて》に得るということにひどく重要な意味がありそうなことをしきりにいうが、忠輝は腹の底でせせら笑っていた。所詮《しょせん》人間は一人だという強固な認識が忠輝にはある。徳川家という後楯があってさえ、『鬼っ子』への蔑視《べっし》と恐怖を人々の言動から払拭《ふっしょく》することは出来なかったではないか。人が生き人が死ぬことに後楯もへったくれもないのである。だからこの婚儀に何の意味もありはしない。忠輝はそう信じていた。

花嫁姿の五郎八姫を見た瞬間、その認識が一変した。

忠輝は愕然《がくぜん》としたといっていい。

五郎八姫に正しく雪を見たのである。自分のために死んだあの傀儡子《くぐつ》の娘、お雪である。初めての契《ちぎ》りを交しながら、自分の胸の下でいつの間にか息を引きとっていたお雪。その俤《おもかげ》が何年たっても忠輝の胸から消えてはいなかった。

そのお雪がそこにいた。しかも美々しく花嫁衣装をつけて。

〈お雪！〉

忠輝は思わず叫びそうになった。

〈俺は夢を見ているのか〉

そう思った。

だが違う。お雪はいた。確かにこの座敷の中にいた。花嫁姿で老女に手をとられ、しずしずと進んで来る。

忠輝は目を凝らした。確かによく見れば、これはお雪ではない。お雪はその名が皮肉に感じられるほど、色が黒かった。この花嫁は抜けるような白さである。白粉《おしろい》のせいではなかった。ほとんど完全な素顔で、僅《わず》かに唇に紅をつけているだけだ。首筋も、僅かにのぞいた手も白い。そこがお雪とは違う。だがほかの点では、これは正しくお雪だった。

〈俺はどうかしている〉

幻覚を追い払うように忠輝は首を振った。

〈お雪はこの婚礼に反対なのか〉

怨霊《おんりょう》の仕業《しわざ》ではないかと一瞬思った。

正にその時である。姫が上目づかいに、ちらっと忠輝を見た。

〈あの眼！〉

それは間違いなくお雪の眼だった。本人は意識していまいが、ひどくいたずらっぽく、ひどく可愛《かわ》いかった。忠輝の身分に対する遠慮から、お雪はよくその眼を使った……。

忠輝は無意識ににこっと笑ってしまった。

それは絶対に五郎八姫に対する笑いではない。お雪に対する笑いだった。

〈またそんな眼をしてるな〉

そう叱《しか》るつもりが、余りの可愛いらしさについ崩れて、楽しげな笑いになってしまうのだった。

姫が眼を伏せた。ひどく心配そうな表情に変っている。そこがまたお雪だった。忠輝を怒らすようなことを言ったりしたりした後、これでもうおしまい、とでも思いこんだような不安な顔になるのだ。そんなことは何でもないんだよ、と納得させるのに、いつもひどく時間がかかった。

今もそうだった。式の間じゅう、不安の色が濃く浮んでいる。

〈花嫁がそんな悲しそうな顔をしてちゃまずいじゃないか〉

立っていってそういってやりたいほど、それは悲しくはかなげな姿だった。

やがて忠輝は我に返った。だが切ないような甘やかな心の動揺は去らない。

〈これはどういうことか〉

もう一度自問してみた。

決して自分の錯覚ではない。幻覚でもない。明かに五郎八姫はお雪に似ている。それは単なる偶然にすぎない。だが本当にそうなのだろうか。

忠輝はどうしてもそこに、お雪の意志が働いているような気がして仕方がない。

〈あたしよ、雪よ。この人は雪なの。だから安心して可愛がっていいわ〉

お雪はそう告げているのではないか。

〈お前はこの婚礼を祝ってくれているんだね〉

忠輝は胸の中のお雪に語りかけていた。

〈分ったよ。お前のかわりに俺の力の及ぶ限り、この娘を幸せにしてやろう。お前に約束するよ、お雪〉

お雪を愛撫《あいぶ》するように、自分の胸をそっと撫《な》でた。

〈よかった〉

お雪がそういってにっこり笑ったような気がした。

心なしかこのお雪の化身である花嫁の顔が明るくなったような気がした。

花嫁が懸命に聖母マリアに語りかけていたことなど忠輝は知らない。そしてそれが後の忠輝の生涯を大きく狂わすことになる。

十五歳の夫と十三歳の妻がすぐ夫婦の生活に入ると考えるのは誤りである。婚礼が行われ、正式に夫婦になっても、実質的に夫婦の交わりをかわすのはもっともっと先になってからのことだったようだ。だからこそ、現代から見れば驚くほど幼い婚礼が平然と行われたのである。昔の人間は非常識だとか、男女ともに性的に早熟だったとか考えないで欲しい。性的早熟は情報伝達の早さ、広さに比例する。情報伝達機関のごく少なかったこの当時に、現代人を驚かす早熟があった筈《はず》はない。

婚礼が終って後、五郎八姫は松平家の中屋敷か下屋敷に住んだようだ。その場所がどこだったかは分らない。とにかく忠輝が居住していた竜の口の上屋敷には住まなかったことは確かである。この年から六年後の慶長十七年十二月二十一日の『伊達治家記録』に次の記述のあることでその点は証明される。

『御上屋敷へ移徙《いし》アリ、公《おほやけ》ニ於《おい》テ大慶シ玉フ』

五郎八姫がこの日付で松平家上屋敷に移った。つまり実質的に夫婦になった。だからこそ公(政宗)が安心し喜んだ、というのである。五郎八姫、この年十九歳。忠輝は二十一歳。十五歳から二十一歳という時期は少年が最も性の問題に悩む時だ。その間、じっと耐えて妻を犯すことなく、その成熟を待ったとは並々のことではない。忠輝は正にお雪との約束を忠実に守ったのである。

この間、松平中屋敷又は下屋敷にいた五郎八姫に対して、小侍従の局の猛烈且《か》つ計画的な折伏《しゃくぶく》が行われた。ソテーロがようやくその許可を与えたのである。姫が忠輝の妻になった以上、もう遠慮はいらない。しかもこうなると先を急ぐ必要があった。忠輝をキリシタンの強力な味方にするための決定的一打が五郎八姫の入信であることを、ソテーロは見抜いていた。

橋本洞庵をキリシタンでないように装《よそお》って来たことが、この段階になって効果を発することになった。勿論、洞庵は姫について松平家に移っている。

洞庵はわざと姫の前で小侍従のキリシタンであることを責めた。日本には神道があり、仏教がある。何もわざわざ風俗人情の全く異る南蛮の神を信ずる必要がないではないか。確かに仏教はこの国本来の宗教ではないが、その伝来の歴史は古く、今やすっかり日本人の心に染《し》み透っている。しかもそれは異国といっても発生は印度《インド》であり、中国を通して日本に来た。つまりは東洋の思想である。それに対してキリシタンは遠い南蛮のものだ。聞くところによれば、それは砂漠の中に生れた宗教だという。それだけに厳しく乾いていて、人の情けを拒否する部分があるという。そんな教えを、情に生きる女性が何故《なぜ》信じなければいけないか、云々。

つまり洞庵は一種の法論を挑んだわけだ。これに対して小侍従は一歩も引かず、堂々と受けて立った。驚くべき雄弁と見事な論理で洞庵をたじたじとさせる。当然だった。この法論はすべてソテーロによって考えられ、ほとんど口うつしで教えこまれたものだったのだから。そして二人の問答はそのまま教会が信者にほどこす教理問答そのものだった。五郎八姫は知らず知らずの間にキリシタンの初級教育を受けていたことになる。

だが小侍従も洞庵も、ソテーロでさえ間違っていた。こんな道化芝居は全く不必要だったのである。五郎八姫はあの婚礼の日から、キリシタンの神を信じていた。いや、聖母マリアを信じていた。正しくそのマリアさまが自分の身を護《まも》って下さったことを確信していた。教理問答などどうでもよかった。

「あなたはキリストを信じますか」

或は、

「あなたは聖母マリアを信じますか」

ソテーロがそう問うだけでよかったのである。

「はい。わたくしは信じます」

姫はそう答えたにきまっている。

ともあれ、この道化芝居は暫く続き、洞庵は法論に負けた形で洗礼を受け、次いで姫自身もソテーロのもとで受洗した。その正確な時期は不明だが、慶長十二年から十七年の間であることは確かである。

実のところ筆者は長いことこの五郎八姫の入信に疑問を抱いていた。『伊達治家記録』その他の資料に、姫入信の記載が全くないからである。これらの記録がキリシタン禁制以後のものである以上、たとえその事実があっても録《しる》されることはない。迂闊《うかつ》に書けば、藩は公儀からお咎《とが》めを受けるかもしれないからだ。だが書かれていない事情に乗じて、だから書いてないけど本当はこうなんだよ、と推測し断定を下すには、事はあまりに重大すぎる。

その筆者に確信を与えて下さったのは、仙台の土生《はぶ》慶子氏の著書『伊達政宗娘・いろは姫』だった。これは正に足で書かれた研究書であり、少くとも筆者にとっては直接的な資料の欠如を補って余りある見事な検証と思われた。以下氏の労作に従って、五郎八姫が正しくキリシタンであったと信じられる所以《ゆえん》を要約してみたい。

姫は元和六年から寛永十三年まで青葉城本丸の西麓《せいろく》西屋敷に住んだが、その後は現宮城県仙台市の下愛子《しもあやし》の栗生《くりゅう》屋敷に移った。もと伊達藩奉行で、伊達成実や片倉小十郎と共に政宗の最高のブレーンだった茂庭綱元《もにわつなもと》の屋敷だった。寛永十三年は父の政宗の死んだ年であり、この頃からキリシタンの詮議がやかましくなったという。

この下愛子は青葉城の後方にあり、広瀬川の上流に当る。今でも街道からは山また山が重なって見えるばかりで、町の所在は知れない。隠棲《いんせい》の地として格好の土地だった。姫はそこに仮御殿を作らせて住んだ。御西館《だて》と称された。

驚くべきことは、この愛子村がキリシタンの隠れ里だったということだ。村に鬼子母神が祭られていたが、これを拝する家は十二軒、その祭りの日は絶対に他所者《よそもの》を交えず、嫁や婿でさえ入籍前だと前日から実家に帰したという。そしてこの十二軒の墓には、十字、釣針、〇などのしるしが刻まれている。すべて隠れキリシタンのしるしである。

更に栗生の薬師寺内に姫の建立《こんりゅう》になる薬師堂がある。堂内には薬師如来《にょらい》像と地蔵菩《ぼ》薩《さつ》像が安置されてあるが、その陰に更にもう一体の木像がある。この木像の顔が明らかに西洋人であり、しかも胸にふくらみのある女性像なのだ。口だけが異様に大きく、土生氏が拓本をとってみられたところ、下唇に小さな十字架が刻まれていることが分った。姫が自ら建立し、毎日のように祈禱《きとう》していた薬師堂に、どうして異人の、しかも女性像があるのか。しかも唇に十字のしるしまで持って。この木像を聖母マリアの像と考えてはいけないか。

ちなみにいう。元和三年の記録で伊達領内のキリシタン信者の数は千二百人だった。

（中巻へつづく）

小林秀雄著

本居宣長

日本文学大賞受賞（上・下）

古典作者との対話を通して宣長が究めた人生の意味、人間の道。「本居宣長補記」を併録する著者畢生の大業、待望の文庫版！

小林秀雄
岡　潔著

人間の建設

酒の味から、本居宣長、アインシュタイン、ドストエフスキーまで。文系・理系を代表する天才二人が縦横無尽に語った奇跡の対話。

小林秀雄著

直観を磨くもの

—小林秀雄対話集—

湯川秀樹、三木清、三好達治、梅原龍三郎……。各界の第一人者十二名と慧眼の士、小林秀雄が熱く火花を散らす比類のない対論。

小林秀雄講義
国民文化研究会
新潮社編

学生との対話

小林秀雄が学生相手に行った伝説の講義の一部と質疑応答のすべてを収録。血気盛んな学生たちとの真摯なやりとりが胸を打つ一巻。

小林秀雄著

批評家失格

—新編初期論考集—

近代批評の確立者、批評を芸術にまで高めた小林秀雄22歳から30歳までの鋭くも瑞々しい論考。今文庫で読めない貴重な52編を収録。

小林秀雄著

ゴッホの手紙

読売文学賞受賞

ゴッホの絵の前で、「巨《おお》きな眼」に射《い》竦《すく》められて立てなくなった小林。作品と手紙から生涯をたどり、ゴッホの精神の至純に迫る名著。

梅原猛著
隠された十字架
――法隆寺論――
毎日出版文化賞受賞

法隆寺は怨霊鎮魂の寺！　大胆な仮説で学界の通説に挑戦し、法隆寺に秘められた謎を追い、古代国家の正史から隠された真実に迫る。

梅原猛著
水底の歌
――柿本人麿論――
大佛次郎賞受賞（上・下）

柿本人麿は流罪刑死した。千二百年の時空を飛翔して万葉集に迫り、正史から抹殺された古代日本の真実をえぐる梅原日本学の大作。

梅原猛著
葬られた王朝
――古代出雲の謎を解く――

かつて、スサノオを開祖とする「出雲王朝」がこの国を支配していた。『隠された十字架』『水底の歌』に続く梅原古代学の衝撃的論考。

網野善彦著
歴史を考えるヒント

日本、百姓、金融……。歴史の中の日本語は、現代の意味とはまるで異なっていた！　あなたの認識を一変させる「本当の日本史」。

安部龍太郎著
冬を待つ城

天下統一の総仕上げとして奥州九戸城を囲んだ秀吉軍十五万。わずか三千の城兵は玉砕するのみか。奥州仕置きの謎に迫る歴史長編。

安部龍太郎著
下天を謀る（上・下）

「その日を死に番と心得るべし」との覚悟で合戦を生き抜いた藤堂高虎。「戦国最強」の誉れ高い武将の人生を描いた本格歴史小説。

帚木蓬生著
蠅の帝国
―軍医たちの黙示録―
日本医療小説大賞受賞
東京、広島、満州。国家により総動員され、過酷な状況下で活動した医師たち。彼らの慟哭が聞こえる。帚木蓬生のライフ・ワーク。

帚木蓬生著
蛍の航跡
―軍医たちの黙示録―
日本医療小説大賞受賞
シベリア、ビルマ、ニューギニア。戦、飢餓、病に斃れゆく兵士たち。医師は極限の地で自らの意味を問う。ライフ・ワーク完結篇。

帚木蓬生著
守教（上・下）
吉川英治文学賞・中山義秀文学賞受賞
人間には命より大切なものがあるとです――。農民たちの視線で、崇高な史実を描き切る。信仰とは、救いとは。涙こみあげる歴史巨編。

帚木蓬生著
逃亡（上・下）
柴田錬三郎賞受賞
戦争中は憲兵として国に尽くし、敗戦後は戦犯として国に追われる。彼の戦争は終わっていなかった――。「国家と個人」を問う意欲作。

早見俊著
ふたりの本多
―家康を支えた忠勝と正信―
武の本多忠勝、智の本多正信。家康の天下取りに貢献した、対照的なふたりの男を通して、徳川家の伸長を描く、書下ろし歴史小説。

早見俊著
放浪大名 水野勝成
―信長、秀吉、家康に仕えた男―
戦塵にまみれること六十年、七十五にしてなお現役！　武辺一辺倒から福山十万石の名君へ。戦国最強の武将・水野勝成の波乱の生涯。

司馬遼太郎著

関ヶ原（上・中・下）

古今最大の戦闘となった天下分け目の決戦の過程を描いて、家康・三成の権謀の渦中で命運を賭した戦国諸雄の人間像を浮彫りにする。

司馬遼太郎著

花神（上・中・下）

周防の村医から一転して官軍総司令官となり、維新の渦中で非業の死をとげた、日本近代兵制の創始者大村益次郎の波瀾の生涯を描く。

司馬遼太郎著

城塞（上・中・下）

秀頼、淀殿を挑発して開戦を迫る家康。大坂冬ノ陣、夏ノ陣を最後に陥落してゆく巨城の運命に託して豊臣家滅亡の人間悲劇を描く。

司馬遼太郎著

果心居士の幻術

戦国時代の武将たちに利用され、やがて殺されていった忍者たちを描く表題作など、歴史に埋もれた興味深い人物や事件を発掘する。

司馬遼太郎著

馬上少年過ぐ

戦国の争乱期に遅れた伊達政宗の生涯を描く表題作。坂本竜馬ひきいる海援隊員の、英国水兵殺害に材をとる「慶応長崎事件」など7編。

司馬遼太郎著

歴史と視点

歴史小説に新時代を画した司馬文学の発想の源泉と積年のテーマ、〝権力とは〟〝日本人とは〟に迫る、独自な発想と自在な思索の軌跡。

司馬遼太郎著

胡蝶の夢（一〜四）

巨大な組織・江戸幕府が崩壊してゆく——この激動期に、時代が求める〝蘭学〟という鋭いメスで身分社会を切り裂いていった男たち。

司馬遼太郎著

項羽と劉邦（上・中・下）

秦の始皇帝没後の動乱中国で覇を争う項羽と劉邦。天下を制する〝人望〟とは何かを、史上最高の典型によってきわめつくした歴史大作。

司馬遼太郎著

風神の門（上・下）

猿飛佐助の影となって徳川に立向った忍者霧隠才蔵と真田十勇士たち。屈曲した情熱を秘めた忍者たちの人間味あふれる波瀾の生涯。

司馬遼太郎著

アメリカ素描

初めてこの地を旅した著者が、「文明」と「文化」を見分ける独自の透徹した視点から、人類史上稀有な人工国家の全体像に肉迫する。

司馬遼太郎著

草原の記

一人のモンゴル女性がたどった苛烈な体験をとおし、20世紀の激動と、その中で変わらぬ営みを続ける遊牧の民の歴史を語り尽くす。

司馬遼太郎著

覇王の家（上・下）

徳川三百年の礎を、隷属忍従と徹底した模倣のうちに築きあげていった徳川家康。俗説の裏に隠された〝タヌキおやじ〟の実像を探る。

捨《す》て童子《どうじ》・松平《まつだいら》忠輝《ただてる》（上）

新潮文庫　り - 2 - 10

令和六年十月一日発行

著者　隆《りゅう》慶《けい》一《いち》郎《ろう》
発行者　佐藤隆信
発行所　株式会社　新潮社
郵便番号　一六二―八七一一
東京都新宿区矢来町七一
電話　編集部(〇三)三二六六―五四四〇
　　　読者係(〇三)三二六六―五一一一
https://www.shinchosha.co.jp

価格はカバーに表示してあります。

乱丁・落丁本は、ご面倒ですが小社読者係宛ご送付ください。送料小社負担にてお取替えいたします。

印刷・株式会社光邦　製本・株式会社大進堂

ISBN978-4-10-117420-4 C0193